白驹过隙　见贤思齐
志在千里　困知勉行
诤友难得　良师恩深
饮水思源　感念一生

——此书献给一切关爱、帮助过我的长辈、领导、老师、同道、朋友们!

沈启鹏
2011年4月

目 录

自　序

自幼喜好图画，中学拜师入门，走美术之路成为我青少年时期心中的理想。1963年初中毕业，逢困难时期经济收缩，中央美院附中不向南方招生，学校为我写了推荐信也不顶用；1966年高中毕业，已通过艺术类专业考试，“文革”爆发，高考制度废除；1972年插队务农第四年，盼来高校招收“工农兵学员”，那年专业考试的试题为临摹我执笔创作的连环画选页，因不正之风未得公社推荐。1973年，南京艺术学院决定对我免试特招，两位教授先后到县里和地区取材料，遭人为阻挠，终未如愿。就这样，在特殊的年代，一次又一次失去高校深造的机会，命运迫使我走上了一条自学之路。

自学，路不平坦。自学，更要诚心、毅力和激情。

“君子求诸己，小人求诸人”，“人能弘道，非道弘人”。有真诚有兴趣才有动力，“诚”是“进德修业之本”、“立人之道”，“唯坚韧者能遂其志”。凭着诚心求真、崇善、尚美；凭着毅力困知勉行、转业多师；凭着激情拥抱生活、讴歌时代，学习传统，打下中国画艺术的根基；深入生活，吸取不竭的创作源泉；寻师访友，重在励志树德。自学路上虽有坎坷挫折，心中始终充满阳光。幸运的是，从童少到青壮，从业余到专业，从乡里到省城京都，总能得到许许多多的老师对我呵护、帮扶、教导、提携，使我始终在一条正确的道路上前行，充分吸取各方面的营养，不断产生激励奋发的原动力，不知疲倦地耕作在这块艺术的园地。有志者事竟成，退休前10年，我终于成为一名教授站在高等艺术学院的讲台上，还成为综合性大学的副校长从事管理工作。

“与善人游，如行雾中；虽不濡湿，潜自有润。”年过花甲，当我即将从高等教育的岗位退休的时候，不免要回忆起影响了我一生的那么多老师和画友。他们给我那么多知识和学养、关爱和教诲、帮助和提携，感念师恩的心情油然而生。2007年11月24日，我的个人画展在北京中国美术馆举行，那一天前后有5个展览开幕，都要分别举行学术研讨会。研讨会由邵大箴老师主持，十多位全国著名的美术评论家为我的画展整整研讨了半天，真是太难得了，使我潸然泪下。友人建议，仅这次研讨会就值得整理成册，我心动了。回想自己走过的60年人生之旅，每一步都离不开师友亲朋和社会各界的关心指导，自始至终都是“转益多师、困知勉行、自立自强”的过程。以文字和图片追忆寻师访友的一幕幕往事，既铭记师恩，又温故而知新，于是有了这叠书稿。

美术创作是发现“美”、创造“美”的过程，是拒绝重复、追求创造创新的过程。以美术为终身的职业，既是自己从小就喜爱的行当，又能在发现和创造“美”的过程中得到无穷的乐趣，对于我来说，天底下真是难有比这个更好的职业了。学会感恩，一谢“丹青水墨”之根的历史传统；二谢“丹青水墨”之源的时代生活；三谢寻得“丹青”之师、访得“水墨”之友的恩泽——故以“我谢丹青”为书名。是为题记。

无悔人生，只愧才疏。千载难逢，绝佳时光。人生百年几今日，再启求索新征程。

沈启鹏　　2010年2月16日（庚寅正月初三）

童少扣门·铭记师恩

我生于抗战胜利之后，“中国近代第一城”江苏南通五公园之畔。从记事起，新中国诞生，五星红旗飘扬，结束了战乱动荡，开始了和平建设，我的童年充满了阳光。

没有想到的是，童年的爱好竟成了我终生相伴的职业。从兴趣爱好到决意走艺术之路，有三个重要因素：一是父辈制图画样耳濡目染，家庭影响是起缘；二是南通城有良好的文化教育资源，学校和社会的教育文化环境是条件；三是从幼儿园、小学到初中、高中，各学习阶段的老师们像传递接力棒一般悉心指导、精心呵护是关键。学校和社会连在一起，形成育人的大环境，使我在德智体美等诸方面得到全面的发展，美术的爱好尤其得到充分的发挥，青少年的我终于扣响了艺术的大门。

感谢童少时代园丁们辛勤的培育，感谢少先队、共青团和学校党组织的思想引导，感谢15年中小学教育为我的人生奠定了成长成才的基石。

启鹏出生、成长于南通五公园之畔

南通市五公园平面图

一战技术华工、南通机械工业先辈、
首届市人大代表、祖父沈彦行
（1894年3月–1956年6月）

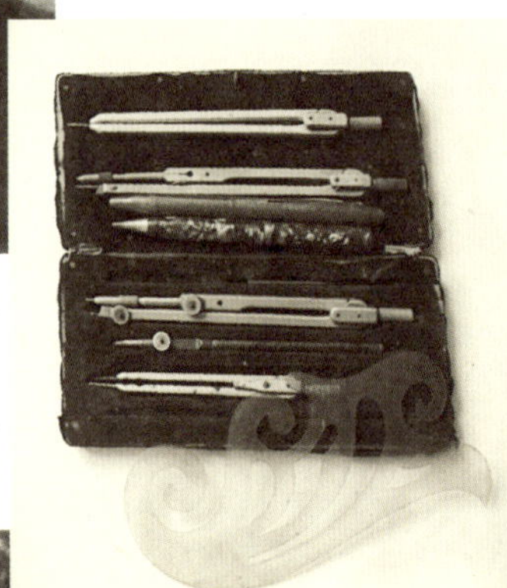

祖父沈彦行从法国带回的
绘图工具和科技画报插图

南通市桃坞路惠中巷1号老宅（摄于1994年）

1951年父亲沈国治与幼年启鹏在南通博物苑草坪

启鹏出生六个月小照（1947年5月）

铭记师恩

孟子曰："君子以仁存心，以礼存心"，任何一个人的成长成才都离不开一方水土、一个家庭、一批老师的培育和教导。"修身"是做人的根本，"师者，所以传道授业解惑也。"也是"传道"在首位。荀子提出"天地君亲师"，而讲"天地君亲"道理的是"师"，这五个字传承了两千多年。无论怎么改朝换代，孔子至圣先师的地位都不变，故中国人尊师亲师的情结亦终不变，所谓一日为师，终身为父是也。

我的艺术人生大致是三个阶段：一是20岁前，学画入门的学生阶段；二是20岁至60岁，立业成就的工作阶段；现在是花甲以后，变法求新的第三阶段。这本书感怀的老师主要是第二阶段对我起重大影响的一批老师，而本文是追思第一个阶段对我启蒙教育的多位尊敬的老师。

先从家乡和家庭说起。

南通地处江海交汇处，与上海隔江相望。清末状元、实业家、教育家张謇先生开近代文明风气之先河，兴实业办教育，使这个"中国近代第一城"经济、社会、文化协调发展，形成崇文重教的优良传统。我就出生在这个小城的西濠河之畔。祖父沈彦行一战时期去法国当华工，回国后艰苦创业办机器厂，父亲沈国治从祖父学机械，他们技艺高超，都有不少发明创造，为地方建设和机械工业的起步与发展作出了突出贡献。

我自幼对图画的浓厚兴趣，来自于父辈的机械制图，祖父从法国带回的大量科技画报，叔父沈国

1953年幼儿园大班的启鹏

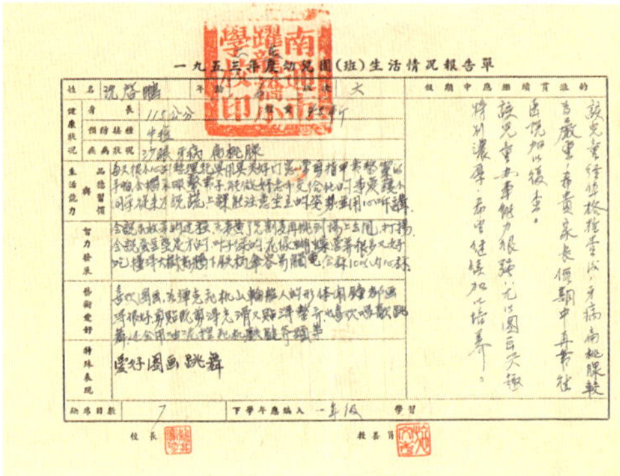

一九五三年度幼兒園(班)生活情況報告單

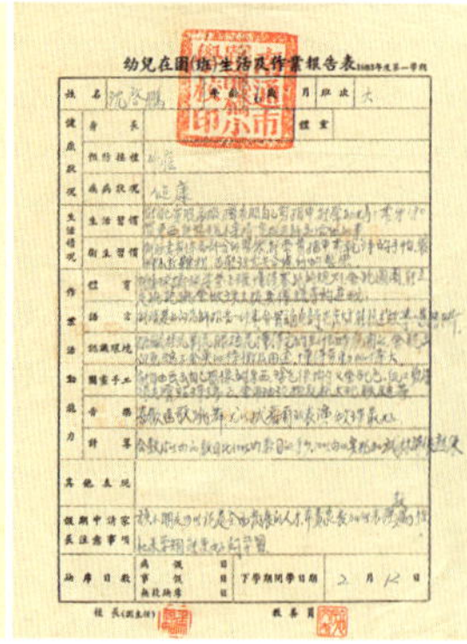

幼兒在園(班)生活及作業報告表

幼儿园老师施文秀在启鹏小朋友作业报告单评语中多有勉励

平存有的《小朋友》、《儿童时代》、《连环画报》读物和许多书法碑帖也对我产生了重要影响。

1951年我进跃龙桥小学幼儿园，小班、中班、大班都是由优秀教师施文秀当班主任。在当年的成绩通知单中，施老师写下这样的评语："该小朋友可以说是全面发展的人才……""尤以图画兴趣特别浓厚，希望继续加以培养。"施老师慧眼发现、循循善诱、精心呵护，使艺术的种子在我的心田出土萌芽。从小抚养我长大的外祖母格外珍视我的进步，要我"收管好"。我把获得的小手帕，小蜡笔等各种奖品连同每年的成绩通知单、奖状当宝贝藏在她的旧木箱里，幼儿园通知单成为我最早的艺术档案。幼儿园时就有图画选送国外展出，二年级的四幅蜡笔画也在市少儿美展获奖。

四年级，我参加了南通市少年之家美术小组，这里成为我校外的艺术天地。姓刘的老师有时也让我当小老师，协助他做美术小组组织服务工作。

五年级，经婶婶龚宝珍介绍，有机会观摩就学于中央美院的范曾作国画人物，大开眼界。有水彩画《文化宫》获市少儿美展一等奖。

六年级，少年之家主任薛长春老师热心地将我带到南通师范刘子美老师那里拜师。刘子美

幼儿园时期的图画作品　1952年

幼儿园班主任施文秀老师
（1915年2月—1982年4月）

奬狀

本校一年級一組
學生沈啟鵬在一九五四
年度第二學期學習認真
遵守紀律特給奬狀以資
奬勵並希繼續努力團結
同學共求進步

南通市[illegible]小學校長

一九五五年七月十一日

小学时期年年获“三好生”称号

四年级画作《奔马》 1957年

早年入杭州国立艺专，与李可染同班。他是赵无极和袁运甫的老师，是南通有名的画家、美术教员，也是我的绘画启蒙老师。从1960年上初中到我从农村招工回城、进画院，直至1983年刘老师病逝，始终得到他的教益。刘老师是一位非常优秀的美术教育家，一方面手头功夫好，山水、花鸟、人物、中国画、水彩画、书法皆擅，用笔用墨尤见功力；另一方面教育方法绝妙，鼓励在前，启发为主，深入浅出，动手演示。从观察生活、写生构思入手，再指导临摹、修改创作。我曾临摹过他以任伯年双勾法所作的山水条屏，对悬于南园画屋壁上的印刷品《白土山小学樱络松》、《荷塘清趣》和在范家花园画屋偶示潘天寿《墨竹图》印象极深。刘老师像块强力磁铁，总是吸引着我去听他谈艺授课。他把我上初二时临摹蒋兆和的《在毛泽东的旗帜下》国画，作为中师教案范画，珍藏20年又完好无损还我。幸好从刘老师那里学得中国画的一些笔墨精神，有了这个基础，使我由“文革模式”、“素描水墨”转变到中国画本体形态较为自如。1980年恢复美协组织，刘老师任市美协主席，我做他的副手；1981年元旦，我有幸为他筹办了个人画展；拨乱反正，为平反他的历史冤案尽点绵薄之力；老师病故，我代表他的学生致词追悼；他的墓由骑岸镇迁至市区，我题写了碑文；季锡生牵头为他出版画集，我撰写序言，全面介绍他的艺术成就和

1957年四年级入少年之家美术小组

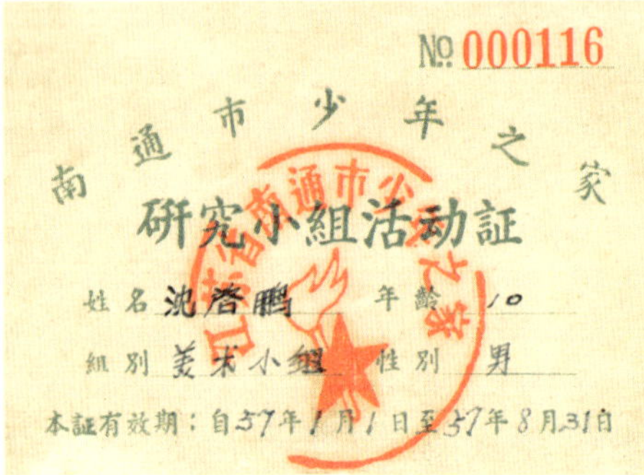

少年之家美术小组活动证

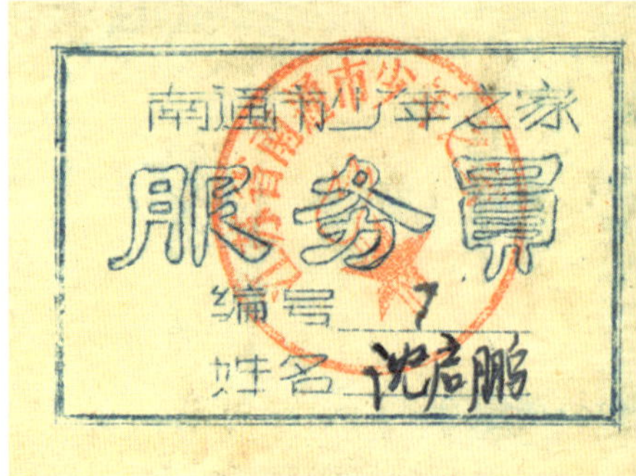

少年之家服务员证

工作业绩，以表晚辈学生对他的追思缅怀。近现代南通美术史上，刘老师是承上启下的重要画家和桃李天下的美术教育家，在我之前，赵无极、袁运甫两位先生也都得到过刘老师的启蒙指导。

初中三年，有幸得到市三中美术老师于性之先生的特别指教，李效成老师亦对我作指导。于性之毕业于杭州国立艺专。他因材施教：我上他的美术课不受老师命题和教室作业的限制，可以自定命题，可以离开教室到校内外任何地方写生。初二时，于老师把我的画挂满一教室，在校内为我开画展，这是我平生第一个个人画展。两年后于老师不幸病故。

高中考上通中，毕业于上海美专的美术老师张子通对我关爱有加，在学校大礼堂前的走廊橱窗里，为我办了作品陈列，鼓励我画反映学生生活和社会现实题材的作品。高中三年，令我锻炼最大的是为学校和班级出黑板报，为学校礼堂作大幅油画毛主席标准像，作学校大门口大幅油画《毛主席去安源》、《毛主席在天安门城楼上》，刻写蜡纸油印刊头画等。此时，担任学校政治教师的书画收藏家季修甫对我关注，后来他在鉴赏与文史方面对我有帮助。

高中时期的校外课堂是“青年之家”，邵嘉荣老师精心指导我画石膏像，基本的素描造型能力就是那时打下的基础。邵老师是浙美赵宗藻先生的学生，他教我版画“黑白灰”的概念和处理

绘画启蒙老师刘子美
（1903年10月—1983年6月）

初中美术教员于性之老师
（1909年2月—1965年7月）

美术教员：南通博物馆副馆长顾云璈老师
（1911年10月-2001年10月）

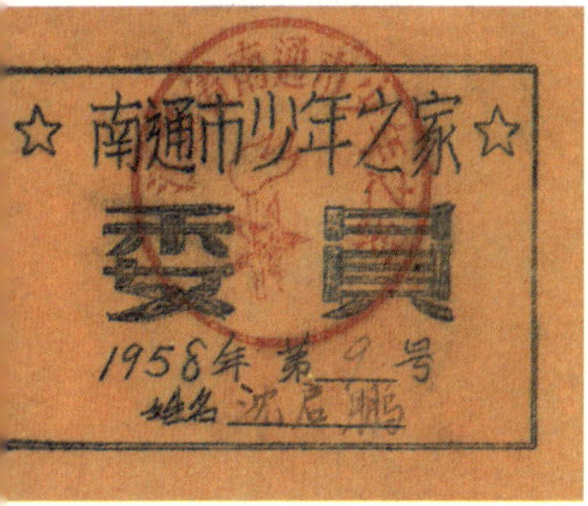

少年之家委员证

奬狀

卧龙桥小学校学生沈启鹏在担任本市少年儿童大跃进展览会服务工作期间表现积极，被评为二等优秀服务员，特发给奖状，以示鼓励。

南通市少年之家

一九五九年六月　日

大跃进展览会服务员奖状

小学六年级起任
少先队大队长臂章

1959年五年级启鹏

手法对我日后的版画、中国画和连环画创作都有重要影响。邵老师后调至韬奋印刷厂设计室工作，我还常去求教。我当时创作中国画《身在教室胸怀世界》和素描《在毛泽东思想指引下》、《拉粪车》参加南通市青年美展获奖。

南通博物苑则是我初高中六年最重要的校外课堂，在那里我既可以写生动植物，又可以参观绘画展、文物展，并得到馆长尤勉斋、副馆长顾云璈、馆员徐志楠的指教。顾云璈，新开镇人，与我同操沙地话，早年曾在杭州国立艺专当职员，推荐过袁运甫考艺专。后到通中任教又指导范曾、袁运生、顾乐夫。顾老师爱生如子，他让我到博物苑东馆二楼翻阅各种柯罗版画册，并同意借任伯年、陈老莲画册回家临摹。顾老师特批让我进展厅，对临齐白石、徐悲鸿的原作。顾老师是老党员，善良、正直、有爱心。高冠华“文革”落难南通，顾老师夫妇慷慨地伸出援助之手；南通画院建院初期，顾老师任临时负责人，范曾成名衣锦还乡，顾老师依然把范曾当学生作必要的提醒。我任画院院长后，每年都要拜望老画家，为他举办画展，出版丛集。晚年，顾老师神志不清，来人不识，可是我去看他，他总是笑嘻嘻地低声唤我：“启鹏来了。”并高兴地手指壁上我为他写的画展序言……

文化宫和文化馆也是我常去的地方，橱窗展板、宣传标语、苗圃花房、棋室、阅览室、溜冰场，

初二作品《棕榈小鸡》1961年

初中一年级昆虫写生　1961年

初中二年级临蒋兆和国画
《在毛泽东的旗帜下》1962年8月

高中一年级临高尔基像

初中三年级作列宁像　1963年

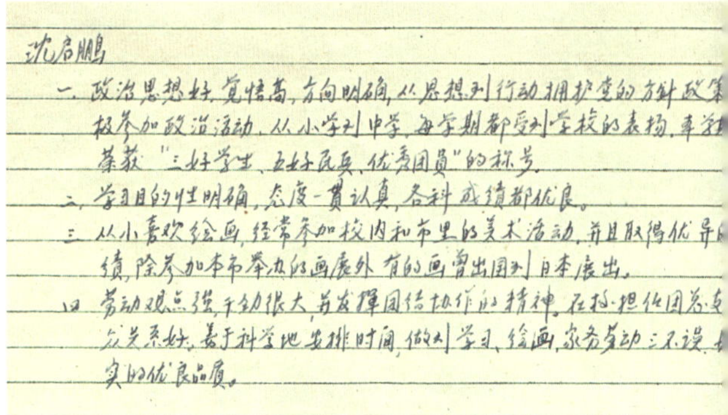

沈启鹏
一、政治思想好，觉悟高，方向明确，从思想到行动拥护党的方针政
极参加政治活动，从小学到中学，每学期都受到学校的表扬，本学
荣获"三好学生、五好民兵、优秀团员"的称号。
二、学习目的性明确，态度一贯认真，各科成绩都优良。
三、从小喜欢绘画，经常参加校内和市里的美术活动，并且取得优异
绩，除参加本市举办的画展外有的画曾出国到日本展出。
四、劳动观点强，干劲很大，并发挥团结协作的精神，在校担任团总支
众关系好，善于科学地安排时间，做到学习、绘画、家务劳动三不误，
实的优良品质。

南通市三中推荐启鹏报中央美院附中的评语　1963年

还有古树名木，对我都有吸引力。听讲座、看画展、画速写，尤如遨游在艺术的大世界里。

高寿的尤无曲老师也是画院的特聘画师，上海美专毕业，得黄宾虹、陈半丁亲授，齐白石定润格，晚年创“水墨相融”画论，名声鹊起。1979年我进画院后，常去丁古角老宅“后素斋”看望他，得尤老师淡泊人生、勤于笔耕、笔墨从心的耳濡目染，颇受教益。我也有幸为尤老师办个展，作序言，推荐到香港《文汇报》刊登，为老师老宅拆迁和重病抢救稍尽心力。

在我的成长发展过程中，还得到谢克东、郭琛、吴沐初、曹从坡，王太祥、何晴波、季茂之、田林、厉衡、丁大卫等党政领导和龚宝珍、冯昭、侯竹舟、周素英、丁吉凝、孙肖梅、汪韵南等校长、班主任的关怀与栽培，更有诸多同道画友帮助与切磋，当永远铭记在心。

2010年2月

1966年参加高考艺术专业考试时的准考证

江苏省1966年艺术院校联合招生

准考証

准考号 02201

姓名 沈启鹏

报考学校与专业 1.南师美术系 2.南艺装潢美术

一、凭此証参加专业考試。
二、专业考試后，須再参加高校统一招生学科考試。

高三时期速写《同学理发》　1966年1月

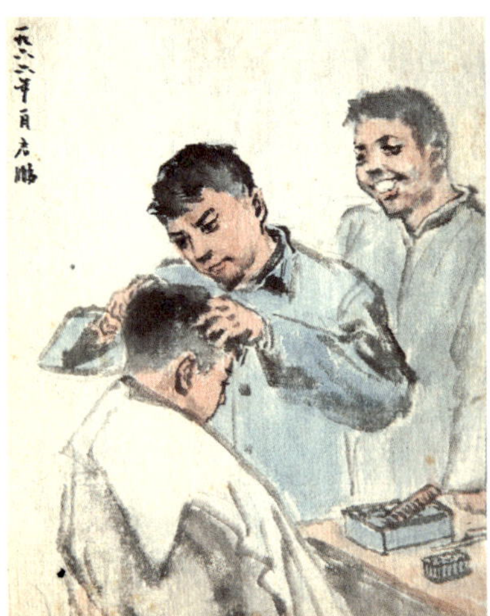

作品《身在学校 胸怀祖国》　1966年4月

初中三年级临李琦作品

初中三年级临陈老莲作品　1963年

初中三年级临徐悲鸿作品

奖状

奖给 南通中学

共青团员 沈启鹏同志

中国共产主义青年团南通市委员会

一九六四年九月八日

1967年获南通市优秀共青团员称号

奖状

沈啟鵬 同志

您的作品(国画)[illegible]

在[illegible]活动中获得一等奖，

特发此状，以資鼓励。

一九六五年[illegible]

1965年国画作品获奖证书

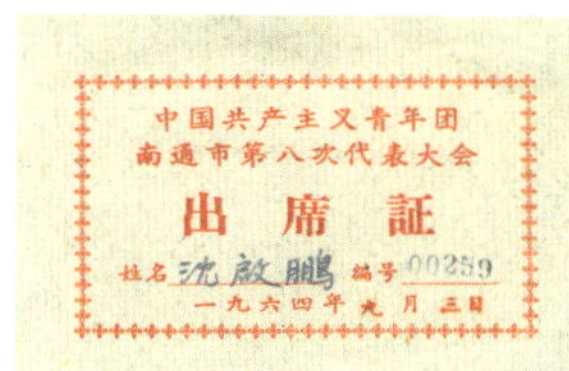

中国共产主义青年团

南通市第八次代表大会

出席証

姓名 沈啟鵬 編号 00259

一九六四年九月三日

1964年出席市共青团八大会议代表证

1990年在顾云璈老师画展上

1998年祝尤无曲老师九十大寿

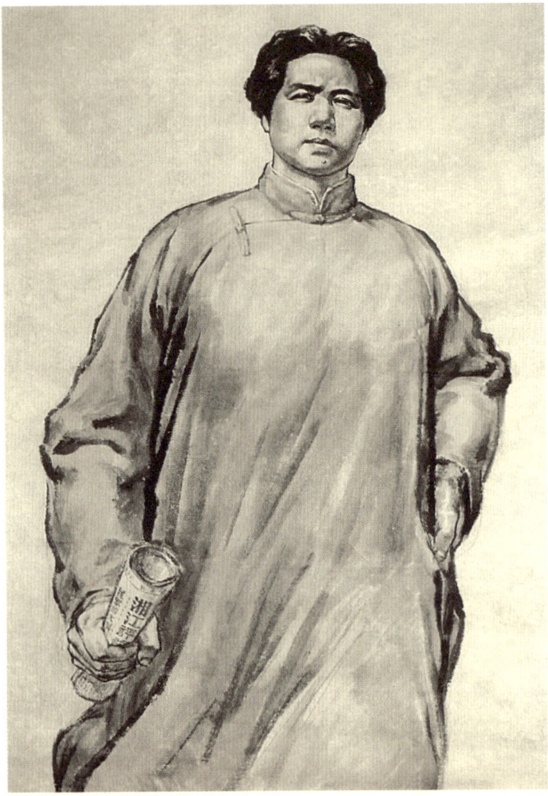

高中毕业时中国画作品
《湘江风雷》 1966年

1967年“文革”时期启鹏

高中毕业后 版画作品做
《革命歌曲选》封面 1968年

行范默化·感怀师友

青少年时期是人一生中求知欲最强的阶段，正当我瞄准美院参加专业考试之际，突如其来的“文革”浩劫打破了我对未来的美好憧憬，不仅插队农村跌到生活的最底层，还多次被剥夺了上大学的机会。一次次沉重的打击并没使我趴下，反而象海棉吸收水份一样，拼命地向生活、向传统、向所有可以寻访到的老师和画友学习，坚持下去，延续下去，一步一个脚印地走下去……爱因斯坦说：“智慧并不产生于学历，而是来自对于知识的终身不懈的追求。”应当说，我还是上到了一所人生的社会的“大学”，这个“大学”的导师就是我寻访到的诸多师友们。今天回望高中毕业后的45年，我不但学到了绘画的知识和技能，还学会了做人立德。儒家“以学养德”，提倡“博习亲师，论学取友”，从而修己治人，化民成俗，达到“止于至善”的终极目标。“君子之学也，以美其身”（《荀子·劝学》），我在师友行范中默化，在师友引导下规范自己的言行，在良好的道德学术氛围中诱发个体的求真、向善、尚美之心，“乐多贤友”，见贤思齐，终有一得矣。

师友名录（以出生年月为序）

刘子美	1903年10月–1983年6月	原南通市首届美协副主席 南通师范学校美术教师 画家
李可染	1907年3月–1989年12月	原中国美协副主席 原中国画研究院院长 中央美院教授 画家
叶浅予	1907年3月–1995年5月	原中国美协副主席 中央美院教授 画家
刘凌沧	1907年12月–1989年2月	中央美院教授 画家
何海霞	1908年9月–1998年8月	原中国画研究院院务委员 画家
于性之	1909年2月–1965年7月	南通市三中美术教师 画家
谢海燕	1910年3月–2001年11月	原中国美协理事 原江苏省美协副主席 原南京艺术学院院长 教授 画家
张嘉言	1917年1月–	南京艺术学院教授 画家
尤无曲	1910年8月–2006年4月	南通书画研究院特聘画师
顾云璈	1911年10月–2001年10月	原南通博物馆副馆长 原南通书画研究院负责人 画家
陈大羽	1912年5月–2001年6月	原江苏省美协副主席 南京艺术学院教授 画家
秦岭云	1914年2月–2008年1月	原北京人民美术出版社编辑 画家
丁井文	1914年3月–2003年5月	原中央美院附中校长 画家
高冠华	1914年6月–1998年8月	原中国书画社社长 中央美院教授 画家
施文秀	1915年2月–1982年4月	南通市跃龙桥小学幼儿园优秀教师
华君武	1915年4月–2010年6月	原中国美协副主席 画家
潘絜兹	1915年9月–2002年8月	原《中国画》主编 原中国工笔画会会长 画家
张 仃	1917年5月–2010年2月	原中国美协常务理事 原中国工艺美术学会副理事长 原中国画研究院院务委员 原中央工艺美院院长 教授 博导
宋文治	1919年10月–1999年8月	原江苏省美协副主席 原江苏省国画院副院长 画家
吴良镛	1922年5月–	中国工程院院士 中国科学院院士 中国城市规划学会理事长 清华大学教授 博导 画家
亚 明	1924年9月–2002年2月	原江苏省美协主席 原江苏省国画院副院长 画家
李有光	1931年2月–	南京师范大学美术学院教授 画家
陈修范	1934年7月–	原江苏美术出版社编辑 江苏省国画院画家
李松涛	1932年1月–	原《美术》杂志副主编 社长
张华清	1932年5月–	江苏省美协油画艺委会主任 原南京艺术学院美术系主任 教授 画家
喻继高	1932年8月–	原江苏省国画院副院长 原江苏省美协副主席 画家
袁运甫	1933年6月–	中国国家画院公共艺术院院长 中国美协动漫艺委会主任 壁画艺委会副主任 清华美院教授 博导 画家

邵大箴	1934 年 10 月 -	中国美协理论委员会主任　中央美院教授　博导《美术研究》主编　画家
卢　沉	1935 年 10 月 -2004 年 5 月	中央美院教授　博导　画家
周思聪	1939 年 1 月 -1996 年 1 月	原中国美协副主席　北京画院画家
刘勃舒	1935 年 11 月 -	原中国画研究院院长　原中国美协常务理事　画家
袁运生	1937 年 4 月 -	中央美院学术委员会副主任　油画系第四画室主任　教授　博导　画家
刘秉江	1937 年 10 月 -	中国美协理事　中国油画学会理事　中国美协壁画艺委会委员　中央民族大学美术系教授　画家
丁观加	1937 年 11 月 -	原镇江国画院院长　中国书画艺术委员会副主席　画家　书法家
范　曾	1938 年 8 月 -	中国艺术研究院研究员　天津南开大学东方艺术系和历史系教授　博导　画家
冯健亲	1939 年 11 月 -	原江苏省政协副主席　原民革江苏省委主委　中国美协理事　原江苏省美协副主席　原南京艺术学院院长　教授　博导　画家
马鸿增	1940 年 4 月 -	中国美协理论学术委员会副主任 江苏省美协理论学术委员会主任　原江苏省美术馆副馆长　研究员
赵力忠	1942 年 5 月 -	中国国家画院研究员《艺术》杂志副总编　李可染基金会艺术委员会　秘书长
黄鸿仪	1942 年 6 月 -	江苏省国画院画家　美术评论家
尼玛泽仁	1944 年 1 月 -	原中国美协副主席　十世班禅亲授“班禅画师”画家
刘大为	1945 年 10 月 -	中国文联副主席　中国美术家协会主席　国际造型艺术家协会主席　画家
王孟奇	1947 年 3 月 -	上海大学美术学院教授　博导　画家
刘二刚	1947 年 7 月 -	南京书画院　画家
宋玉麟	1947 年 11 月 -	江苏省美协主席　原江苏省国画院院长　原江苏省美术馆馆长　画家
言恭达	1948 年 2 月 -	中国书协副主席　江苏省文联副主席　书法家
冯　远	1952 年 1 月 -	中国文联副主席　中国文联书记处书记　中国美协副主席 画家
许　平	1953 年 8 月 -	国务院学位委员会学科评审组委员　中央美院研究生院院长　教授　博导　画家
范　扬	1955 年 1 月 -	中国国家画院中国画院副院长　南京书画院院长　博导　画家
高　云	1956 年 11 月 -	江苏省文化厅副厅长　江苏省美协副主席　中国美协理事　画家
吴为山	1962 年 1 月 -	中国艺术研究院美术研究所所长　中国雕塑院院长　雕塑家

诚　175cm×190cm　1988年

1988年6月中国画研究院第二届研修班师生合影
（前排左七李可染）

问业“师牛堂”

——怀念李可染老师

中国美协副主席、中央美院教授李可染先生是我久仰的中国画大家，平生第一次看到李可染先生的原作，是1974年9月和喻继高先生作为江苏美术界代表，赴京参加全国美展作品评选会，在所谓“批墨画”的展览上，一幅四尺三开有点景人物的纯水墨山水画《爱晚亭》，我顿觉眼前一亮，为之震撼。先生以积墨法表现层林、山峦、烟霞，黑得幽静而深邃，充满中国画精神韵味的画面效果和高超的技艺令我惊叹！这与我当时热衷于“红光亮”文革模式的彩墨画形成鲜明的对照。此后，我就非常留心收集和揣摩先生的山水、牧童水牛及书法作品，或许是先生力透纸背的金石味审美指向与我的人生经历、个性秉赋相切合，冥冥之中心慕手追，从他的书画艺术中吸取营养，可染先生也就成了我心中崇敬的偶像。

八十年代，李可染先生出任中国画研究院院长，研究院从颐和园的藻鉴堂搬到西三环北路54号新址。1987年我有幸入中国画研究院二期研修班研修，一年快过去，那么多当代著名画家、教

残冬　100cm×80cm　1988年

授为我们授课，却无缘聆听李可染院长教诲。即将结业，我在研究院举办个展，希望广泛听取意见。1988年6月1日，也就是我的个展开幕前一天，李可染先生打来电话，请研究院办公室李晓玲主任转告我，他因身体不适不能前来参加开幕式。个展结束，我和学友汪涛下决心登门求教，6月21日一大早，我们便带着各自的作品照片集直奔先生三里河寓所。可染老师正吃早饭呢，我们后悔来得太早，老人却一边喝稀饭，一边跟我们讲山水画、人物画的画理，讲攻坚克难的治学方略，讲人生哲理。带我们到他画室“师牛堂”用放大镜逐一看我的作品照片并连连称道：“画得好，画得不错，构图也好。”“你的字有点像我，写得不错。”老师的嘉勉给我极大的信心，我们实在不忍心占用他老人家宝贵的时间，拍了两张合影就匆匆结束了第一次拜见，这次谈话的概要录入《献上一朵小白花——忆一代宗师李可染先生》（刊于1989年12月20日《新华日报》，1990年2月《美术家通讯》）。

6月24日，“中国画研究院第二期研修班结业作品展览”开幕，研究院特意请来了李可染院长和曾经教授过我们的老师们，全班30多位同学喜出望外，争先恐后地和李院长合影。李院长穿灰色风衣、拄一拐杖，白发童颜，乐得象孩子似的。同学里最年长的有近60岁，像小学生似的挤上去拍照。李院长走到我的《朝圣图》大画前称道：“这幅画得很好，很有气魄，构图也好。”指着画在高丽纸上的《沂蒙人家》说：“这张画把山东人的味儿画出来了。”看到反映沂蒙山区小

1988年6月21日“师牛堂”亲授

俩口推着独轮车回娘家的《二月二》又说：“这幅结构处理得很好。”看完作品，李可染院长和所有任课的老师、班主任、研究院的画师与全体学员合影留念。

1988年8月，我从中国画研究院研修结业归来，受命担任南通书画研究院院长。据说是叶浅予先生的推荐，我的一幅小画《山鬼》入选“88北京国际水墨画展览”。10月下旬赴京出席开幕式，展厅里又一次遇到李可染老师和邹佩珠女士，他俩在我画前久久驻足频频点头，记起我是研修班学员，去“师牛堂”求教过他，对《朝圣》和《二月二》两张画还印象很深。为了筹办南通书画院建院十周年，我买了奶粉、蜂蜜等适合老人滋补的营养品，带上《南通书画院院庆十周年作品征集函》第二次来到三里河“师牛堂”，诚请李可染老师题字。李老师见“征集函”上几个字，像他的风格，问：“这字是你写的？”我说：“学老师的精神，但没学好。”“不，你有悟性，还是有点味儿。”我向老师简单汇报了南通画院成立十年来的情况，顺便提及我的启蒙老师，早年与可染老师同时求学于杭州国立艺专的“刘子美”先生，可染先生记不起来。如果当时提“刘旋”的名字，可能会勾起他的许多回忆和话题，可惜几年后我才知道刘子美过去的名字。邹佩珠老师不肯收礼，可染老师认真地说：“你要送礼，那题字就没有了，你把东西带走，或许有可能。”这下我急了，赶忙申辩：“您是院长，我是研修班学员，是您的学生，学生来看看老师是在情理之中，理所当然。”我向可染老师夫妇俩深深一鞠躬，转过身就离开了寓所。老师年

1988年6月24日"结业展"点评

1988年6月24日李可染老师来观学员结业展

事已高，体弱有病，能否获得墨宝，真是心中无数，故未敢再登门索求，国际水墨画展活动结束后即返回南通。未料可染老师认真书写，还挂号寄到南通，并附一信：

南通书法国画研究院（字太多），因又简写南通书画研究院七字酌用

启鹏同志

李可染　1988年11月19日

字五张本月三日前即写好，何以不见来取。

老师为画院题字三幅，还为我题"沈启鹏画展"、"沈启鹏画集"，真是喜出望外，画院同仁们异常兴奋。现在可染先生的题字，刻成院牌挂在画院大门口，金铂横匾镶在进画院通道口的牌楼上，印到赴新加坡的院展请柬上。给我的两幅字，我迟迟舍不得用，仅在日本半田市立博物馆、中国美术馆办个展和人民美术出版社出版画集时慎重使用。每当看到老师遒劲而独特的书体时，总怀有一种深深的敬意和怀念。好多次在中国美术馆见到邹佩珠老师，就想到李老师对我的循循教诲，邹老师说："为你题字，李先生曾反反复复写了许多条挑选，他做事都是那么认真。"

1989年12月5日，一代宗师、尊敬的李可染老师不幸病逝，过早地永远地离开了我们，使我悲痛不已。撰文纪念并赴京到"师牛堂"凭吊。

1993年9月，我参加在南京举办的"李可染艺术研讨会"，撰写论文《笔意融金铁·书画烟云生》。

1989年12月第一稿　2009年11月第二稿

1988年李可染老师与研修班的学员们

1988年10月21日"88北京国际水墨画展"开幕式上，可染夫妇观启鹏作品

沂蒙人家　98cm×73cm　1988年

1988年11月李可染老师的五幅题字

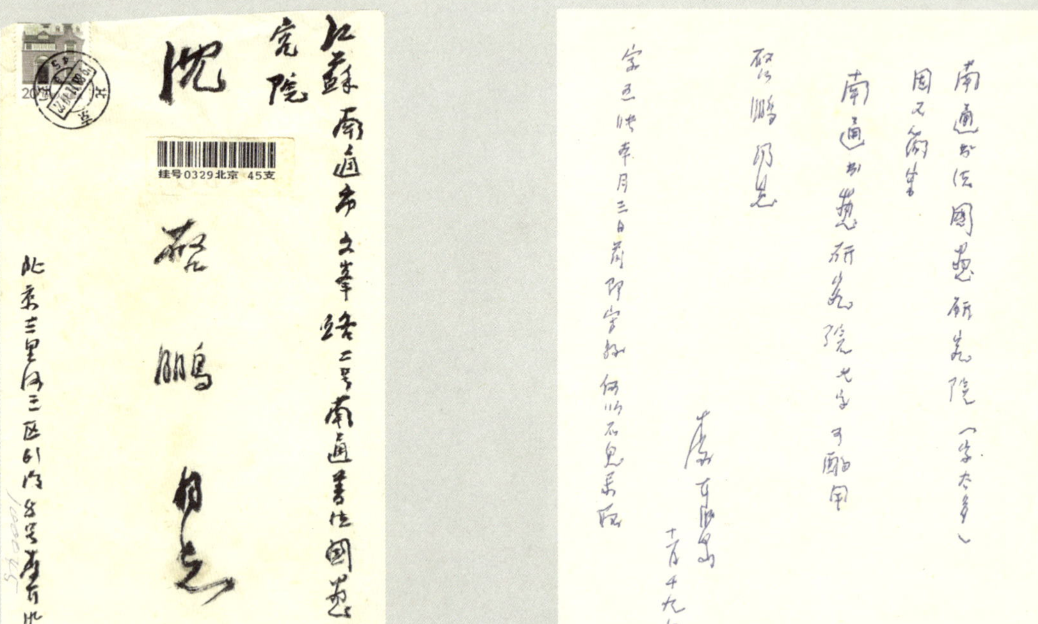

1988年11月19日李可染老师的来信

1990年7月10日赴三里河“师牛堂”缅怀李可染老师

1993年9月28日出席“李可染艺术研讨会”

2007年11月14日与李可染夫人邹佩珠女士在中国美术馆

李可染老师题签“沈启鹏画集”

1992年11月赴新加坡举办院展用可染老师题签

可染老师题院名镌刻在门楼上

2006年12月举办南京个展用可染老师题签

二月二　105cm×98cm　1988年

师恩厚泽，永生铭记

——缅怀叶浅予老师

叶浅予，鼎鼎大名的画家，美术教育家。1949年7月成立全国美协时，徐悲鸿任主席，江丰和叶浅予是副主席。他的漫画《王先生与小陈》、《天堂记》和许多国画精品都是中国现代美术的代表，尤以速写见长，毛笔速写《穆桂英挂帅》寥寥数笔，活龙活现。1977年我借调江苏省国画院工作时，曾借傅益瑶家藏的叶浅予《凉山舞步》原作临摹，对叶浅予其人其画仰慕已久。

1987年9月进中国画研究院研修，刘凌沧先生授完一个阶段课程，和同学们合影，正巧叶老路过，同学们争先恐后簇拥着两位老人拍照，高兴极了。虽然叶老没给我们授课，但有机会听过叶老的专题讲座，实在难得。9月17日，从广东、浙江、山东等地远道赶来的和北京的一大批叶老的学生们，相聚到研究院祝叶老八十大寿。活动项目之一，是叶老为学生们再作一次专题学术讲座《诗书画印》，我们研修班的同学可以旁听。先生精辟的见解、透彻的分析、渊博的学识、幽默的话语，令人折服，还不时激起阵阵笑声。3个小时的讲座意犹未尽，叶老最后还给大家出了一道思考题：李叔同如此多才多艺，何以要出家当和尚？

这一时期，叶老就住在研究院，深居简出，谢绝一切社会应酬写他的回忆录。虽然叶老平日穿着极简单，也常在研究院的饭堂里就餐，但因外表看着严厉，加上名气又大，所以班上的同学们谁也不敢贸然造访、打扰。1988年6月2日，我在研究院办个展，趁他早晨散步，送上请柬，而一般的展览叶老都是不去的。画展开幕当天下午，座谈会也已结束，我才在展厅里见到了叶老。他独自一人，紧挨着立橱玻璃仔细观看，还不时抬起老花镜，用铅笔在小本子上作记录。我请叶老指教，叶老说："我还提不出什么，画得好，你的画有生活，有感情，也有看头。"我说："我是自学的，不上路。"他说："就凭这一点，好！没有包袱。上了学就听老师的，听别人的，反而没有自己。"事后，从中央美院附中老校长丁井文、中国画研究院书记王岚、办公室主任李晓玲处分别传达出叶老的意见，说"沈启鹏的画有看头，实实在在。"

6月4日中午，叶浅予先生、刘勃舒院长、董小明、李晓玲、赵力忠和我在饭堂同桌吃饭。李晓玲主任对我说："老沈，叶老喜欢你的画，夸你了。"叶老接着说："你的路子宽、路子正。既然路子正而且宽，这路就走得通。""推小车这幅很成功，有生活，最好的是那坐在车上的媳妇美滋滋的，而丈夫推车用力又有一种难以说清的表情。只是睡在窝里的娃娃衣服着色重了，因为其它部分都很柔和的。另外，车上的东西也多了点。"

"你的老太太画得好。"

"我小时候是外祖母带大的，外祖母待人宽厚，宁可自己省吃俭用，也要让给别人。"

叶老记起来了："对！对！叫《老屋》的这一幅，破门，一个老太太，一只小狗，那情调意境好。《山鬼》(参见本书第32页)这题材很多人画，我看了不少，都只是画的美人体，你的这一幅山鬼，人物与环境气氛融洽了，很协调。"董小明也赞道："这幅是你的造型和笔墨恰到好处地切合了。"

午饭后，征得同意，到叶浅予画室请他在画展签到簿上签名，随后又谈起人物画："你这条路走对了，不少人怕吃力而改行不画人物画了。江南有人说'忙煞花鸟、饿煞山水、苦煞人

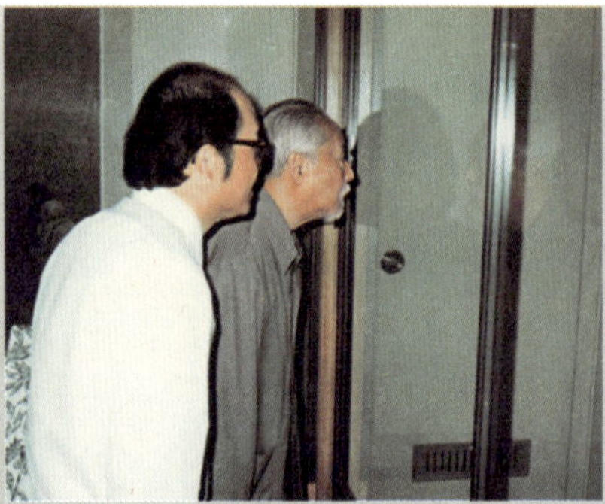

1988年6月2日陪同叶浅予老师观《沈启鹏画展》

"南通出画家呀！李方膺也是南通人。"

物'。""年纪大了改行，这不是规律，是偷懒。老了只有放松一点，画得简练一点。从前国画市场上有句老话，说学不好人物改画山水，学不好山水改画花鸟……"6月20日午后，叶老在他的书房里，又和我聊了许多话题，他说："人要走得正，站得稳，要老老实实下苦功夫，取巧的人到头来长不了。""现在下功夫画人物画的不多，你的《朝圣图》、《大汛》是下功夫的，在深度上下了功夫。""风格是一点点出来的，不是一下子变的。徐悲鸿的《山鬼》是画美人体，任伯年的《山鬼》画得可以，几时我找出来给你看看。"

叶老要我复制一幅《二月二》："我给你推荐，到时给你一笔收藏费。"我说收藏费不一定要，哪里收藏要给个证书好评职称用。三天后，叶老将500元酬金交由办公室李晓玲转我，当我把酬金退回叶老时，他神秘一笑："北京有钱人多着呢，我给别人推荐的，你甭管了。"事后，刘勃舒院长告诉我："叶老过去就买过学生的作品，以提携后学，这次买你的画该是第三次了。"果然，一个月后，我与夫人来京拜访叶老时，《二月二》依然高挂在叶老的画室壁上。为了感谢叶老的关爱，1990年7月我将《山鬼》一画装裱，并带上民间工艺品等去北京，不巧叶老回老家浙江桐庐了。1990年10月15日，叶老给我来信：

启鹏同志：

离京半载，昨始返回，来信并画片均悉。四五十岁正当精力充沛之际，为社会效点力是应该的，但不能陷入事务纠纷中去。请记住我的两句自励的话："对生活知足常乐，对艺术自强不息。"

叶浅予　10月15日

叶老信中的谆谆教诲，时时勉励着我对社会尽心尽职，对艺术孜孜以求。

1992年12月下旬，我赴京出席民盟十大，又专程去研究院看望他，汇报4年来的工作情况，

1988年6月2日请叶浅予老师共进午餐

1987年9月叶浅予、刘凌沧老师与研修班同学合影

1988年7月14日与夫人周明俭拜见叶浅予老师

谈及中国旅游书画联谊三峡之行。他几次组织艺术行路团的活动，办师生展，向家乡捐画……没有想到，这是最后一次见到叶老。1995年5月中旬，卢沉先生回苏州途径南通，告知叶老不幸逝世的噩耗，卢老师悲痛地说："4月底，我刚去医院接叶老回家，这两年他老想着要回老家桐庐，想不到……"

20年后，在中国美术馆我的个展座谈会上，研究院的美术评论家赵力忠说："你的那张《二月二》一直挂在叶老屋里直到老人去世。"这令我感动得落泪。叶老恩师，我会永远记着您对我的这份特别深沉的爱心，以永不懈怠的求索精神告慰您的在天之灵。

1995年5月第一稿　2009年11月第二稿

[附录一]

叶浅予与沈启鹏

1988年6月的一天，叶浅予老先生打电话到荣宝斋约我。按他老人家的习惯，一定是有一批新作，外带要聊聊天，听听外面有什么新闻。自从他住进中国画研究院以后，消息闭塞了一点，再加上老年人本来的寂寞，特别需要沟通。叶老谈锋甚健，有时说上几个小时也不知疲倦，而且看问题特尖锐，一点都不像是八十开外的人。

果然，我一到，叶老和往常一样，先是把自己最近的作品往我面前一推，说你挑吧。像这样

《牛劲》荣宝斋收购　1987年

启鹏速写叶浅予老师演讲　1988年9月17日

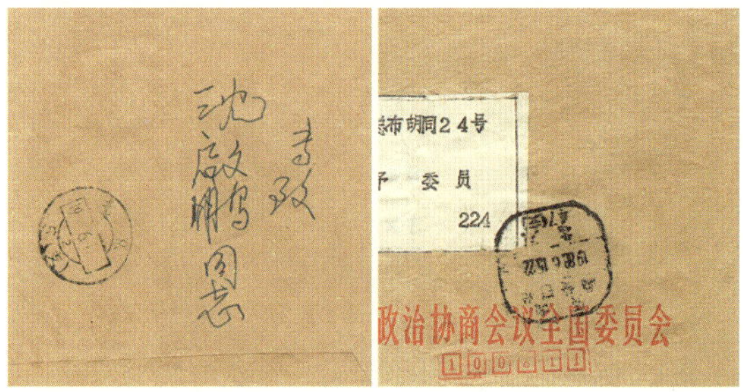

1988年6月叶浅予老师购藏启鹏作品装酬金的半个信封

一位功成名就、德高望重的老前辈，能让一家店铺的伙计任挑任选，还能品头品足，大概在今天的画家圈里，似乎是隔世的事了，而叶老则一生保持这个习惯，直到他老人家绝笔的两本册页。我们这些晚辈则从叶老的认真劲儿学到了做人、做事必备的品质。挑完画，该闲谈了，他才说今天找你来还有一件事。我说，什么事您就说吧。他老人家也不说，不慌不忙走到房间的另一头，拿出一个纸卷展开来，才慢慢道来，说中国画研究院组织了一个研修班，都是各地露了头角的画家，研修班快结业了，办了一个展览，这里头有一位画家画得不错，名叫沈启鹏。“沈启鹏”这个名字我头一回听说。叶老指点着展开的画，接着说，因为这张画画得实在好，自己动了多年没有动的念头，把它买下了。也许是这种举动在当年闻所未闻，我有点吃惊。叶老画了一辈子人物画，教了一辈子人物画，也见了一辈子“大”人物，从三十年代到八十年代，横跨半个世纪画坛，他居然以这么一种方式推荐一个名不见经传的年青人，太让我感动了。以前我只知道画家之间通行的作法是交换。而现在看来，交换应该说是一种“初级阶段”了。再说，以叶老夫子的身份，只要他喜欢，他看上了，年青人送恐怕都是争先恐后呢。叶老心平气和地慢慢讲：他买这幅画是他喜欢，画画的人拿来展示这张画也一定是他自己也喜欢，怎么能凭空白要别人也喜欢的东

1992年11月24日最后一次探望叶浅予老师

1990年10月15日叶浅予老师给笔者的信函

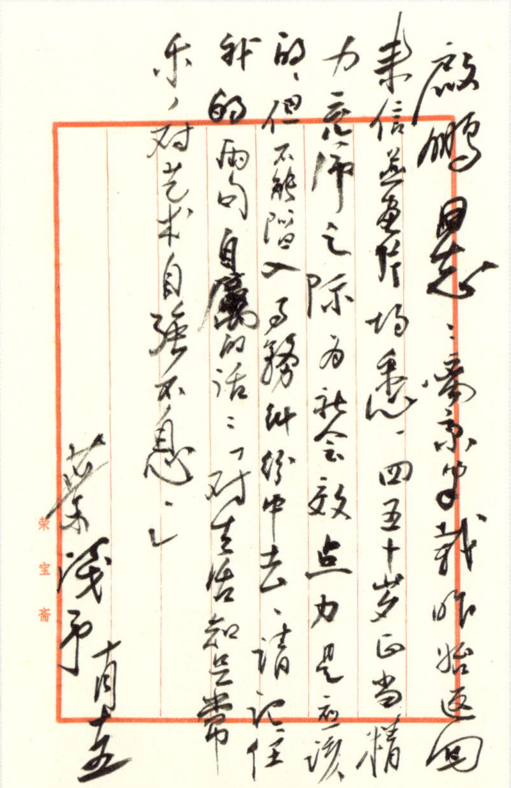

荣宝斋

启鹏同志：南京中秋时始返回，来信并画片均悉。四五十岁正当精力充沛之际，为社会效点力是应该的，但不能陷入事务纠纷中去，请记住我的两句自豪的话：对生活知足常乐，对艺术自强不息。

叶浅予 十月十五

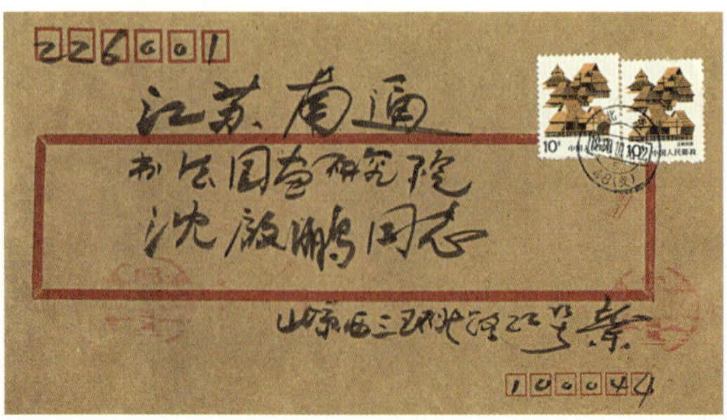

226001

江苏南通

书法国画研究院

沈启鹏同志

北京西三环北路23号叶

100044

西呢？如果是交换，人家还不一定喜欢你的呢。画家出一张好画，不容易。用一种可以接受的价值去换，心里就踏实了。叶老说：你看，画上的那个媳妇，眼神多好啊！把她心里美滋滋的劲儿都抖露出来了。直到这时，我才顾上仔细看一看画面，画面上是一家仨口，小伙子推车，一边是媳妇，一边是胖娃娃和给媳妇娘家捎去的年货。我细细品品叶老的分析，真的不错。从媳妇的满足感，从她那偷偷从心里往外乐的眼神里，我看到了一个初为人母的自豪；我看到新富裕起来的农民的自信；我看到了夫妻的恩恩爱爱；我也看到了唯有亲身经历的人才能画出这么一种感染力。我暗暗记下了“沈启鹏”这个名字。叶老接着风趣地说，你可不能白看，想让你们研究一下，这个人的画行不行，推荐归推荐，如果你们认为可以，就把他介绍到你们那里卖画。说句实话，我当时还真有点担心。第一个担心是沈启鹏这个人多少属于不太懂事，像叶老这样的人看上了你，你怎么能收下这份钱？将来如何还叶老这份情？第二，叶老这么一抬举，一般人都容易晕，再回过来与商家合作就不容易合得拢。叶老似乎看透了我的心思，解释说："这个小伙子人也蛮好。我要买，他硬要送，僵持不下，我说如果你一定要送，我宁可不要了。小伙子犟不过我，只好把钱收下，事后又送了我《山鬼》和《老屋》两张小画，还有南通民间工艺品。"我一听这还差不多。至于第二个顾虑，可不是这么轻而易举就打消了的。由于叶老力荐，荣宝斋乐于从命，当即从沈启鹏展品中收购一幅《牛劲》的扇面，一下子沈启鹏登上了荣宝斋的大堂。这一去我们之间十多年没见过面，荣宝斋的人也换了几届了，启鹏的身份、地位变化更大，由原任地方美协主席的一个研修生，当上了画院院长，又当上党派负责人，曾任市文化局副局长、市政协副主席，又当上市人大副主任，获政府特殊津贴，并被推举为九届全国人大代表，评为中国画坛百杰画家等等。集这么多职务和荣誉为一身，是不是更不容易合作了?!倒是启鹏几次进京开会都来找过我，不巧都没碰上。再次见到启鹏，已是十二年后，就是今年春天，叶老已经作古了。一见面他就说，已把文化局副局长、画院院长和美协主席先后辞去，准备应聘去高校任教，埋头做点学问。一句话就把我的心放得踏踏实实了。接着他又问我对他作品的看法，我照直说。我觉得这个年龄段的人，要么是上一拨的人"尾"，要么是下拨人的"头"，还是当"头"好。启鹏听了不住地点头，我觉得他是把我的话当真了。真希望下次再见他的时候，能看见他"当头儿"的画。

写到这儿，正想到马上就清明了。今年的清明我一定要告诉叶老夫子，您看上的没有错，启鹏没有辜负您的厚望，他终于摆脱了种种束缚，打算认认真真地还您伯乐的那份深情了。叶老夫子，等着瞧吧！

萨本介（荣宝斋编辑 画家 鉴定家 齐白石纪念馆顾问） 2000年4月1日于北京

2000年3月拜访荣宝斋老友雷振方（左）、萨本介先生（右）

1997年11月季茂之先生观展致贺

[附录二]

有感于叶浅予买画

最近北京友人来信，说沈启鹏在京举办的画展很成功，其中特别使人注意的是叶老出资500元，买了一幅展品。

叶浅予是当今中国画坛的大家，他所见到的古今中外的名作不知有多少，他所珍藏的艺术精品，想必都经过认真的选择。而他这次买了沈启鹏的画。

对友人的来信，我一读，再读，使我感到极大的振奋。

叶老看中启鹏的画，固然是本身所已达到的水平。启鹏经过多少年勤奋刻苦的努力，才打下了扎实的功底，并展示了他的艺术才华。但我却从叶老买他的画这件事上，得到另外一种启示，看到一位老艺术家的胸怀。

本来，叶老来到展厅，提几句意见，说几句勉励的话，对后辈来说，已经是一种很大的鼓励和支持了。然而，他不满足于此，当场买了会上的一幅展品。这对启鹏的画的估价，比十句、八句溢美的题词，就更为充分和有力了。友人信中说，这件事在首都国画界引起了反响。这说明了它的效果——老艺术家以自己的实际行动，把人才推出来了。

叶老热爱人才、鼓励青年、提携后辈的火热心肠，使我很受感动。艺术事业的发展，优秀人才的培养，多么需要这样热心的老人啊！当然，不仅需要这样的老人，更需要的是全社会的关注。我们要努力抓紧发现和培养人才这一件大事，把工作做得更好。

季茂之（原南通市文化局局长、文联主席、诗人）

——刊于1988年7月26日《南通日报》

山鬼　¢40cm　1988年

研修班第一位开课的老师
——忆刘凌沧老师

刘凌沧先生是中央美院老教授、工笔人物画家，是我们进中国画研究院研修班第一位开课的老师，那年他正好80岁，与李可染、叶浅予同龄，叶浅予称“刘凌沧在北京人物画家中居于鹤立鸡群的地位”，他为中央美院国画系临摹教学实践立下大功。1988年9月8日上午给我们讲了整整半天，古今中外点到许多画家，着重讲中国画的社会作用，研究它的目的意义，强调中国画要在继承传统基础上去创新。刘老师传统功力深厚，曾为故宫博物院复制多幅中国古代经典作品，他的讲座使我们加深了对中国画精神的理解，对于掌握传统工笔人物画技法大有帮助。随后观摩他带来的四幅人物画作品，第二、第三天分别给我们示范小写意《李白诗意》和《仕女图》，落墨、上色、渲染，直到完成的全过程。令同学们感动的是，刘老毫无保留地将解放前他在敦煌临摹的十几幅线描稿拿出来让我们临摹，我作为人物班班长，负责将珍贵的摹本完好无损地送还到和平门刘老家中。

我在研究院办个展，刘老与夫人前来观展，接受记者访谈，并在座谈会上发言，给予我许多鼓励，还给我题词“画苑菁英，美如簇锦”，画《李白行吟图》赠我。

刘老夫人郭慕熙女士是优秀的老一辈工笔画家，默默无闻地奉献着，曾在中国历史博物馆和荣宝斋工作，又派往故宫临画12年。临本作水印范本，部分留故宫替代原作展出。1988年10月，刘老在为中国画研究院第三届研修班授课时病重住院。万万没有想到，我们结业后的第二年春天，刘老就永远地离开了我们。我参与了刘老学生们为筹资出版《刘凌沧画集》的捐画活动，刘老病故后，我曾去和平门看望过刘老夫人。为此，我仍珍藏着郭女士给我的许多封毛笔手书信件。

2009年11月

1988年6月2日刘凌沧老师在“沈启鹏画展”上

1988年6月2日刘凌沧老师在画展座谈会上

[附录一]

“沈启鹏画展”开幕式上刘凌沧老师接受记者访谈

沈启鹏的人物画今天我都仔细地看了看，很好，质量很高。由于我过去在研究院上课嘛，所以我们很早就很熟悉。他的画，我觉得非常新。但在新的基础上呢，传统风格也很浓厚，由此可见他对民族传统下了些功夫。中国画的创作有一个特点，就是中国画的特征，中国画的民族风格。现在许多革新的画家，当然也很好，有些时候在风格面貌上偏重于西方，因此民族风格就比较薄弱、比较淡。沈启鹏同志的作品好在造型也很准确，勾线、构图都很新，而且最大的优点在自己民族传统基础上来革新，所以一看哪，他这个民族风格就很浓厚，同时他对传统的笔墨技法是下过很深的功夫的。他的作品在用笔用墨上是代表中国绘画笔墨的民族精华，这一点，在青年画家中是很宝贵的。据我了解，南通这地方在我们中国是文化之邦，出人才。我还有一个学生叫范曾，这两位同志我就认为在中国画的创造上都有突出的表现。所以人才难得。希望沈启鹏同志在这个基础上，以后多搞些创作，发挥我们民族风格的优越性。在中国美学思想、美术形式、美术造型以及美术理论上一定要有新的贡献。

1988 年 6 月 2 日

[附录二]

刘凌沧老师在“沈启鹏画展”座谈会上的发言

我是研究班的教员，这些同志都跟我上过课。今天看过展览会，的确很好，我是老一套传统的东西，继承传统不能说这些没用。我开诚布公说，我作一桥梁，从旧的一面借助我这桥到新的那一面，我希望起一个承前启后的作用。和 30 多位同学合作很好，我住在这里，他们到我这儿来，交流经验。研究院不同于院校年龄限制严，大几岁，没有文凭都可以来学，面比较宽，有才能的画家，许多是自学成才的。汪涛、沈启鹏同志都是经过自己的努力，自己的探索，发挥自己的才华。我 14 岁背上个破褥子，从家里走到北京，我也没有高等学校毕业，但在高等学校教书。这说明只要自己努力，事业就有成就。研究院办院方针、教学宗旨非常正确。人才主要发祥在高等学校，但不完全依靠高等学校。研究院放宽了点，多吸收人才，为社会培养人才，正如勃舒同志说，我们的美术家不是太多，而是太少，群众要看画，要看好画，美术的前途是广阔的。我认为美术普及工作与提高工作同样重要。宽一点，多网罗人才，今天安徽、江苏的领导来了，我说像沈启鹏这样的同志在北京也不多，不说在南通。在下面好好培植，让他多多发表作品，沈启鹏画《藏族礼拜》那幅，后面建筑、砖石，不但有质感，还有中国画的笔墨皴擦，旧方法和质感结合起来，是一大突破。是不是到此为止呢？事业刚开始，你们更大的成绩还在后头。张大千我认识，那么大名气，见了我们后人说："凌兄哟，我是先画花鸟的，第二步是画山水，第三步是画人物，人物我得跟你学习啊！"一个画家要有阔大的胸襟。你们俩风格很好，吸收的新东西很多。但中国画还是姓"中"，与京剧姓"京"一样。在自己的传统上发展，不是达利、毕加索的东西翻来，那么一抄。今天两位作品有新东西，但都有自己的东西，都姓"中"。希望今后沿这条路走下去，道路宽得很，艺术无止境。我今年八十二岁，还要向你们俩学习。

1988 年 6 月 2 日

为刘凌沧老师速写　1987年9月8日

1987年9月8日刘凌沧老师授课后，与全班同学合影

1988年刘凌沧老师画赠笔者存念

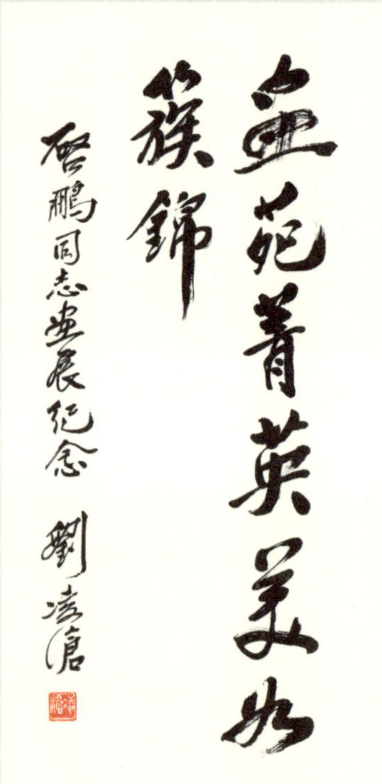

1990年7月12日去和平门刘凌沧寓所拜望郭慕熙女士

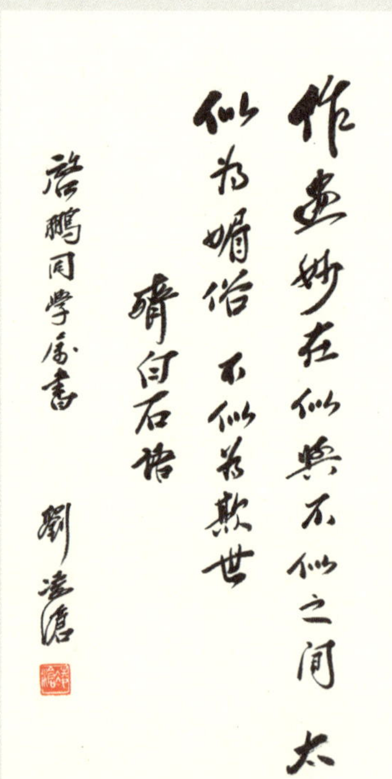

1988年6月刘凌沧老师题辞

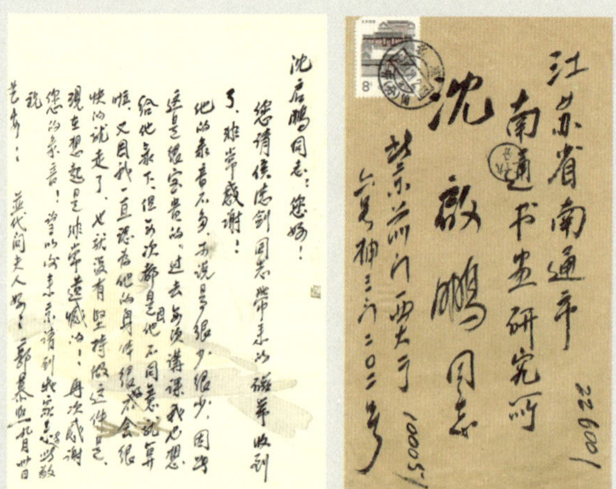

郭慕熙老师来函

感念何海霞老师对我的一份特别的爱心

进研究院，第二位为我们做讲座的是中国画研究院院委何海霞先生，那年他也80岁。他是长安画派主力军之一，早年为谋生，16岁即在琉璃厂画古画，28岁成张大千入室弟子，功力深厚，尤善作巨幅青绿山水。9月19日针对同学们即将去京郊写生，他以漫谈方式授课，讲生活、写生与创作、升华的关系，10月19日讲座进一步强调山水写生中画家主观因素和人文修养的重要性，充满激情。

因为我办了个展，引起老先生的关注。何老不仅在画展座谈会上作了热情洋溢的发言，还应《中国人才报》之约撰短文一篇。在陪同新加坡书画家潘受、黄葆芳和陈声桂先生观看我的个展时对我说："画得这么好，不满足，还来北京进修，这点精神就可佳。你的东西有看头，有生活，看得出你对生活对艺术是真诚的，实实在在的，不故弄玄虚。"老人又提笔为我与汪涛同学亲笔写了三封信，向荣宝斋、墨缘阁、清秘阁画廊热情推荐。老人还把我介绍给京西宾馆的李位贤政委，让我到宾馆作画，我曾两度与何老同住京西。何老巨幅金碧山水画的非凡气度，撼人心魄。后来我专程去双榆树寓所看望老人，获得他的书画墨宝。他提携后学的火热心肠更使我终生难忘。

2008年，我撰文《一份特别的爱心》，编入《世纪海霞·何海霞先生诞辰一百周年纪念文集》。

1987年10月19日何海霞老师为研修班学员授课

为何海霞老师速写　1988年10月19日

［附录一］

何海霞老师在“沈启鹏画展”座谈会上的发言

我作为研究院的一个成员，今天听到刘院长的发言和高老师关于进修班教学情况的介绍，很高兴。沈启鹏同志、汪涛同志有这样的才华，这方面的修养，我感到，像这样的人才，是画家的素质和他们的辛勤劳动，才取得这一次的也算是惊人的成功。我不是语气稍微重一点，真是可喜可喜！当前画展如雨后春笋，人才辈出。可是这两位没有进过高等院校，从事艺术耕耘这么些年，从年龄说进入中年，求师访友，总感到自己那些地方要补充，需要学习。我们研究院所做的工作，我感到一点：爱护人才，珍惜人才，培养人才。有人说研究院主要搞研究，认为研究院有些工作离题远了。这未免片面。研究院有个发掘人才、培养人才、培养我们下一代的任务，视野要看得很远。刘勃舒同志是徐悲鸿先生的高足，美院老师都知道，全国都知道，悲鸿先生是珍惜人才爱惜人才的。所以悲鸿先生桃李满天下，没有不敬仰这位教育家、艺术家的。刘院长也有这么个遗传，非常注意发掘人才。我们招生是打破惯例，不受年龄限制，有志于此道的人都可以来，这是很难得很难得的经验。汪涛同志和沈启鹏同志，我们私下也交谈过。刚才美协的同志也介绍过，前几年就小有名气了，初露头角。他们两位虚心好学的精神是值得学习的。我今天看了展览会以后，给我自己一个很大的启发，过去一句卖老的话，谓之后生可畏啊！我说真是可怕！真是给我们一个很大的促进！我们如果稍微停停，脚步慢一点，那就不行，给我很大的鼓舞嘛。我也要好好地向这两位同志刻苦学习的精神学习。

1988年6月2日

1.1988年6月2日何海霞老师在《沈启鹏画展》开幕式上

2.1988年6月2日何海霞老师在《沈启鹏画展》座谈会上发言

3.1988年7月何海霞老师推荐启鹏到京西宾馆作画

4.1988年10月23日“88北京国际水墨画展”期间，与何海霞老师同住京西

［附录二］

何海霞老师应《中国人才报》之约撰文

我完全赞同刘勃舒院长对沈启鹏、汪涛同志展出作品所给予的中肯评价。

沈启鹏、汪涛既不是哪个高等院校的高材生，也不是某某名家的传人，仅仅是个名不见经传的普通作者。

处在今天这个沸腾的时代，祖国建设百废待兴，需要人才，特别是文化事业的繁荣发展则更需要人才。沈启鹏、汪涛在艺术道路上刻苦好学、求知探索的精神，令人感动，勃舒同志独具慧眼，发现了这两位如玉在璞的人才。

我祝贺沈启鹏、汪涛所取得的成绩，祝贺识别千里马的“伯乐”。

何海霞　1988年6月2日

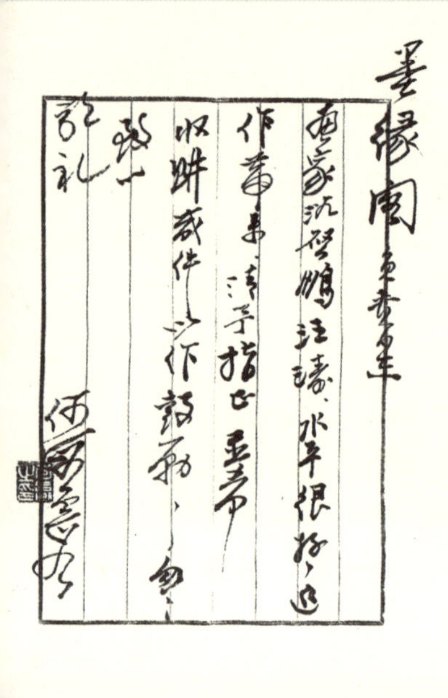

墨缘阁负责同志：

画家沈启鹏、汪涛，水平很好，近作带来，请予指正，并希收购几件，以作鼓励，为盼！

此致

敬礼

何海霞

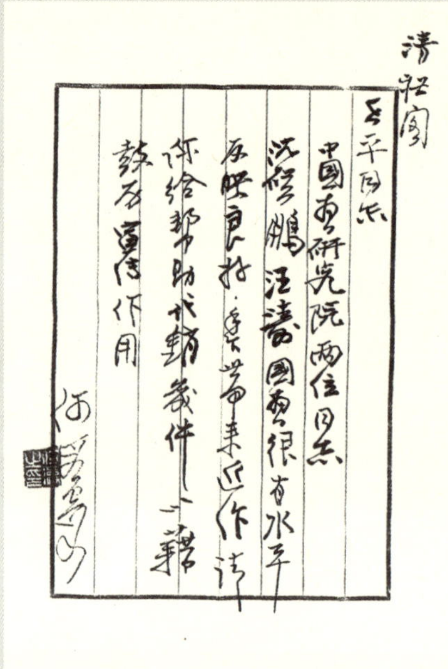

清秘阁王平同志：

中国画研究院两位同志沈启鹏、汪涛，国画很有水平，反映良好，带来近作，请你给帮助代销几件，以鼓其画作用。

何海霞

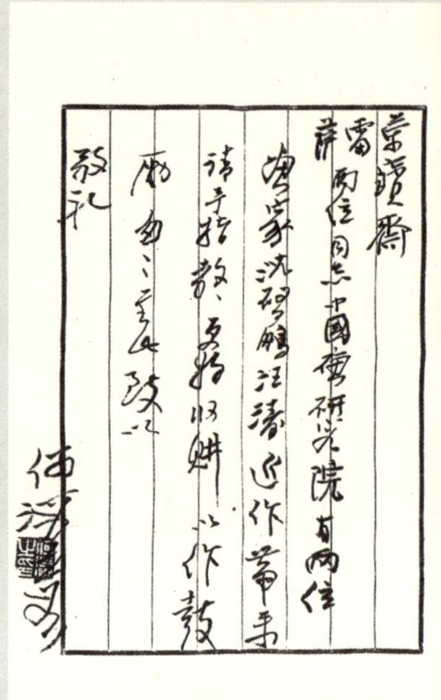

荣宝斋雷、薛两位同志：

中国画研究院有两位画家沈启鹏、汪涛，近作带来，请予指教，并希收购几件，以作鼓励，为盼！

此致

敬礼

何海霞

1988年6月何海霞老师给荣宝斋等画廊写的推荐信

1988年何海霞老师作画赠启鹏

1988年何海霞老师作书赠启鹏

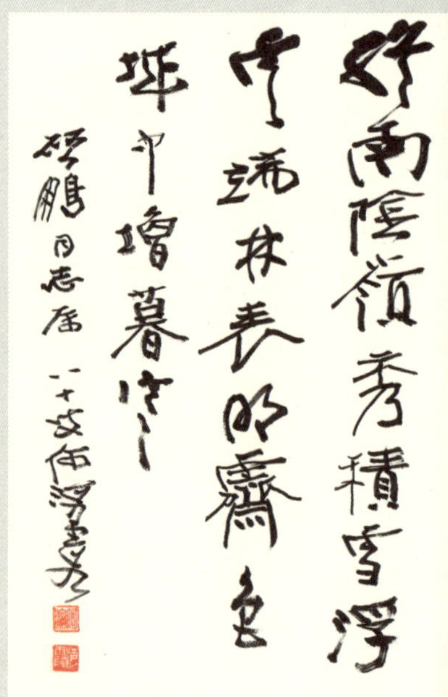

魂系沂蒙　193cm×120cm　1990年

沂蒙情　200cm×100cm　1993年

情系黄瓜园

——访谢海燕、张嘉言老师

南艺，我没有就读过，但这里始终是我梦寐以求的艺术殿堂，没有教过我课的谢海燕、张嘉言、陈大羽、保彬、张华清等一大批老师，始终关注着我的成长，这种精神的维系也从未因岁月的流逝而消退。

谢海燕院长住青石村时，我曾去拜望过。第一次是1989年，谢老肾囊肿手术住院而未遇，出院后谢老专门给我来信表示谢意。第二次在1992年，亲切交谈并留下一张合影照片。1996年9月19日，在江苏省美术馆建馆60周年的庆典画展上与谢老夫妇相见，二老十分关切地询问我的情况并予以鼓励。谢老去世后，2003年10月我去南艺黄瓜园寓所看过张嘉言老师。不觉又过去六年，今天再去看望张老师，93岁高龄了，装了心脏起搏器的她身体不错，行动自如，思路也清晰，生活有规律，每天看报到深夜，早上要睡到10点起。见我站在客厅喜出望外，紧紧拉着我的手让坐沙发聊家常。

客厅朝南的墙上悬挂着谢老的大幅照片，两侧是刘海粟画的两只花卉瓷盘、王个簃石鼓文对联、李可染“园丁喜看百花鲜”的题句，下方矮书橱上是“谢海燕奖学金设立证书”的镜框，还陈列着许许多多造型独特极富艺术性的非洲木雕。看到谢老端庄、慈祥、宽厚的面庞，便对他学识渊博、虚怀若谷的学品人品肃然起敬。他25岁即任上海美专教授，26岁撰《西洋美术史》；他

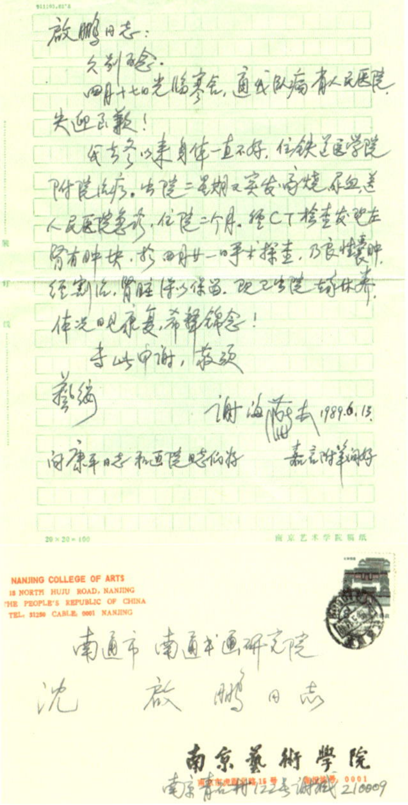

启鹏同志：

久别为念。

四月十七日光临寒舍，适我卧病省人民医院，失迎为歉！

我去冬以来身体一直不好，住铁道医学院附院治疗。出院二星期又突发高烧、尿血，送人民医院急诊，住院二个月。经CT检查发现左肾有肿块，于四月廿一日手术探查，乃良性囊肿，经割治，肾脏得以保留。现已出院，在家休养，体况日见康复，希释锦念！

专此申谢，敬颂

艺绥

谢海燕 1989.6.13

向康平同志和画院诸位问好　嘉言附笔问好

20×20=100　南京艺术学院稿纸

NANJING COLLEGE OF ARTS
15 NORTH HUJU ROAD, NANJING
THE PEOPLE'S REPUBLIC OF CHINA
TEL. 31280 CABLE. 0001 NANJING

南通市 南通书画研究院
沈 启鹏 同志

南京艺術學院
南京青石村12号谢缄 210009

1989年6月13日谢海燕院长来信

1992年7月拜访谢海燕夫妇于青石村寓所

在江苏省美术馆建馆60周年庆典画展上　1996年9月19日

与刘海粟、潘天寿亲密共事，长期主持上海美专和南京艺术学院工作，从事艺术教育60年。谢老的成就和贡献与夫人张教授的辅佐密不可分。

张嘉言，南通市通州石港人，就读于南通崇敬中学、上海美专，1946年与谢海燕先生结婚，辗转于杭州、上海、南京之间，一生从事美术教育。张教授谈了她一生的经历、谢老与刘海粟、潘天寿、吴茀之的情谊和四个子女的情况，也询问我的近况，还让保姆为我下汤团、拍合影，赠我谢老画集题字钤印。

张老师回忆起37年前为我考南艺专程去南通如东拿材料的往事：“差不多三四十年没回南通了，还是1973年南艺招生为拿你的材料专程去的。如东县和南通地区的某些人起了阻挠作用，给我们的印象很坏。学院又派张华清老师再跑一趟，还是没有成功，大家都感到非常遗憾。谢海燕对你很器重，也欢迎你来考‘文革’后的首届研究生。”我想起半个月前保彬院长来南通时也曾对我说：“当时南艺领导层作了决定的，对你是免试特招，如东就是不放。”侯德剑、尹桢、周登五等画友在场为证。不过毕竟是过去了的事情，想不到老师们依然如此为我抱不平。

不知不觉一个半小时过去，老人执意要留我吃中饭，直到十二点三刻，女儿谢燕淞教授和女婿陈世宁院长一前一后下班回来，我才告辞。一家三口送我出大门又走一程，依依不舍。

我不是南艺的学生，却胜似南艺的学生。在艺术的求学之路上，他们始终是召唤我奋力前行的精神动力，二老是我心目中永远的老师。

2009年11月26日

2003年10月探望张嘉言老师

2009年11月26日探望张嘉言老师

张嘉言老师题赠《谢海燕中国画选集》

赶摆　97cm×90cm　1998年

寄情“光朗堂”

在南通的书画前辈中，刘子美、顾云璈、尤无曲是我重要的三位老师，他们都于南通书画研究院建院初期（1978年和1979年）聘为书画院的特聘画师。刘老师办过80岁画展后于1983年逝世，顾老师办过90岁画展后于2000年逝世，尤老师最高寿，90岁后又有新突破。我常去丁古角文武巷“后素斋”小楼或银花苑新宅“光朗堂”赏画谈艺观盆景，喝荷叶茶，轻松愉快，怡然自得。即使我调离画院去了大学，仍隔三差五地去看尤老师，同时向他请教。尤老没有对我的作品、艺术道路作过专门的评论，最多对着画说句“好极了，阁下自学成才，行政社会事务繁忙，实属不易”的简单赞语，但他淡泊的人生态度和勤奋的治学精神，总是潜移默化地给我以深刻影响。

1988年8月起，我任画院院长兼市美协主席，关心并服务于老一辈画家是我的份内事，除了常去看望、年终慰问以外，曾于1989年3月联合南通电视台为老画家摄制艺术生涯的电视专题片；1995年2月起，为老先生编辑印刷画家丛集，一人一辑，共九种，加上从建院开始的画院年鉴，为地方美术留下一点史料。另外，为尤老在香港《文汇报》的专题介绍写推介文章；为尤老在博物苑举办国画、盆景展写序言；联络、接受季修甫向画院捐赠图书和尤老60余幅作品；为老宅拆迁请求市领导黄冰、沈鹏千予以关心帮助；为尤老抢救治疗和操办丧事等尽点绵薄之力。然而尤老从不轻易求人，事后总是想方设法表示答谢。画院同仁曾去“光朗堂”祝尤老九十大寿，他竟为

1980年观范曾老师作画

1996年全院联谊会尤老植松

全院同志每人作画一幅致谢。至今，我还珍藏着尤老送我的齐白石题润格手书、玉雕工艺品、贺我母亲八十诞辰的立轴、一套花鸟册页和多幅山水、墨松。笔墨章法尤为精到的墨梅小品条幅一直挂在我的“天风阁”画室。睹物思人，尤老淡泊人生的品格，是留给我的最为宝贵的精神财富。

2010年8月8日

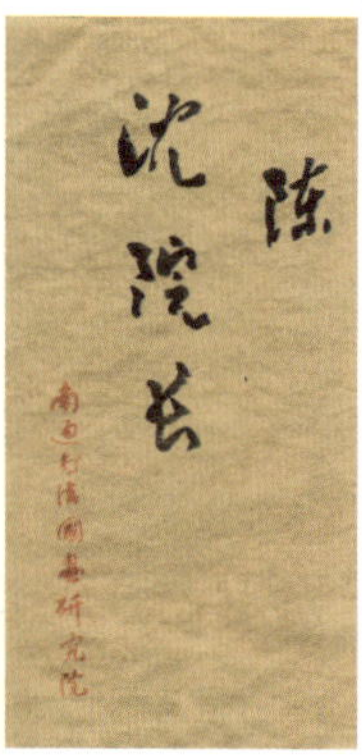

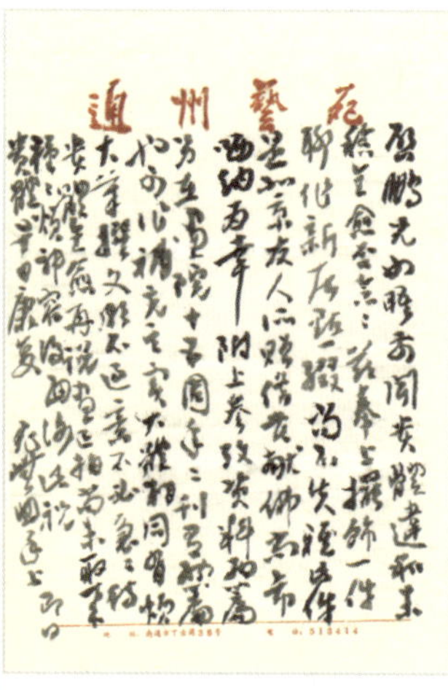

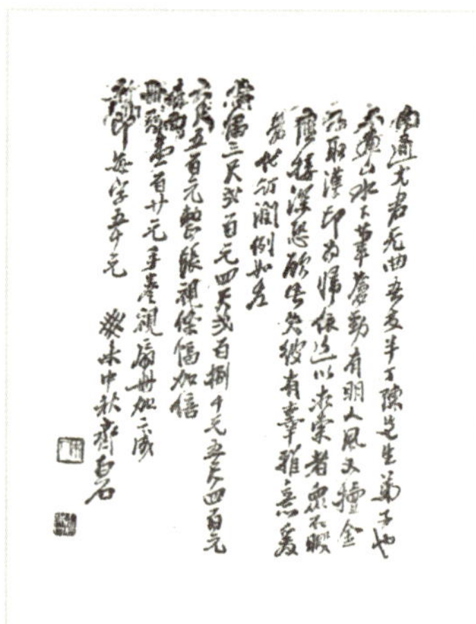

1994年尤无曲老师给启鹏的信函和早年齐白石定润格影印件

1994年尤无曲老师赠启鹏玉雕存念

1993年尤无曲老师作五松图于丁古角老宅

2004年新春问候

藏书画印 忆陈大羽

1973年，南京艺术学院对我的免试特招没能实现，使不少南艺的老师感到惋惜，同时也对我寄予希望，江苏省美协副主席、南京艺术学院教授陈大羽老师是其中的一位。进不了高校，我便四处寻师访友，上个世纪八十年代，每到南京，必去亚明老师、杨建侯老师和陈大羽老师家中拜访或走访出版社、新华日报美编室。1974年，在如东文化馆跟我学画的上海知青徐国新也考上了南艺，他代我向大羽老师求得两方姓名印，一朱文一白文，布局奇拙，用刀刚健，大有白石先生遗风，我非常喜爱。

大羽老师常常一边作画一边与我聊天，1993年4月26日的记事本上就记着大羽老师对我说的一句话："上大学不一定能成才，不上大学不一定不能成才，关键在自己，在悟性。"他的勉励增强了我的自信心。说来也巧，日本爱知县半田市立博物馆就办过两位中国画家的个展，一个是大羽老师，一个是我。为祝贺我的赴日画展，大羽老师为我题词"天道酬勤"。

1985年到济南出席第四次全国美代会，与大羽老师朝夕相处了几天，会议结束后，应武中奇先生邀请，我陪魏紫熙、陈大羽、孙铁生等先生又去了长青县。九十年代，在几次重要的画展上见到陈老师，他还应邀专程来南通两回。那时我任南通书画院院长，拜托我关心他的学生，先生的嘱托我当尽心力。1996年11月27日，我率南通书画院"江海潮中国画展"赴江苏省美术馆展出，座谈会上大羽老师第一个发言，给予勉励："江海潮"中国画展在题材上、在表现上都有

1985年四次全国“美代会”和大羽老师（中）游山东长青县

1996年4月14日大羽老师来南通

1997年11月28日在“江苏省国画院40周年庆典画展”上

1994年大羽老师为笔者题辞

1996年9月19日在“江苏省美术馆建馆60周年庆典画展”上

1996年大羽老师为启鹏作画

1982年大羽老师为启鹏题斋名

1975年大羽老师为启鹏治印

所创新，沈启鹏的《鉴真东渡》，以及合作的《江海大港通天下》表现手法和过去不一样，有发展。南通书画院在沈启鹏的带领下，在反映现实生活的创作上起了个好头，值得提倡。先生喜用山马长锋，用笔强悍，用色和造型富有装饰性，其为人的率直也给我以影响。他送我的“凌风楼”匾额和《双鱼图》我一直珍藏着。

2010年6月3日

研修期间笔者的人物速写　1987年9月

勉励与鞭策

——秦岭云老师一席谈

1987年11月9日，秦岭云老师给我们进修班上过一课，他以自己的经历和体会重点讲了一个字：“法”。

秦老师早年在杭州国立艺专学的是英国水彩画，后爱上山水画，当了几十年编辑，并不喜爱古代山水传统模式化的符号，也不拜倒于四王、“芥子园”，而从写生入手，分析选择传统寻自己的路。荆浩、关同之前无画谱，石涛曰：“太古无法”，故不必把法看得圣神不可侵犯。他认为“画情重于技法”、“解放思想，‘法’出自己”、“把握具象与抽象关系，情与景交融，进入意象”、“仅仅维肖不够，还要维妙，在似与不似之间”。秦老师话不很多，但很耐人寻味，我专程去双榆树登门求教，秦老师当场作画题字赠我存念。他在我个展座谈会上对我人体写生的褒奖是一种勉励，按照他从“维肖”到“维妙”而“超乎象外”的要求，我才走了第一步。难的是“似与不似”，是“意象”，是“维妙”，是从客观的具象转化成“天人合一”的个人语言。

2010年7月2日

［附录］

秦岭云老师在“沈启鹏画展”座谈会上的发言

最近的画展特别多，请柬一个接一个。假使说每一个画展都要去的话，自己就不要画画了。而且有些画展往往令人失望，结果白跑一趟。所以最近暗暗下了个决心，尽量不去看画展。看，要事先打听一下。

他们两位在课堂上见过面，但印象不深，他们的画没有看过，来不来还犹豫。今天来了，说老实话，大出所料，我对今天来这一趟很高兴，我觉得没白来，确实学到很多东西。可以把这个印象说得简单点，他们两个的画，最大的特点：一是功力都很深厚，功底很好，比如平柜里墨笔的人体速写，我就看了好久，我也在学院画过人体速写，说老实活，那我得拜他为老师，真画得好，画绝了，那功夫不简单，有那样的人体速写功夫，那人物画可以随随便便地画得很好。二是

1988年6月2日秦岭云老师观看启鹏作品

1988年6月2日秦岭云老师在画展座谈会上讲话

1994年9月陪同秦岭云老师观“江苏十二画家联展”

1988年秦岭云老师题辞

1988年秦岭云老师作山水小品赠启鹏存念

思想观念新。所以形成他们扎实的崭新的画风。总的来说我很佩服，应该向他们两位学习。

刚才听各位发言，我在想，当初我年青时选择当画家，考艺专，是不是这条路当初选择错了，应该干别的行当，不干这个。现在我70多岁了，我越来越觉得，这条路走得有点不怎么样，这个画家不好当，一生要在这个永远解决不完的矛盾和苦闷之中了结，没有觉得今天很愉快，很舒服，很满足。特别是最近几年，作为画家，客观上的阻力、诱惑，来自各方面。如创作思想的、美学的、美术作品的商品化所带来的问题。 一个画家要站稳脚跟，能踏踏实实地追求自己的艺术事业，往往很不容易做到。从他们两个的画风，生活的道路来看，他们最大的特点是，对艺术事业是虔诚的，他们没有别的杂念。同意大家分析的，他们的前途是光明的。

1988年6月2日

研修期间笔者的人物速写　1987年9月

研修期间笔者人体速写　1987年9月

微山湖之晨 200cm×98cm 1980年

一面之交的丁井文校长

1988年6月，我在中国画研究院举办个人画展期间，有一位高个子的白发长者，十分关注我的作品。他自我介绍："我叫丁井文，是美院附中的，您能送一张《微山湖之晨》的照片吗？我替你转赠少奇同志的夫人王光美。"话虽不多，我却感觉得出来，这是一位特别热心美术事业的老先生，虽然不知道他的身份。我找出照片送给这位丁先生，当时来采访的各路媒体很多，也没怎么在意。谁知没隔几天，收到了王光美同志的亲笔来信：

沈启鹏同志：

丁井文同志转来你的大作《微山湖之晨》的照片。画得很好。感谢您对少奇同志的深切怀念！

王光美

一九八八年六月二十日

看了这张纸条，我心中不禁一热，为一张作品的五寸小照片，赫赫有名的前国家主席夫人竟给我回信，着实令我感动不已。我为自己的作品能传递普通公民对少奇同志的怀念之情而感到欣慰，也很感激传递照片的丁先生。

一晃15年过去了，我再也没有见过丁老先生，但"丁井文"的名字却牢记在我心中了。近几年，《美术》杂志中时有美术界老前辈的身影，我陆续从文字中得到丁老的一点情况：原来他是中央美院附中的校长、中央美院的老师、国画系主任、组织部长；原来就是他将美院开国初期一批油画作品拿到中南海请毛主席和中央首长观看；原来他是从延安过来的老革命文艺工作者……我心中充满了对他的崇敬之情。

没想到本期《美术》上（2003年第6期），一个令我悲痛的噩耗：黑底白字“深切怀念丁井文同志”两篇悼念文字和王仲2月份给他拍的照片。从照片上看丁老在生命的最后时日，依然还是那么的庄重泰然！我这才知道，抗战伊始，他在家乡组织了一支近百人的抗日游击队奋起抵御侵略者；他带领一行有志青年千里迢迢投奔延安；他绘制大量领袖像、宣传画和战士争相传阅的连环画《张思德》；他任“内卫连指导员”殚精竭虑地确保毛主席等中央领导的生命安全；因为热爱美术，他放弃在中央领导身边工作和去军委的机会，到中央美院干起教学和行政工作；他白手起家创办美院附中；他是美术界公认的“画坛伯乐”；他一次次为灾区为失学儿童捐款……

虽是15年前的一面之交，丁老却成了我心中的一座高山仰止的丰碑。

2003年6月

1988年6月2日丁井文老师在“沈启鹏画展”上与作者合影

2003年2月丁井文老师生命最后时日依旧庄重泰然

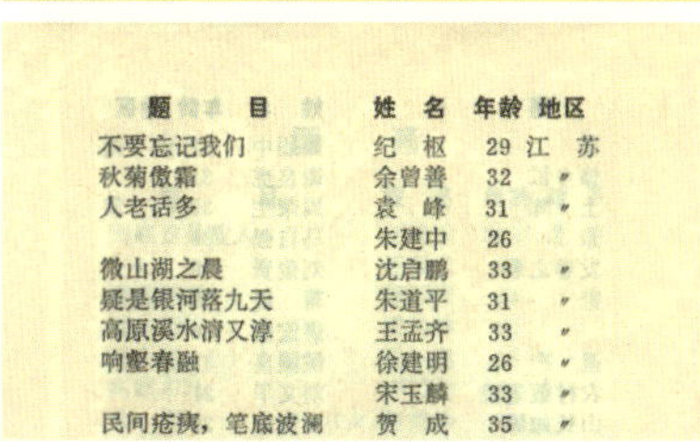

题目	姓名	年龄	地区
不要忘记我们	纪枢	29	江苏
秋菊傲霜	余曾善	32	〃
人老话多	袁峰	31	〃
	朱建中	26	〃
微山湖之晨	沈启鹏	33	〃
疑是银河落九天	朱道平	31	〃
高原溪水清又淳	王孟齐	33	〃
响鼙春融	徐建明	26	〃
	宋玉麟	33	〃
民间疮痍，笔底波澜	贺成	35	〃

1981年《微山湖之晨》
入选“第二届全国青年美术作品展览”

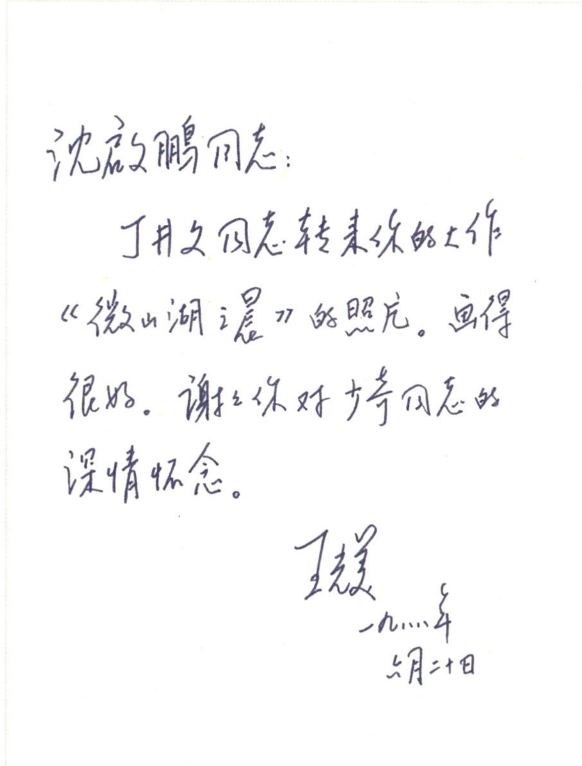

沈啟鹏同志：

丁井文同志转来你的大作《微山湖之晨》的照片。画得很好。谢谢你对少奇同志的深情怀念。

王光美
一九八八年
六月二十日

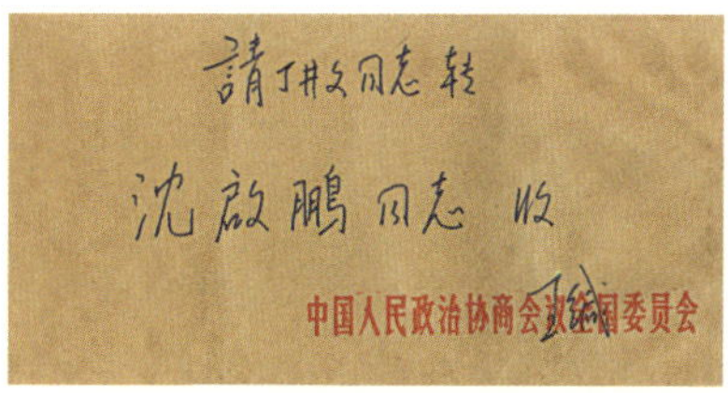

請丁井文同志转
沈啟鹏同志 收
中国人民政治协商会议全国委员会

收到作品照片
1988年6月20日
前国家主席刘少奇夫人
王光美给启鹏来信

刘少奇同志和游击健儿　1980年2月

父子俩　84cm×107cm　1973年1月

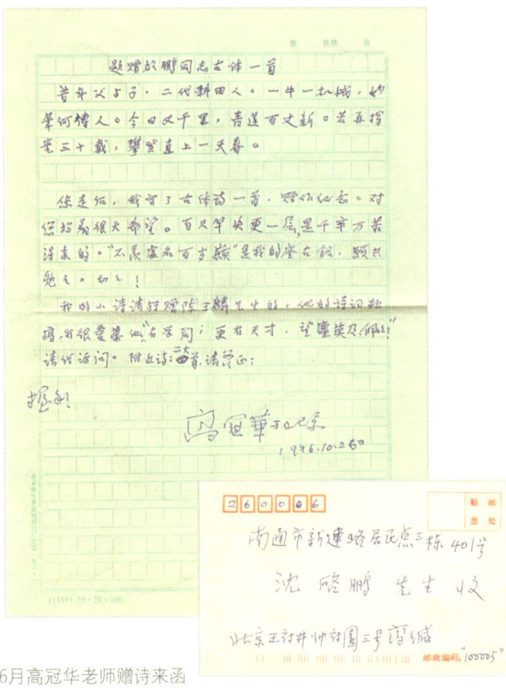

题赠啟鹏同志古体一首

昔年父与子，二代耕田人。一牛一机械，妙華何傳人。今日又千里，青莲百丈新。若再挥毫二十载，攀登直上一天春。

你来信，我写了古体诗一首，赠你纪念。对您抱有很大希望。百尺竿头更一层，是千辛万苦得来的。“不畏高峰百丈巅”是我的座右铭，愿共勉之。切切！

我的小诗请转赠陈玉麟先生的，他的诗词极好，我很爱慕他“有学问，更有天才，望尘莫及啊！”请代访问。附此诗二首，请斧正：

握手！

高冠華于北京
1996.10.26日

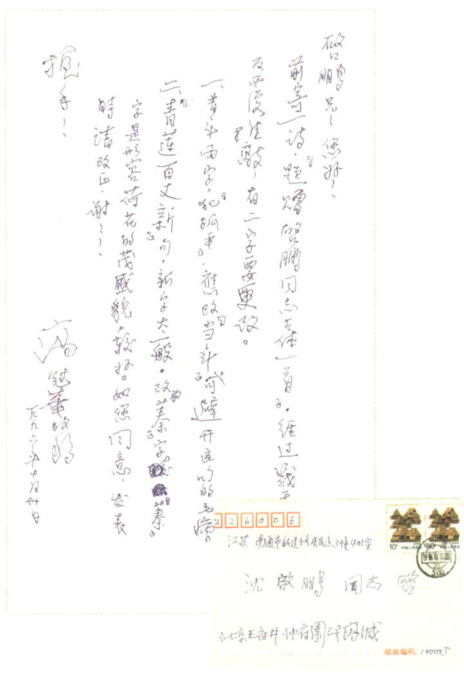

1996年6月高冠华老师赠诗来函

“不羡虚名百岁巅”
——忆高冠华老师

高冠华，南通人，潘天寿入室弟子，民盟老盟员、中央美院教授、当代花鸟画大家。先后在杭州国立艺专、天津大学、北京艺术学院、中央美院任教，担任中国书画社社长、中国指墨研究会副会长、国际汉诗协会副会长等众多职务。

“文革”期间，高冠华先生落难回南通老家，后到市工艺美术研究所工作，我正好插队在农村，当我招工回城，不久他又去南京艺术学院任教，再应叶浅予先生提名，落实政策回中央美院任教。我与高先生频繁接触主要是1987年以后。

在中国画研究院研修，高冠华先生为我们授课最多，课前准备十分充分，共为我们上过四次课；前两次用八课时讲授他总结的潘天寿艺术“构图十要”，第三次讲笔墨和虚实，第四次专讲诗词格律。他跟随潘天寿30年，从事美术教育50年，积一生艺术实践的丰富经验，以对潘师无比敬重之情，条理清晰、内容详实地和盘托出。一口海门乡音，同学们听不懂，我是他的最好“翻译”。20年前高先生课上的名言警句我还记得清清楚楚：

“做人要老老实实，画画却要‘调皮捣蛋’，挖空心思。”

“艺术的重复等于零。”

“没有创造必被淘汰，有了创造才有一席之地。”

“一切身外之物不要一味追求。”

1. 1987年10月12日高冠华老师为研修班授课

2. 1987年10月拜访高冠华老师于帅府园

3. 1988年6月24日陪同高冠华老师参观研修班结业展

4. 1994年高冠华题辞："妙笔生辉"、"天风阁"

5.1994年11月为南通开放10周年征集高先生作品

6. 1998年3月与高冠华、袁运甫、袁运生合作《空谷足音》

自此，每年我去北京开会，参加学术活动，必去拜访高先生，我把家乡事说给他听，他则滔滔不绝地介绍自己受命做海外统战工作，为中南海老干部辅导书画，举办"书画万里行"申奥，赴日、访美、赴台湾讲学交流等情况……讲得最多的还是他跟随潘天寿先生的许多往事和他从中受到的教益等，尊敬师长的赤诚之心溢于言表。特别是抗战时期潘天寿先生对高冠华说的掷地有声的铿锵话语，深深印在我的脑海："国难当头，要钱何用？""中国文化在，中国就不会亡！"

我曾两次专程赴京参加他的画展，一次是1995年9日15日代表南通市祝贺在中央美院陈列馆举行的"高冠华八十寿辰展"，另一次是2007年6月22日代表南通大学祝贺在中国美术馆举行的"诗韵丹青·高冠华花鸟画展"。1998年3月，趁我在北京出席全国人大会议，邀请高冠华、袁运甫、袁运生我们四人合笔《空谷足音五十年》画贺南通电台建台五十年。1994年11月我代表南通市政府请高先生作画贺致南通作为14个沿海城市之一开放十周年，精心创作《硕果累累》。

高先生的晚年是幸福的，小他22岁的夫人张旭是位医生，从生活起居到对外联络都周到仔细体贴入微，他的心愿是"此生再借三千日，容我调音试听筝"。多次允诺应我之邀返乡举办省亲展，不幸于1998年8月逝世，终未如愿。他生前托我办了几件事，比如拍摄在通十余年代表作品的照片，为他儿子户口迁徙等，但他和夫人拟向家乡捐画建艺术馆之意愿，多年来我牵线联络尚未成功。

1987年为联系进中央美院进修，10月14日高先生给我来信：

大札奉悉。你想来美院进修，壮志宏图，至为钦佩……由于你的国画创作，特别人物画，从构思立意，到构图、笔墨，都很突出，完全有条件录取。……只有依靠真才实学，才是登峰造极的唯一办法，任何巧取捷夺，都不足以荣获全胜，区区之见，足下以为如何？

1996年10月26日，又来信送我一首诗：

当年父与子，二代耕田人。

一牛一机械，妙笔何传人。

今日又千里，青莲百丈蓁。

若再挥毫三十载，攀登直上一天春。

我写了古体诗一首，赠作纪念。对您抱着很大希望。百尺竿头更一层，是千辛万苦得来的。"不羡虚名百岁巅"是我的座右铭，愿共勉之。切切！

无论是叶浅予的"生活上知足常乐，艺术上自强不息"，还是高冠华的"不羡虚名百岁巅"，他们赠予我的座右铭都将是我受用终生的精神财富。

1998年8月第一稿　2009年12月第二稿

1994年高冠华题斋名“天风阁”

1996年高冠华题辞“不羡虚名百岁巅”

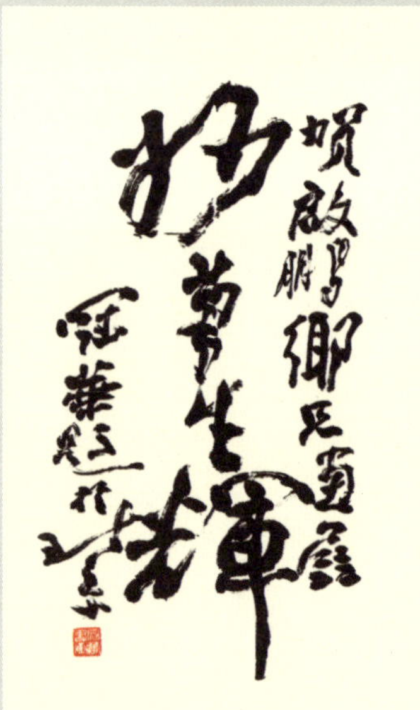

1994年高冠华题辞：“妙笔生辉”

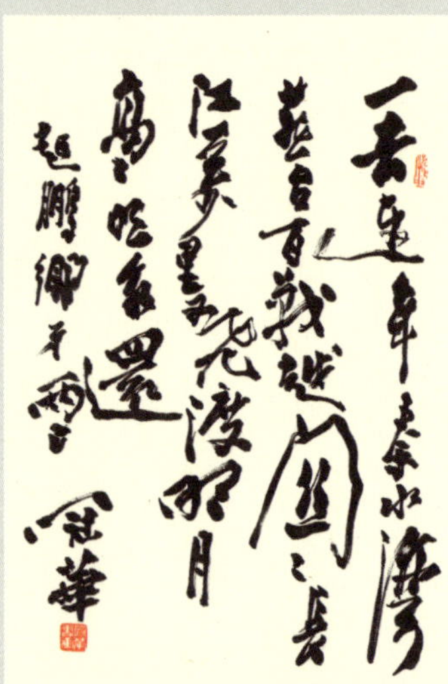

1996年高冠华老师题诗作画赠笔者存念

创造性与使命感

——从华君武老师的来信说起

漫画大家华君武的漫画作品，幽默、通俗、犀利、富有哲理，《磨好刀再杀》、《误入青春》、《决心的寿命》等作品令人过目不忘，印象深刻。他一生发表了700多幅漫画，我们是看着他的漫画成长的。昨天，漫画家华君武先生走完95年的人生历程，病逝北京，但给社会留下一笔丰厚的精神财富。

华君武先生1938年到延安，1940年入党，解放初即兼管中国美协工作，历任中国美协秘书长、书记处书记、常务书记和副主席。我有幸四次与这样一位革命文艺家与美协老领导接触。第一次是1985年5月，我作为江苏省选出的26位代表之一，出席了在山东济南召开的第四次全国美术家代表大会。我担任江苏团的记录员，有机会在各代表团汇报讨论情况时近距离见到时任美协副主席的华君武先生。他花白头发，长脸，穿一双黑布鞋，坐在会议室中央听取各团的汇报，说话声音不响，但比较严肃。第二次是1988年10月北京国际水墨画展开幕式上，他和刘勃舒院长陪同宋任穷同志观展走到我的作品前面谈论中国画，匆匆一面。第三次是1998年7月，在大连瓦房店参加“绿野美术之家”开园庆典，我应邀有幸与华君武、彦涵、李少言、李焕民、晁楣、董辰生等一大批著名画家欢聚一堂并留下合影。为筹备当年十月的南通书画院建院二十年画展，回到南通我又冒昧地给华君武、彦涵等一批老画家、老领导发出题辞的邀请信函。为此华君武给我两封来信。第一封信因他找不到我的信函而要我“再示”，第二封信寄来题辞“有了创造性，世事无不成”，并谦逊地说自己的字，“不入流”、“如不行请掷字篓”。华老的字的确与他的漫画相配，非常协调，还很富于民族风格。使我深受启发的来信虽寥寥数语，却讲了一个极其重要的观点——创造性！

“其实世界上万事，都要讲创造性。革命、科学、文化之进步、成功，都要有创造性。拾人牙慧、步人后尘，都应当力戒之。有了创造性，世事无不成，故又另写一幅供选择。”

我想，这段话是华君武先生积数十年革命、工作、绘画的经验之谈。这不仅仅是他一题再题的精益求精的精神体现，更是对南通画院、南通书画事业的殷殷希望。齐白石说“似我者死，学我者生”、潘天寿说“艺术的重复等于零”、李可染说“采一炼十”、“可贵者胆”，都是说“创造”的重要。小到书画的风格流派创新，大到和平崛起的民族振兴之路，无不昭示了“创造性”的特殊重要性，在建设创新型国家的今天，重读华君武先生十多年前的来信，仍感觉新鲜、精准，而华君武漫画创作的一生，印证了使命感和责任心是创造的原动力。

最后一次是1999年3月九届二次全国人大会议期间，中国美协邀请出席两会的画家代表委员与美协老同志聚会于和平门全聚德，华老也来了，谈得十分欢畅。后来的10年中再没见面，但他儒雅而智慧的微笑深印在我脑海中。

2010年6月14日

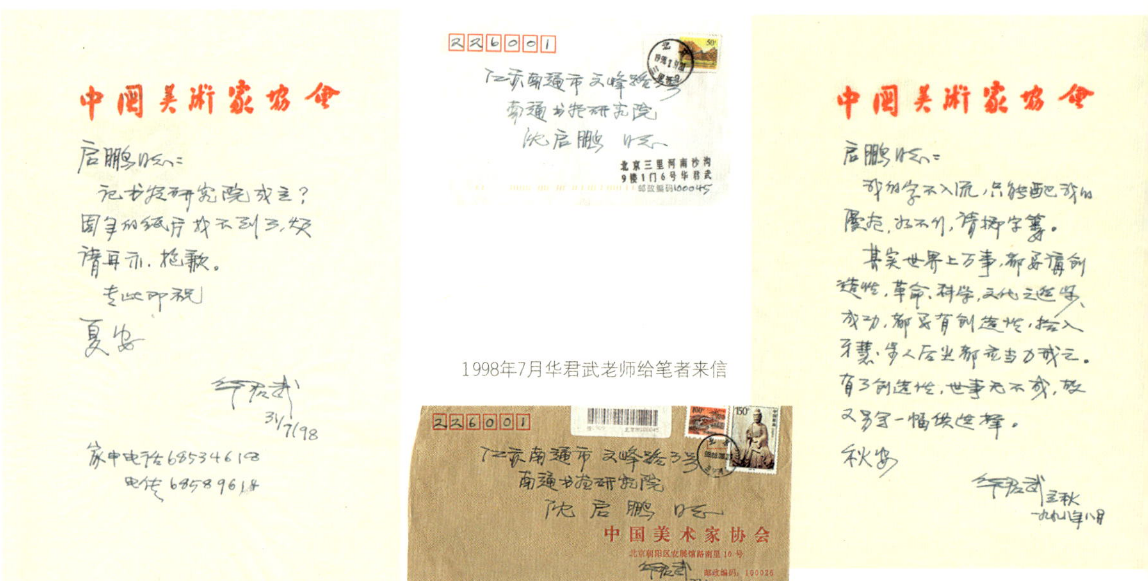

1998年7月华君武老师给笔者来信

1988年10月在北京国际水墨画展览上（自左向右：启鹏、宋任穷、华君武、刘勃舒）

1999年3月美术家两会代表相聚

1998年7月启鹏偕女儿在大连与华君武老师合影

和平世界　180cm×98cm　1991年

“继往开今，后来居上”

——牢记潘絜兹老师的嘱咐

中国著名工笔画家潘絜兹老师早年受刘凌沧先生启发影响，入北京京华美术学院专攻工笔重彩人物，后入张自忠将军部下做宣传工作。1945年得于右任资助到敦煌艺术研究院从事壁画临摹、研究工作，再转上海军管会艺术处。解放后任中国历史博物馆美术组组长，调中国美协和北京画院工作。主持永乐宫迁建壁画修复，历任《美术》编辑、《中国画》主编、北京美协副主席、中国工笔画会会长，出版《敦煌莫高窟艺术》、《阎立本和吴道子》、《工笔重彩人物画法》等多部专著。中国画研究院有幸请到他为我们第二期研修班学员授课，机会难得。1987年12月21日上午观摩了《石窟艺术的创造者》、《精卫填海》、《夸父逐日》、《李白观瀑》、《文天祥》、《日本仕女》等潘老师的几幅精美画作之后，潘老师专讲工笔画技法：“法，是绘画语言、表达手段，首先要注意立意，法随意立，意在笔先，笔周意内，画尽意在。”让我们领会到“意”与“法”关系。他还明确提出“不废传统、不废笔墨、不择手段、随机应变、程式常新”的主张。然后以人物面部画法为例，讲授从矾绢、勾线、白粉打底，到晕染、开眉眼、提神等前后步骤和注意点，详尽入微，可以说把他一生积累的经验毫无保留地传授给我们。过了两天又用半天时间当场作《女娲补天》，演示工笔人物画全过程。

1988年6月2日我在中国画研究院举办个人画展，潘老师携夫人早早来到展厅，仔细观看作品。下午的座谈会上又作了贴近实际的发言，尤其理解我们来自基层的中年学员的苦衷和愿望，并提出“把握方向、坚定信念”的殷切希望。当年12月，在他主编的《中国画》画刊上刊出了我的《涛声》和《虔诚》两幅中国画作品，给我莫大鼓舞，同时认识了编辑孙克和温瑛。记得八九十年代，中国工笔画异军突起，这与潘絜兹会长的学术带头作用密不可分，我从内心崇敬潘老师。后来听说他身体不好，1994年10月我在中国参加历史博物馆举办的“江苏省十二画家联展”时，专门打听到什刹海北岸潘老师的住所，登门探望。特别令我感动的是，在病中潘老师还给我题了一段赠言：

中国人物画有历史上的辉煌，继往开今，后来居上，责任在吾辈，启鹏同志共勉乎哉。

这段赠言和一帧留影，成了我对潘絜兹老师永久的记忆和怀想。

2011年3月

[附录]

潘絜兹老师在“沈启鹏画展”座谈会上的发言

我讲几句，不是高论。看了汪涛、沈启鹏两位的画很高兴，我最初认识沈启鹏还是在刘凌沧先生家里。当时没有看到原作，是一些彩色照片，过去的作品，才进进修班。我很高兴，因为他那时已经画得很不错了，我感到他再进修一下的话，艺术会有更大提高。后来我在研究院住了一段时间，与汪涛同志有了一点接触。这两位在班里都非常勤奋，而且水平都还比较高的。因为他们一直在基层，多少年来在艺术上刻苦地磨练，正如汪涛同志说是一步步爬过来的，这个“爬”字说得很确切。因为在我们国家要成才不是一条很平坦的路，拖泥带水，是很艰苦的，这段经历是很不容易的。特别在基层的同志不可能像在艺术院校训练那样，他们的自学有很多的干扰，要做很多与艺术甚至毫不相干的工作。那样情况下坚持艺术道路，有这样的成就就很不容易。但事物有两个方面，并不都是坏事，正因为这样，使他们更接近生活，接近人民。看他们的作品，一是生活的基础很扎实，再一个学传统很刻苦。从他们早期作品中已充分表现出来。而且都有自己的创造，脑子里没有什么框框，更大胆一些。经一年进修，变化更明显，画风有很大转变，突破过去，实现飞跃。我坚信两位同志在这基础上，能走出自己的艺术道路，我们应该刮目相看。下次再看他们的作品时，就会比现在成熟多了，这我很充满信心。刘院长的前言写得非常好，我很欣赏这文章，说得很确切。艺术是多元化的，但这多元化里头也会产生新的框框套套。艺术还是要有自己的面貌，走自己的路。这点我希望两位再向前走时不要迷失自己的道路，坚定走下去。

1988年6月2日

1988年6月2日潘絜兹老师在“沈启鹏画展”座谈会上讲话

1994年3月10日专程探望病中的潘絜兹老师

蒙山记事

120cm×30cm

1988年

1995年1月5日北京红庙寓所拜访张仃老师

1-2. 1988年10月29日陪同张仃老师登慕田峪长城

3. 1988年10月全国壁画会议期间张仃老师观南通候船楼壁画群

4. 2007年4月27日在中国美术馆“黄苗子画展”上

忆大美术家张仃老师

上个月，清华大学刚刚成立“张仃艺术研究中心”，中宣部部长刘云山为中心成立发去贺信，今天即得张仃老师不幸逝世的噩耗，我心中为之一震，他的逝世令国人深深地惋惜！

张仃1917年出生于辽宁黑山，1932年流亡北平。后主持筹建北平左翼美术家联盟，1938年到延安，由毛泽东亲自安排他在鲁艺任教。1949年任中央美院实用美术系主任，后任中央工艺美院副院长、院长，中国美协常务理事，清华美院教授、博导。作为中国设计学派创立者、中央工艺美术学院创始人、新中国实用美术事业奠基人、中国壁画运动领导人和实践者、焦墨山水画家、大美术家，作为“中国漫画金猴奖”、“首届金彩奖·成就奖”、“造型艺术终身杰出成就奖”、“科教兴国贡献奖”获得者，他的逝世实在是中国美术界的重大损失。他曾参与设计国徽、政协会徽，开国大典，怀仁堂改造，天安门广场大会会场和新中国第一批纪念邮票，而我们则是看着他设计的动画片《哪吒闹海》长大。从抗日战争、解放战争到社会主义建设、改革开放多个时期，张仃老师为我国艺术繁荣和艺术教育事业作出了重要贡献。

张仃70余年的艺术生涯，跨越漫画、实用美术、艺术设计、展示设计、舞台美术、动画电影、装饰绘画、壁画、中国画、书法、美术批评、美术教育等诸多门类，纵横于古代与现代、东方与西方、学院与民间之间，堪称20世纪中国画坛的大美术家、20世纪中国美术的“立交桥”。与毕加索面对面交流过并见诸影像资料的一个是张大千，一个是张仃。

因为袁运甫、范曾、袁运生的多重关系，张仃与南通有着深厚的渊源关联，我也有幸多次与他接触，聆听教诲。1982年范曾绘制的十八高僧瓷砖壁落成，张仃老师就来了南通，大赞北麓园悬崖绝壁景美境幽，对袁运甫说："难怪你老要回来，这么好的山水我也想来住住。"1989年中国壁画工作会议在南通召开，张仃到会并参观了袁运甫领衔创作的南通港客运大楼壁画群；2002年张仃又来到南通，与尤无曲会晤于他题字的"梅庵书苑"，并为蓝印花布馆开馆剪彩。有了袁运甫推荐、张仃支持，多少北京的大画家来南通采风、讲学，又有多少工艺美术学子去北京深造。他设计的《哪吒闹海》和《长城万里图》在南通工艺美术研究所制作成彩锦绣壁画在全国获工艺美术"百花奖"金杯，永久陈列在长城饭店。

1987年我去北京中国画研究院研修，张仃是中国画研究院院务委员，那一时期住在院里。研修班刚开学，就赶上"张仃画展"在研究院展览馆开幕，9月25日，我有幸旁听了座谈会，何海霞、孙瑛、龙瑞、石虎、刘龙庭、罗平安、刘曦林等作了精采的发言，对中西文化的差异、中国画的变革、人品、笔墨、焦墨、写生作了广泛深入的探讨，张仃老师资历老却毫无架子，静静听取意见，最后道出自己画焦墨山水的由来和追求。张仃画焦墨山水，一是"文革"所迫，被逼出来的；二是张扬中国画的力度；三是探求中国画变革之路。"五四"以后中国画变革，一条路是从古人中变，另一条路是走向社会，回到大自然。悲鸿、可染、张仃、罗铭、石鲁、黄胄等力辟新途，使中国画有了人间烟火，有了亲切感。张仃那时已70高龄，外出写生吃干粮，一画就是一天，刻苦、严谨的态度非一般人所能，甘于寂寞而不哗众取宠，在五颜六色的浮躁社会里实属难得。两天后的一个下午，我带上作品去张仃老师画室求教，当年的日记里记录了他的一段话语："你有很扎实的基本功，你作画真诚，这是首要的。没上学多的是，也能成。你的创作路子是正的，按自己现在的路走下去，不断完善。""你现在的战线太长，人的精力有限。中国画分科，西洋画也有专画肖像、风景的。你具备了专攻人物、山水的基础，花鸟一般了，可不必画，选一两个题材。""真善美第一是真，为人民是最大的善，然后才是美。""中年人最易动摇，有的人写实画得很好，达到那个高水平不易，现在的变形我不喜欢。尽管我也是搞变形的，变形变得好不容易。"随即，张仃老师为我书写白石老人的句子"天道酬勤"四个篆书大字赠我。他家与袁运甫家同住红庙的一幢楼，看望袁先生的同时也曾去他家拜访过。冷冰川于中央工艺美院进修后去西班牙留学，我为冷冰川写了一篇推介文章得到张仃老师关心，由夫人灰娃热心推荐，在《人民日报》海外版刊出。1988年11月北京国际水墨画展期间，陪同张仃登慕田峪长城，一路谈笑风生，他对当地民间工艺品和古代石刻表现出浓厚的兴趣。

进入新世纪，中国画坛发生了一场由吴冠中观点引起的“笔墨等于零”的论战，为了中国画姓“中”的纯粹性，张仃旗帜鲜明地提出中国画的“底线”问题，我去苏州近水山庄拜访亚明，并就这一话题的访谈文章刊《美术》杂志，算是对张仃老师学术观点的一个呼应。

最后一次见到张仃老师是2007年4月27日，在中国美术馆“黄苗子画展”上，他坐轮椅来观展，我与袁运甫老师分站两侧，留下一张珍贵的合影。张仃老师虽个头不高，却有巨大的创造力，涉足漫画、壁画、工艺、设计诸多门类，而以山水画贯穿一生，将充满沧桑感的崇高和壮美定格于焦墨山水之中，正如王鲁湘先生指出：空灵是美，充实也是美。“充实之谓美，充实而有光辉之谓大（孟子语）。”张仃老师正是充实而有光辉的大美术家！他的人格境界、学术思想和艺术创造精神是留给我们的宝贵精神财富。

2010年2月22日

1987年秋张仃老师题辞

启鹏速写于“张仃画展”座谈会

李方膺赏梅图　90cm×68cm　1987年

忆宋文治老师二三事

宋文治是“新金陵画派”的主将之一。我初次见到宋文治先生，是1977年10月随“亚宋魏”等江苏省国画院画家赴湖南写生，在省画院工作的三个月里我也得到宋先生教益。宋老师，苏州太仓人，中等身材，戴副眼镜，优雅随和，平易近人，精于收藏和美食。在湖南的湘潭、常德、湘阴一带写生，为画水库电站、石壁高渠，必翻山越岭选取制高点，宋老心脏不好无法登高。每晚回到驻地，总借我们的速写本阅鉴，并帮助分析得失。看到我的一幅速写章法不一般，大面积山体占据90%画面，将一条清溪流水挤压到纸边，连连称好，并将这一构图认真地记录到他自己的本子上。这在宋老可能是平常事，但我却深深感动。“海不辞水，山不辞土石”，“江海所以能为百谷王者，以其善下。”宋老屈高就下，对青年作者的一点点优点也注意吸收，给我留下深刻印象。

1980年6月，省政协在宁举办“江苏省美术、书法、金石工作座谈会”。这是三中全会后全省书画界的一次大规模联谊会，刘海粟、钱松 、谢海燕、亚明、陈大羽、武中奇等名家当场挥毫。这期间，我专程到画院宋老师的画室里请教，宋老师随手取四尺六开小纸，勾勒点染给我示范。不一会，一幅《太湖帆影》画就，并题“启鹏同志来宁谈艺作江南水乡请正之”，令我大饱眼福，如获至宝。

1987年，我进中国画研究院研修，11月间“江苏省中年国画家作品展”在中国美术馆展出，我有7件作品参展。展厅里巧遇宋老师，他对我的作品多有勉励，并郑重地说：“你的古代人物画《李方膺赏梅图》有味道，见功夫，耐看，尤其线条好，别人不能替代。我和黄苗子先生看了整个画展，很欢喜你的《李方膺赏梅图》。跟你商量，我想购藏，请你出价。”我还从来没碰到老师买学生的画，何况宋老的身份高，我说：“宋老师对我如此器重已十分感激，哪有学生作价出售之理？”宋老又说：“先不忙，这幅画你先展出派用场，也可以我们之间互相以画交换。”几年过后，宋老见我为南京友人作册页人物尚属简约，说另画小幅吧。遵嘱将李方膺和达摩两幅小品，于1993年4月18日省政协会议上交宋老，宋老随即叫车带我到他的“松石斋”铺纸研墨，题书“落笔通神”祝贺我即将赴日本的个展，继而书“江城入画里，楼阁藏云中”楹联一副，又在日本卡纸上作“鱼乐图”，题“启鹏老弟清玩”。我呈上新出版的《沈启鹏画集》（1993年中国画报社出版），宋老师顺口点评：“你的这本画册作品精、质量高。团扇《李方膺小像》这幅画里的石头，如果石绿上再抹一下赭石，就更古雅了。”还在一次笔会上，宋老为我题条幅“虚静致远”、“鹏程万里”，这正是先生对我的厚望。1999年8月，宋文治老师不幸永远离开了我们，撰文《忆宋老二三事》刊于《江苏美术》并被收入《宋文治纪念文集》，以寄托对他的缅怀之情。

1999年8月

路　98cm×185cm　1994年

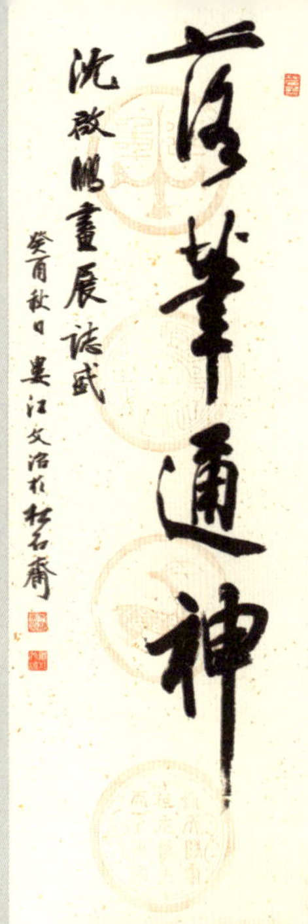

1980年6月为启鹏演示山水画作《太湖帆影》

宋文治老师为启鹏赴日展题辞　1993年4月18日

1993年4月18日“松石斋”以画会友互赠作品

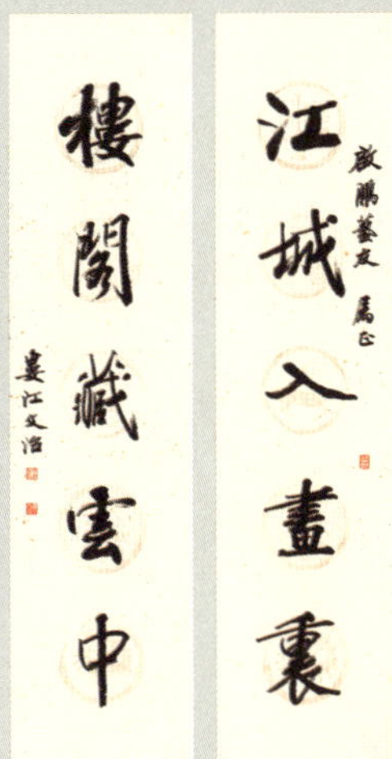

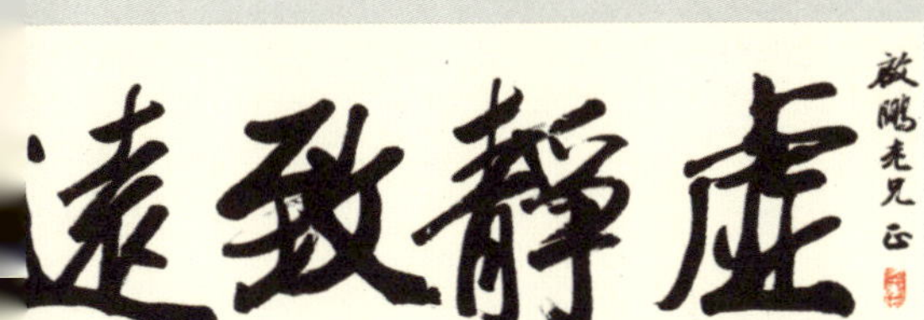

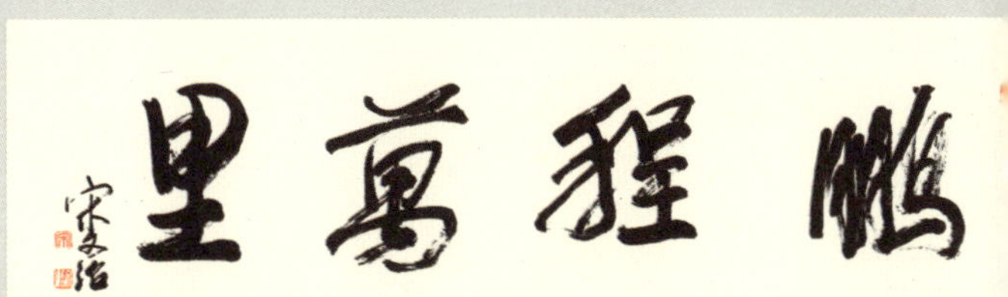

两次笔会上宋文治老师题辞赠笔者

海子牛　100cm×200cm　1988年

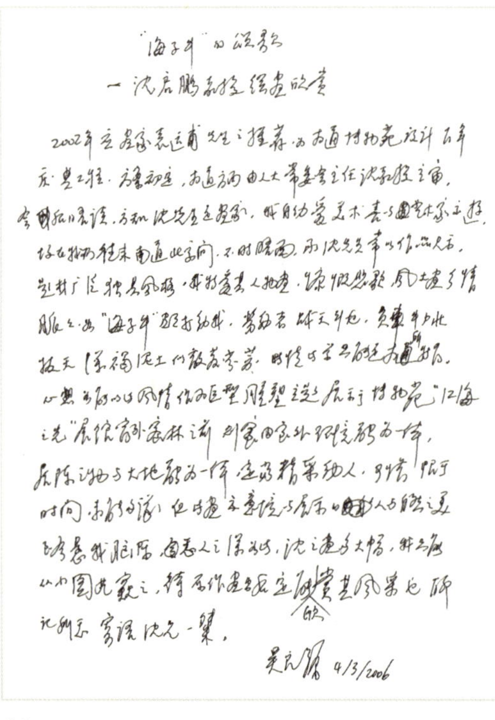

[illegible]

吴良镛 4/3/2006

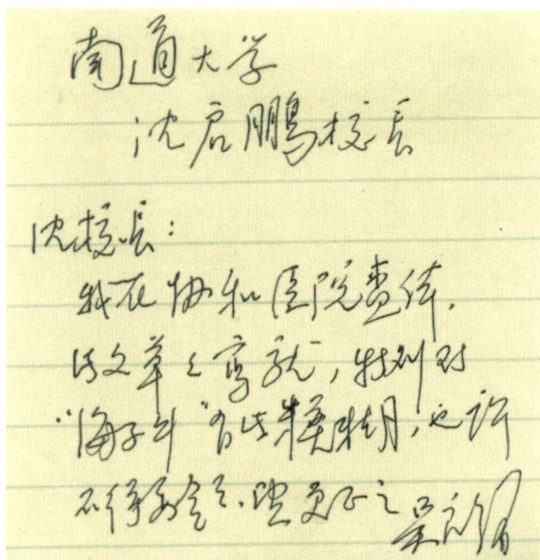

南通大学
沈启鹏校长

沈校长：
我在协和医院查体，
作文草草写就，特别对
"海子牛"的作者模糊，也许
不够全面，望更正之 吴良镛

2006年4月吴良镛院士为《沈启鹏画集》作序手稿及附言

院士·画家·长者

——与吴良镛老师的“忘年交”

吴良镛，两院院士、清华大学博导、中国建筑与规划界的泰斗。秉承梁思成先生“文理结合”的理念，吴先生从事规划、建筑研究的同时，爱好并精研绘画，兼善书法，1948年起在美国、德国、奥地利和国内先后办过6次个展。矮敦敦的个子，胖乎乎的脸，精力充沛，说话总面带微笑，儒雅、睿智、谦和、平易近人。南通邀请他担纲设计“中国博物馆事业百年庆典工程——南通博物苑新馆”，2002年秋，吴老师为方案评审来到南通，我时任南通市人大副主任，分管教科文卫，主持方案评审会议，第一次与吴先生见面相识。我也算不了“官”，只是个关注城建和文化遗产保护的画人，我们之间自然有很多共同语言，谈话十分融洽愉快。

每年出席全国人大会议和民盟中央全会，我都要去清华大学蓝旗营小区拜访吴先生，他来南通也总给我打电话。市政府在北京或南通论证新馆方案和“中国近代第一城”，我们都会见面。南通大学在京召开发展汇报会或在钓鱼台宴请南通籍的几位科学家、院士、画家时，都是我去约请他。他还应我邀请来南通大学考察，出席在南通大学召开的“第四届张謇国际学术研讨会”并作主旨报告。固多年来频繁的交往，我们成了忘年之交。

吴先生八十开外了，仍每天拉着一箱参考书正常上班，带博士生，做课题，为南京云锦博物馆、大观园搞设计，飞赴诸多国家参加重要的国际学术会议，为世界建筑师大会起草《北京宪章》；为重大“文保”事项呼吁、论证，菊儿胡同改造修建工程即为四合院保护的杰作。先

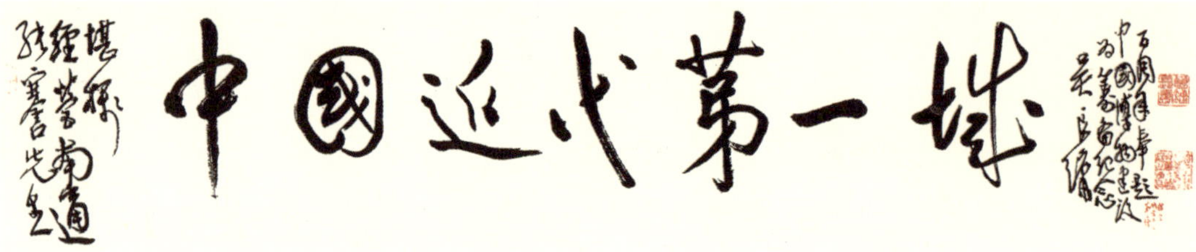

2002年12月吴良镛老师手书“中国近代第一城”托启鹏寄回南通

2002年12月蓝旗营寓所谈艺

2003年3月全国人大会议期间拜望吴院士

2003年3月在清华紫光论证会上

2005年3月喜获吴院士赠《画集》

后提出“广义建筑学”、“人居环境学”,著述《人居环境科学导论》，获联合国授予“世界人居奖”……想不到老人还去了世界屋脊西藏，夫人赵老师说：“我支持他去西藏，了却他一个心愿。”每次看望吴先生都电话预约，即使晚上八九点了，他也总是说：“没问题，现在就来吧。”小客厅被大量的书籍包围，沏上一杯茶，一谈就是一两个小时，他把我当同道切磋技艺，还聊及他当梁思成助手创办清华建筑系，与李可染、叶浅予、吴冠中、袁运甫的交情，“文革”抄家痛失徐悲鸿、陈之佛作品的憾事，以及国外搜集艺术品的趣事。听长者讲故事是最愉快不过了。

对于南通城市文化建设，吴先生功德无量。为设计博物苑新馆，他先期来通考察时，已初步形成“南通——中国近代第一城”的命题雏形，但未留下手书。2002年12月赴京出席民盟九大会议，我专程去吴先生家求索他的题词：

张謇先生经营南通堪称

中国近代第一城

吴良镛为筹备纪念中国博物馆建设百周年奉题

落款钤印：“读万卷书，行万里路，拜万人师，谋万家居。”

吴先生谦逊地说：“没有写好，不知行不行。”我则如获至宝，回南通后立即交市委书记和规划局、文化局，原件存博物苑。此举加快启动了这一城市文化品牌的论证和推介，也为南通成功申报“国家历史文化名城”打下坚实基础。

对于我个人，更是从吴先生那里得益多多。每次与他通话，第一句话总是关切地问我：“还有多少时间作画？最近有没有新作？”他亲笔签名赠我《吴良镛学术文化随笔》和两本装帧精美的《吴良镛画记》大画册；2006年9月，在协和医院体检住院中，他为我的画集作序《“海子牛”的颂歌——沈启鹏教授绘画欣赏》；2007年11月亲临中国美术馆出席我的个展开幕式。得知我从大学副校长岗位退下，吴先生祝愿我新的艺术生命的开始，说他的学术生命的真正起点也是从建筑系主任岗位退下的60岁。

吴先生对我说：“你的时间就是生命，要与时间搏斗！”

我在北京办个展后的这两年，我没敢去打扰他，没想到他中风已半年，竟奇迹般地恢复了行走和书写，还回到清华园补回带博士生拉下的工作。昨天打电话给我仍然关切地询问南通的发展，近代遗存的保护和我专业创作的情况，要我转达他对南通朋友的问候。南通人还真不知道大恩人病了，我立即向丁大卫市长通报。

大我24岁的他，白发童心，不知老之将至，依然不辞辛劳地跋涉在他的学术征程，我虽不能

2005年3月吴院士应邀参加南通大学建设发展汇报会

2005年10月22日邀请吴良镛等中外规划大家参观访问南通大学

2007年11月吴院士应邀出席画展开幕式

2008年4月在裼石园寓所和吴院士聊天

2010年8月专程看望康复中的吴院士

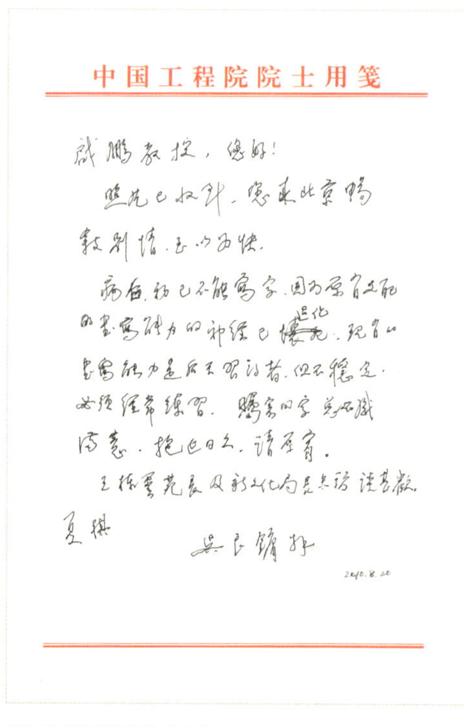

中国工程院院士用笺

成鹏教授，您好！

照片已收到，您来北京畅叙别情，至以为快。

病后，我已不能写字，因为原有支配书写能力的神经已退化，现有的书写能力是后天习得者，但不稳定，必须经常练习。赐写的字，[illegible]，拖延日久，请原谅。

王[illegible]院长及[illegible]

夏祺

吴良镛拜

2010.8.20

2010年8月20日吴院士来函

望其项背，但能与他结为忘年交，并从中受益，真乃一生中之幸事！我衷心祝愿吴先生完全恢复健康，长寿安泰。

2010年2月6日

[附录]

吴良镛院士为《沈启鹏画集·时代心象·墨华心语》作序

2002年应画家袁运甫先生推荐，为南通博物苑设计百年庆典工程，方案初定，南通方面由人大常委会副主任沈教授主审。会后晤谈，方知沈先生是画家。我自幼爱美术，喜与艺术家交游，故在我们往来南通北京间，不时晤面，承沈先生常以作品见示，题材广泛独具风格，我特爱其人物画慷慨悲歌，风土画乡情脉脉。如《海子牛》颇打动我，老渔民饱经风霜，负车牛力壮拔天，深褐泥土似散发芬芳，此情此景只能是南通所特有。心想如能以此风情作为巨型雕塑主题展示于博物苑“江海之光”展馆窗外密林之前，则室内室外互相映衬，展陈之物与环境融为一体，定当精彩动人。可惜限于时间，未能多议。但此画之意境、展示的人与自然之美，至今悬我脑际，感人之深。沈先生之画多大幅，我只能从小图片窥之，待原画作展出后，定能欣赏其风采也。聊记所感，寄语沈兄一粲 。

吴良镛　2006年4月30日草就于协和医院

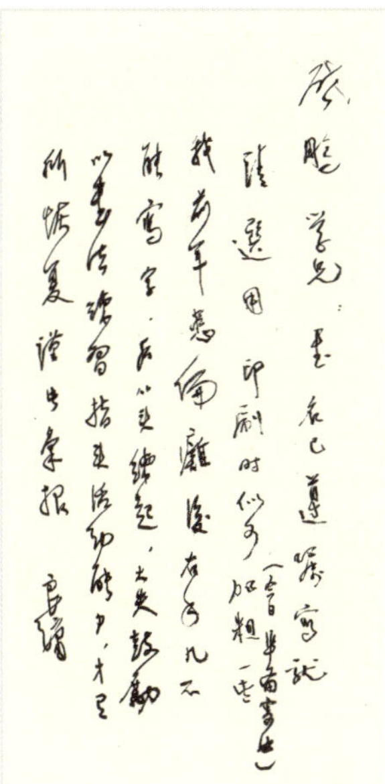

2010年3月10日吴良镛老师题签《风鹏之举》并致函

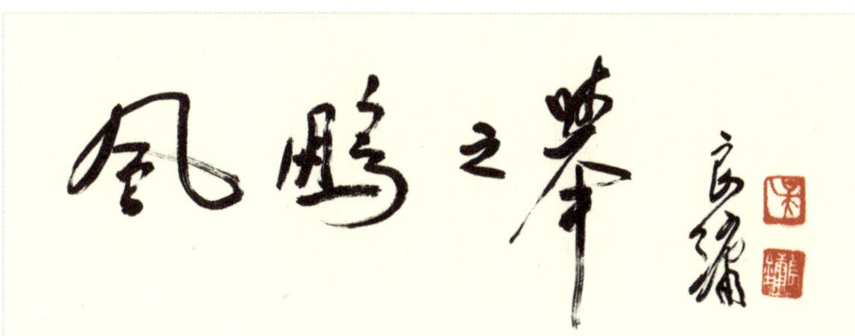

老屋　38cm×38cm　1988年

恩师亚明

我五十余年的艺术人生，大约经历了四个阶段：学生时期——学画启蒙，登堂入室；插队时期——创作起步，初露头角；借调省画院时期——走出“文革”模式，实现向笔墨的转换；中国画研究院研修时期——诸多名师大家亲授、提携，水平提升，创作高产。其中，跟随亚明老师二十五年，得益良多，影响深远，结下纯厚、绵长的师生情谊。

江苏省美协主席、省国画院副院长亚明先生是金陵画派的中坚、重要的组织者和推动者。1977年，由陈修范、严学优老师推荐、亚明老师亲点，我从工厂借调江苏省国画院赴湖南写生，参加“芙蓉国里尽朝晖”画展筹备和画院新学员招生工作。据秦剑铭讲，当年点到的还有朱乃正、袁运生、陈丹青和贺成。我因家庭的特殊困难未能留下，但历时3个月的游历、创作和研习，大开了眼界，更新了观念，加深了对中国画精神的理解。特别是湖南写生的后半段，去湘西的仅剩下贺成和我，陪同亚明、曹汶、伍霖生三位老师。一路上亚老师言传身教，痛批“四人帮”极左路线，捍卫党的文艺方针，表现出鲜明的爱憎立场。同时，学习亚老师从观察写生到落墨成稿的过程，感受如何概括提炼、彰显中国画笔墨精神的艺术实践。途中为我作《苗女图》，题款强调笔墨的重要地位，并嘱贺成和我，早点觉悟，摒弃素描高光，用笔墨书写。为桃源县宾馆作大幅山水，让我们参与合作，大胆实践。这次两个月的旅行写生游遍三湘四水，画满三册速写本，收获巨大。对我从业余摸索转向专业规范，从“红光亮”模式转向“笔墨写意”，起到关键作

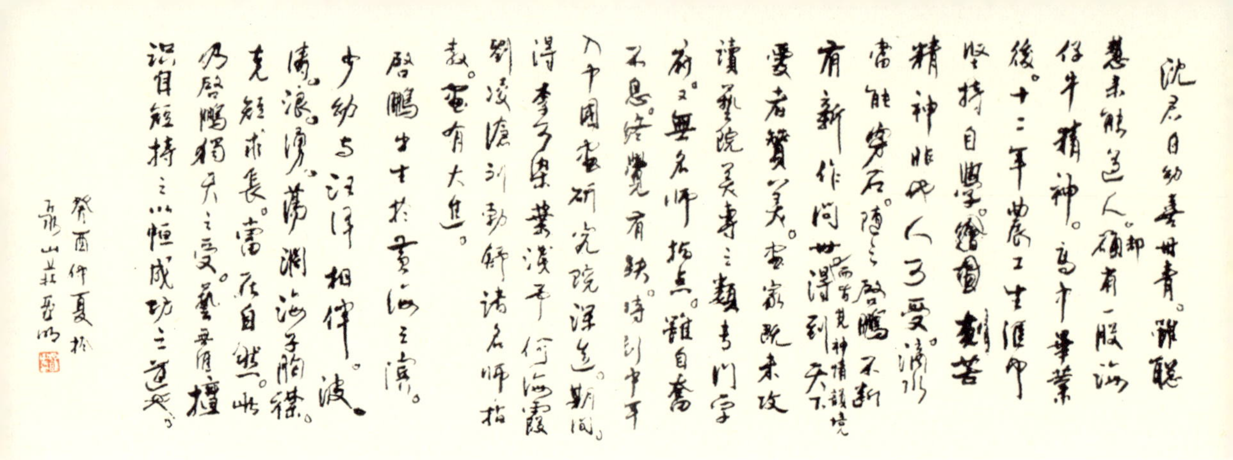

1993年6月19日亚明老师为“沈启鹏画展”作序

用。这以后，南京天目路的“悟园”和苏州东山的“近水山庄”，像磁铁一样吸引着我常去求教问业。

1993年6月18日，为筹备赴日个展，我壮着胆去苏州东山冒昧地请求亚老师为画展作序言。他满口答应，第二天闭门谢客，专心致志为我用毛笔书写序言，并题词。以“荡阔胸襟”、“擅识自短”、“持之以恒”、“天人合一”告诫勉励我，成为我从艺的终生要诀。

亚老师关爱学生是出自内心、不声不响的，李树勤先生告诉我，亚老师专门关照：“以香港《文汇报》整版篇幅，在《中国书画》栏目刊出文章和画作，对小沈作专题介绍。”

有两年没有去看亚老师了，听说他得病动了手术，2000年4月22日，专程去苏州东山国宾馆。过去亚老师很胖，曾经与唐云、陈大羽比肚皮，今天消瘦了许多，不过精神还好。见我去看他非常高兴，午饭后与我聊了一个半小时。围绕“笔墨等于零”的话题，旁征博引，比较中西方文化和艺术的不同之处，阐述中国画的独特优势，精辟而诙谐，充满智慧。回来后我把谈话凭记忆整理成文，又去了一趟东山，亚老师把银耳羹放一旁，花了很多时间斟字酌句认真地为我改稿，这篇《东山放谈》的短文发表于《美术》2000年第8期。

最让我不能忘怀的是，那次谈话后，为让他早点午休，我匆忙告辞，他坚持送我出客厅，吟诵了一首他的新作：“日西沉/月出东山/一天过去了/日复一日/年复一年/不觉满头华发/回望人生路/硝烟弥漫血雨腥风/陷井处处/举首又见曙光露/白也是天/黑也是天。”新四军出身的他经历了太多，炼就了他坦荡豁达的人生态度和坚定执着的性格特征，我虽然并不明了他所遭遇的不测，但冥冥之中为他激越豪迈之情所感动。

2002年2月5日，由亚老亲点包括我在内的十四位他的学生，与他的作品放在一起，在常州举办《悟园同道画展》，可惜亚老师病重卧床不能出席开幕式。第二天，我赶到南京省级机关医院

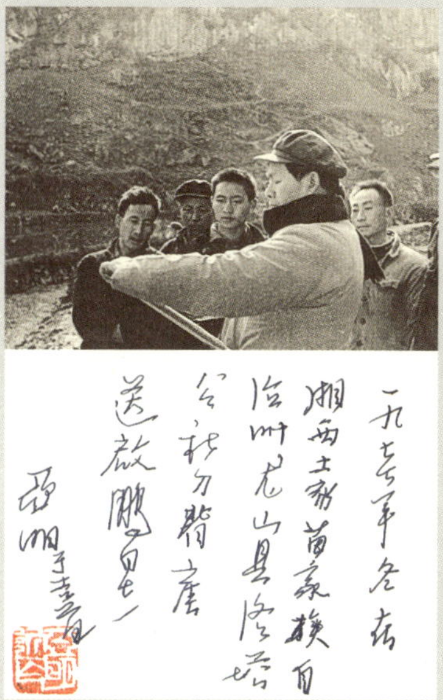

1977年冬亚明老师赠笔者照片存念

1978年1月5日和亚明老师在湘西写生

1978年1月4日亚明老师在湘西作《苗女图》赠启鹏

1978年冬和亚明老师在湘西矮寨写生

1978年冬湘西地方领导欢迎亚明一行

1-2. 1991年3月17日　1995年6月24日“悟园”问道

3. 1993年6月19日“近水山庄”见习

4. 2000年4月22日探望康复中的亚明老师

5. 1994年5月25日率南通同仁赴苏州东山听亚明老师谈艺

16楼，他插管缠身，不能言语，只好连连招手致意。我呈上自制的贺卡，祝他能早日康复，想不到此次见面竟成诀别。半个月后，敬爱的亚明老师永远地离开了我们，他留下终生遗憾，说没有画出什么名堂……2月25日南京学生们为亚老举办的追悼会场面庄严肃穆，催人泪下，我专程前往悼念。2004年5月，我参加了在安徽合肥举办的亚明诞辰80年作品研讨会，撰文《亚明艺术精神的当代意义》刊《美术》和《荣宝斋》，悼文《悼亚明恩师》刊《中国美术家通讯》、《江苏美术》、《南通日报》，《从亚明老师题款说起》刊《江苏美术》。

2002年2月第一稿　2009年12月第二稿

[附录一]

1993年6月19日亚明老师为“沈启鹏画展”赴日本展览作序

沈君自幼喜丹青，虽聪明未能过人，却有一股海仔牛精神。高中毕业后，十二年农工生涯中坚持自学，刻苦精神非他人可受。滴水当穿石。随之，启鹏不断有新作问世，而皆见神情韵境，得到天下爱者赞美。

画家既未攻读艺院美专之类专门学府，又无名师指点，虽自奋不息，终觉有缺。时到中年，入中国画研究院深造，期间得李可染、叶浅予、何海霞、刘凌沧、刘勃舒诸名师指教，画有大进。

启鹏出生于黄海之滨，少幼与汪洋相伴，波涛浪涌，荡阔海子胸襟。克短求长，当在自然。此乃启鹏独天之受。

艺无涯，擅识自短，持之以恒，成功之道也。

癸酉仲夏于近水山庄　亚明

[附录二]

1993年6月19日亚明老师为“沈启鹏画展”赴日本展览题词

启鹏近作神气俱佳乃天人合一所至。

2000年6月18日亚明老师为启鹏改稿

2000年6月18日启鹏速写亚明老师像

亚明老师修改手稿

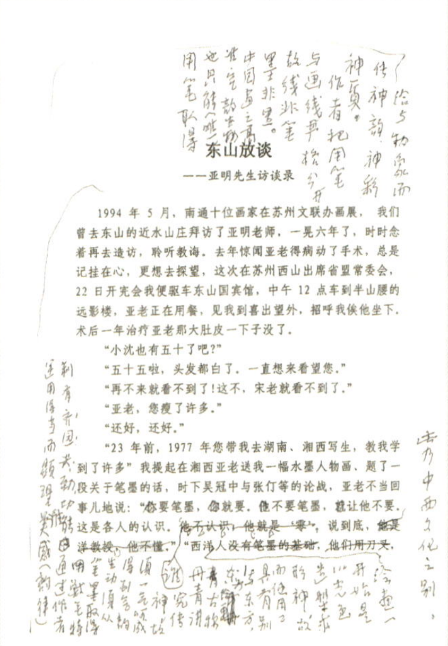

东山放谈

——亚明先生访谈录

1994 年 5 月，南通十位画家在苏州文联办画展，我们曾去东山的近水山庄拜访了亚明老师，一晃六年了，时时念着再去造访，聆听教诲。去年惊闻亚老得病动了手术，总是记挂在心，更想去探望，这次在苏州西山出席省盟常委会，22 日开完会我便驱车东山国宾馆，中午 12 点车到半山腰的远影楼，亚老正在用餐，见我到喜出望外，招呼我挨他坐下。术后一年治疗亚老那大肚皮一下子没了。

"小沈也有五十了吧？"

"五十五啦，头发都白了。一直想来看望您。"

"再不来就看不到了！这不，宋老就看不到了。"

"亚老，您瘦了许多。"

"还好，还好。"

"23 年前，1977 年您带我去湖南、湘西写生，教我学到了许多"我提起在湘西亚老送我一幅水墨人物画，题了一段关于笔墨的话，时下吴冠中与张仃等的论战，亚老不当回事儿地说："你要笔墨，你就要。他不要笔墨，就让他不要。这是各人的认识。他不认识，他就是'零'。说到底，他是洋教授，他不懂。""西洋人没有笔墨的基础，他们用刀叉，

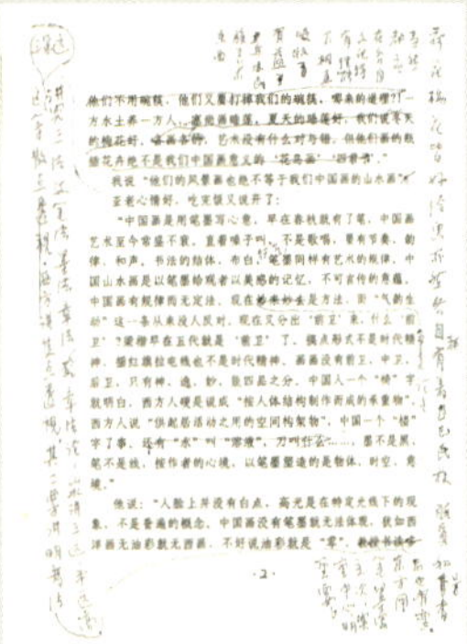

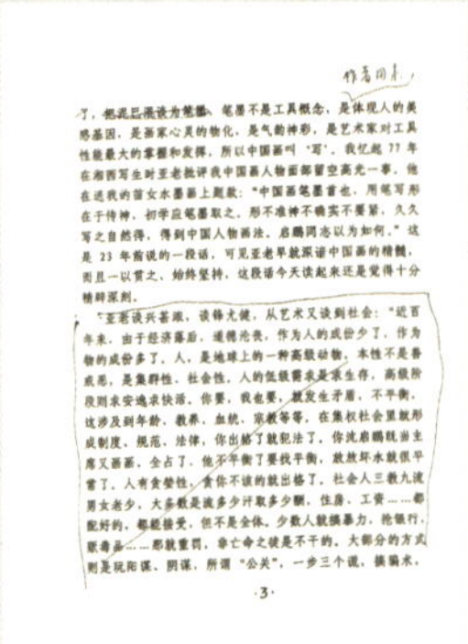

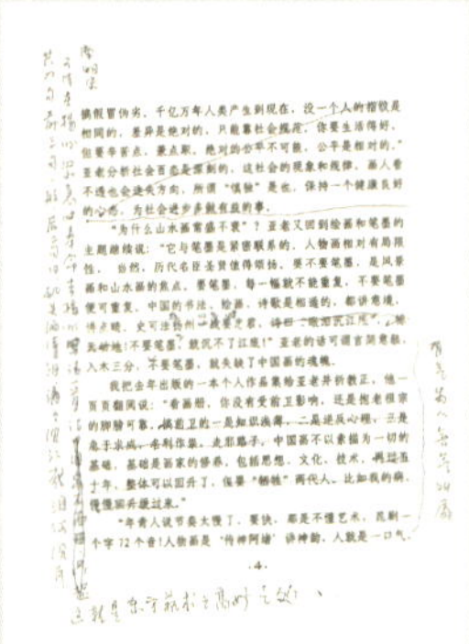

2002年2月5日“悟园同道画展”在常州刘海粟美术馆开幕

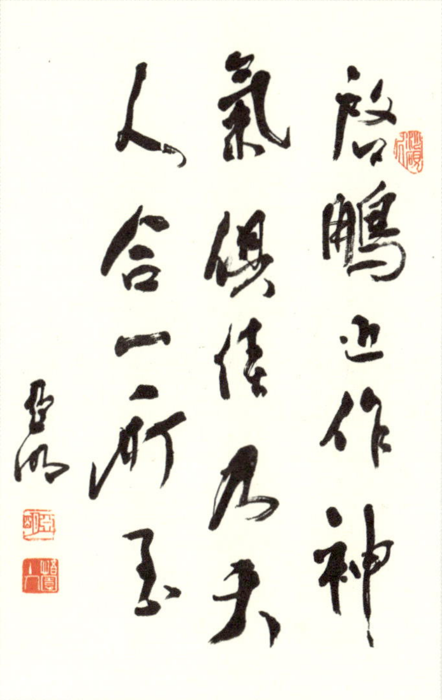

1993年6月19日亚明老师为“沈启鹏画展”赴日展题辞

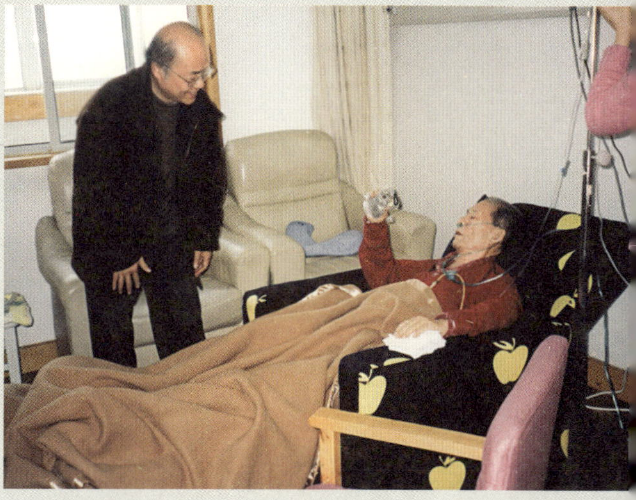

2002年2月5日画展开幕式后赶赴南京看望亚明老师

2002年2月25日凭吊亚明恩师

2004年5月20日在安徽合肥亚明艺术馆

2004年5月19日赴合肥“亚明艺术馆”参加学术研讨会

两件往事寄深情

“文革”过后，中国的美术，尤其是大众美术获得了一个重要的大发展时期，这一时期正是我下乡插队，走上业余创作道路的时期，宣传画、年画、连环画的创作既适应社会需要、百姓喜爱，又有可能出版、发行，还能极大地锻炼作者的构思、构图、造型能力。那个时期，出版社成了我们这批作者（无论专业、业余、科班、自学）的练兵场、大学校。最早这个“练兵场、大学校”是上海人民出版社，连环画《胸怀朝阳永向前》和中国画形式的宣传画《立下愚公移山志敢教海滩变良田》于1971年3月和5月完成出版，如东县革委会订购五万份围垦的宣传画作为奖品发给“五好民工”。

1973年，是我的创作丰收年，一年中连续有中国画《父子俩》、《我是公社小社员》、《沧海夺田》和连环画《虎穴夺棉》在江苏人民出版社出版。然而，当时我并不知道，为出版《沧海夺田》赶工期，美术编辑陈修范和印刷工人吃了多大辛苦。这幅画，同样以奖品的形式发给如东县“五好民工”千家万户，因此，我也认识了和蔼可亲的陈修范老师。出版社有三位关爱青年作者的女编辑，负责编辑出版年画、宣传画的陈修范和陈汝琴，负责编辑出版连环画的李毓琦。大我十多岁的大姐陈修范老师待我体贴入微，那年代物资短缺，一切凭票供应，当知道我第二年要办喜事了，送给我几尺布票，以示关怀和祝贺。

1977年恢复江苏国画院，亚明老师组织赴湘写生团，需充实几位年青的人物画作者，在我毫

自1972年起，启鹏执笔连环画选页连续数年作为南艺南师专业考试临摹范本

不知情的情况下，调到省文化局工作的陈修范老师同样当了一名无名的“伯乐”，举荐我和陈丹青、贺成。几年后我才知道了内情。

陈老师后来一直在省国画院工作，我从南通画院又调到南通大学，忙忙碌碌直至从大学副校长职位退下，我才夹着画集专程赶到南京仙林校区茶园拜望李有光、陈修范夫妇。想不到，李老师将30多年前南艺南师招生作为专业考试临摹试题的两幅我执笔的连环画选页，保存完好送我收藏，我体会到两位老人对后生的殷殷关爱之情，将永远铭记在心。

2010年4月30日

[附录一]

艺术类恢复招生的前后经过

1972年，文化大革命中由南京艺术学院，南京师范学院美术系、音乐系，及江苏戏剧学校合拼成立的江苏省革命文艺学校，行将撤销，各回原校。因南师急于招生，便先借调部分教师回校，成立美术、音乐招生工作组，这是六年来第一次招生，面向全省，美术系招生120人，面广量大，便采用按片分配录取名额，由地方推荐考生，学校测试，择优录取。教师少，工作重，只得个人按片包干。像我负责的江苏建设兵团片，定额仅8名，下有四个师，每个师只能取2名，而考点却分散在连云港、大丰、大有、南通四个沿海县市的师部农场。教师必须亲临试场，进行监考，发收试卷，审核考生档案材料等工作。沿途往返就要半个多月，时间紧，任务多。各片情况大多如此。所以考试方法要简便易行。主科绘画不能像以往考试用人物写生，采用什么方法测试是个难题。为了统一标准，便于评定成绩，系决定采取用现实题材的黑白线描的人物连环画为范本，进行临摹的办法测试。便派人去出版社，精选了几幅作品，按原作大小，印制了一批作为试卷，解决了这一困难。考试时发给每位考生，只准对着画面临，不准蒙在上面画，这样可看出考生作画能力。这批同学进校后，分四个班进行教学，是美术系有史以来招生人数最多的一届，他们毕业后，走上工作岗位，发挥了不小的作用，现今有的已成为专家、学者。

后来我得知，选用的那几幅作品，是南通沈启鹏等几位青年画家画的，他们当年只有20多岁，已是连环画的高手了。2006年启鹏到南京办画展，来我家，我与他谈起此事，并将保存多年的试卷送他作纪念。他指着这张印刷作品说："这是我当年执笔创作的连环画《胸怀朝阳永向前》中的一幅。"这我才清楚了当时的实情：他插队农村已第五个年头，1972年，终于盼来了高等院校招生机会，满怀喜悦地向公社报名，因不正之风，公社没推荐，使他无权报考。第二年，南艺招生，因他有三件作品入选全国美展，学校对他破格，免试录取，并派张嘉言、张华清教授先后专程去如东和南通，但地区某些人无理扣下材料不予放行，使他再一次失去了进高校深造的机会，令人惋惜。当年腐败不正之风，不知埋没了多少知青的才华。但有志者事竟成，启鹏现在已是成绩斐然的著名画家了。

李有光于南京仙林寓所

2009年11月13日

[附录二]

两件往事

我知道启鹏还是他在农村插队的时候，因为常听南通的画家说起他画得很好，常画农村题材的中国画。记得1973年，如东县送来江苏人民出版社一幅《沧海夺田》的中国画创作，说是为了要赶在围垦河工完成的庆祝大会前把画印好，作为奖品送给优秀民工，希望出版社鼎力支持，能在一周时间制好版，先印一部分送到工地。按正常情况下那是不可能的事，出版社的领导(那时文化局与出版社已合并成一个单位)听说我刚从农村(下放)调回，知我与新华厂的制版胶印师傅很熟，希望我能担负这项工作，于是我赶紧到车间找了有关师傅们与他们商议，如何来完成这项任务。当我向师傅们说明赶印此画的情况后，师傅们讨论了一会儿，便表态加班加点不停机不停

1971年上海人民出版社出版的宣传画《立下愚公移山志　敢教海滩变良田》

人，一定要按时完成。随即投入工作，苦战三天三夜，终于完成制版。紧接着抓紧印刷，一周总算圆满完成任务，较果非常好，送到围垦指挥部，大家欢欣雀跃，通过这幅画我对启鹏的作品留下了深刻的印象。

后来因我一直在省里搞美术组织和出版工作，和启鹏认识并常有联系。在以后这些年，他又有了不少新作问世，并参加各种美展，如《父子俩》、《战风斗雪迎春来》、《雪映丹心》、《今胜昔》、《广阔天地》等等。1977年江苏省国画院要组织人物画创作，到湖南深入生活，因画院人物画家较少，亚明院长要我和严学优同志提供人选，我俩从江苏各地人物画家中推荐3位画现实题材较有成绩的年青画家，被亚院长认可，启鹏就是其中之一（还有两位是陈丹青和贺成）。亚院长和其他画院领导对启鹏的作品都很赏识，此次活动结束后，画院有意让启鹏留院。但他由于家庭的特殊原因，仍回了南通。他虽留在家乡，仍一直保持着旺盛的创作热情和孜孜不倦的学习钻研精神。后来，他不仅去北京中国画研究院进修了一年，还向很多前辈专家学习、讨教，到各地深入生活，创作了一幅幅令人注目和展现出崭新面貌的作品，如《高原行旅图》、《魂系沂蒙》、《和平世界》、《慰忠魂》、《劳军图》、《江海大港通天下》、《闯滩》、《神笔点睛图》、《东渡历险图》、《砥柱中流》、《民族脊梁》、《五山胜境图》等具有民族历史精神和高度艺术性的巨作，值得我们很好学习。

陈修范于茶苑养真斋

2009年11月16日

1973年江苏人民出版社出版的宣传画《沧海夺田》

雪映丹心

97cm×140cm 1974年

2001年9月与李有光、陈修范夫妇在“扬子美术博览会”上

李有光、陈修范夫妇向启鹏画展致贺 2006年12月6日

悠悠岁月　108cm×98cm　1996年

隔不断的时空

李松涛老师，别名李松，天津杨柳青人，中央美院艺术史系和中国画系毕业，后留校讲授中国古代美术史，任《美术研究》编辑，后任《美术》杂志副主编、社长，参加《中国大百科全书·美术卷》和《中国美术全集》等大型辞书的编辑工作，长期从事中国美术史论研究。

与李老师相识真是有30年了，上世纪七十年代末第一次见到他是听他关于全国美术界形势和业余创作的报告，翻开当年报告记录，"革命化"、"样板戏"、"阶级斗争"的词语，还深印着时代的烙印。

第二次见面是1986年10月31日，"南通书画院赴京展"在中国美术馆的预展和座谈会上，那次一同出席的还有艾中信、古元、邵大箴、王琦、沈鹏、彦涵、刘凌沧、袁运甫、范曾、张蔷等人。观展时，李老师对人物画特别关注，我请他多提意见。没有想到一个礼拜之后，收到李老师的来信，勉励之外，开诚布公地提出许多建议和不足之处，意见中肯，击中要害。作为《美术》杂志的大主编，如此诚恳地写信与一位地方的中青年普通作者平等探讨，使我非常感动，这是一位美术史论界前辈对年青一代的关爱和期待，我把他的这封信珍藏了20多年。第三次见面是2007年11月，我60岁，在北京中国美术馆办个展，他应邀出席由邵大箴老师主持的我的个人画展研讨会，他的讲话同样真诚，充满真知灼见，给我以启发。

每年，我都要给李老师寄张贺卡，李老师也给我寄贺卡，这些贺卡都是李老师亲手自制的，这令我尤感温馨。每年一大叠贺卡大部分我不会保存，而李老师的贺卡我是一定会收藏的。

2010年3月

[附录一]

李松涛老师20多年前的来信

启鹏同志：您好!

看完画展谈点意见，理应遵命。

您多年来一直坚持人物画，不回避重大题材。现在人们多喜欢画小品、小情趣，不愿画有分量的社会性题材，这点尤显得可贵，画得也很好。这次展览，又拿出一些不同画风的作品，是在努力拓展创作的路子，这都是很难得的。感到不足之处是在画面的经营上不太注意虚实关系，有的画，看了之后感到整个画面太紧张，看得有些吃力。我想文武之道一张一弛，对于创作也是重要的。

《黄海潮》一画气势磅礴，但退后几十步看，上部分的人关系不太清楚。大画需要考虑远观的效果，整体的形象，人物之间的关系需要解决大形的影像效果。还有个意见：那四个图章盖得似乎不大讲究。

此外，建议您在适当的时机，在人物心理刻划方面下些功夫。并非所有的画都要人物内心情绪的深入表现，但有的画上是需要的。

老朋友了，随便谈谈，恐未必谈到点子上，讲错了的，只当没说。

祝

近安

李松涛

1987年11月8日

[附录二]

李松涛老师在《时代心象·沈启鹏中国人物画文献展》座谈会上的发言

“士别三日当刮目相看”，我和沈启鹏“士别”30年，但是你的画我一直看，对你的成就很是鼓舞。沈启鹏自青少年就是三好学生、班干部，非常认真地对待生活、事业、创作，这点很宝贵。你走了一条“自学者之路”，是当代美术界德艺双馨的画家。

你出的画册，很认真地总结艺术道路，从6岁开始学画到今天,看了很受启发。南通出了不少的人才，对于当代文化发展起了重要作用。你一直立足于“中国近代第一城”——南通，一方面成就了这样的画家，另一方面对你有很多的局限，否则会有更广阔的发展天地。齐白石60岁以后

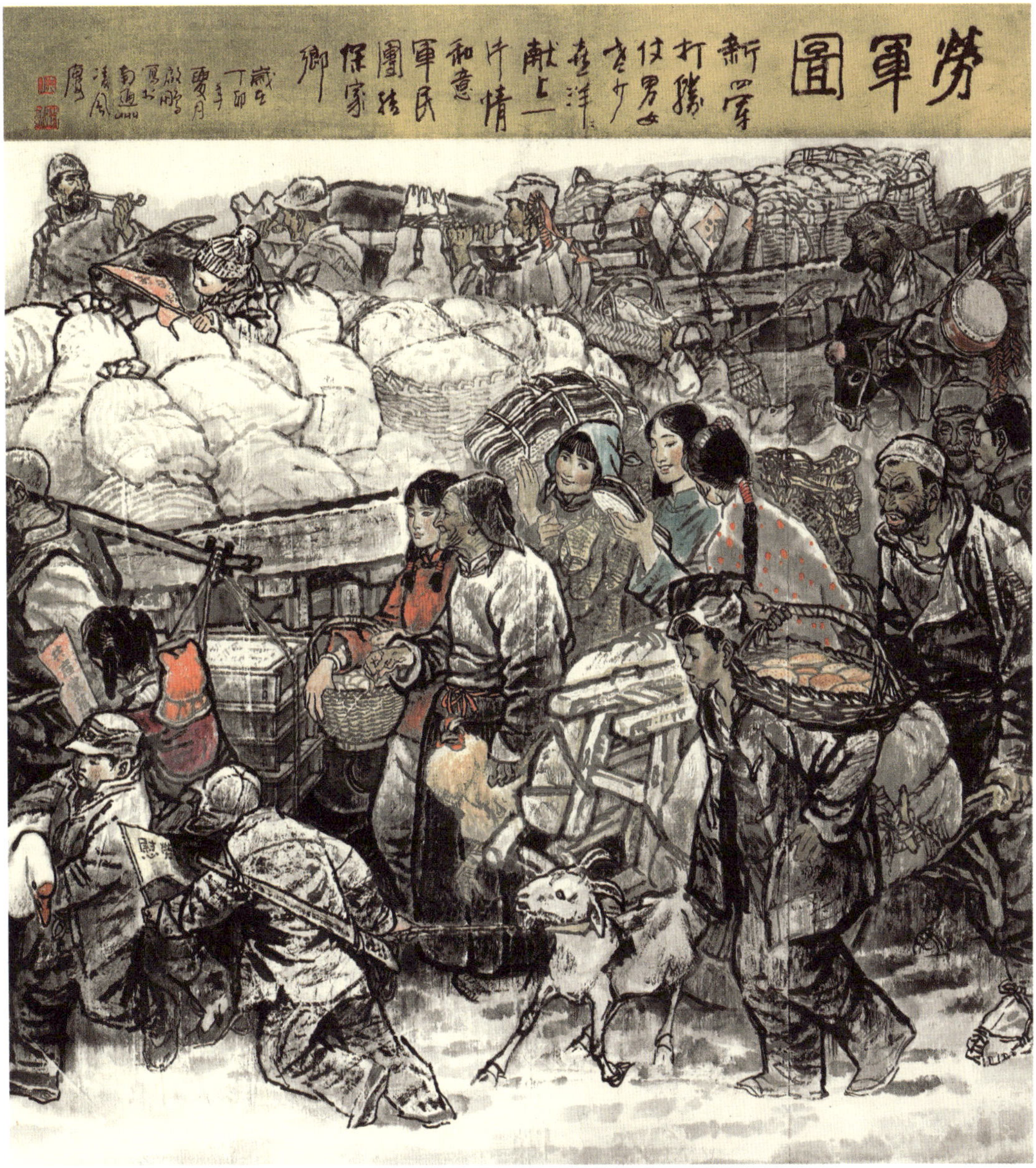

劳军图　115cm×100cm　1983年

2007年11月24日陪同李松涛老师观展

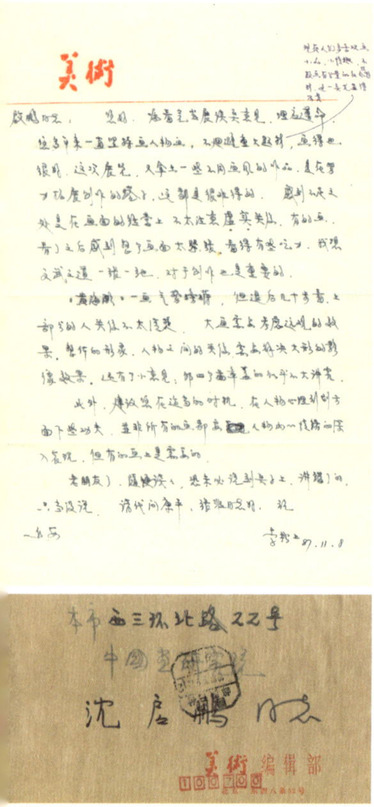

1987年11月8日李松涛老师的来信

2008 年 1 月 25 日、2009 年 1 月 30 日、2010 年 2 月、2011 年 2 月李松涛老师寄来的自制贺卡

变法，你比齐白石的积累要多了，现在也60岁，从繁重的工作中走来，有一个新的开始，今天发展的路子会更宽。

看了你的画以后有一些想法，你有很好的条件，有从事多画种的经验，画过连环画、宣传画，积累了大量的生活素材，花鸟、山水、人物兼擅，今后应集中精力，发展自己最有优势的一面，不要把路子铺得太宽。你最大优势的是人物画，可以把人物画得很深刻。看来1988年是一个很大的飞跃，一些很好的画就是产生于1988年，沂蒙老奶奶那些画可以作为代表性的作品，人物情感表现充分。还有抗洪的那两幅，像纪念碑似的，画得非常好，这是很不容易处理的一个题材。你有连环画、主题画创作经验，可以考虑将南通的烈士、学者等重要历史人物画成带有一定主题性的作品，不只是肖像，比肖像性更进一步。这样不至于让消遣性的山水、花鸟所淹没，凭自己对生活感受的敏感性，充分突出别人难于相比的当代人物画。年纪大了以后画人物会吃力一些，但我觉得你精力旺盛，期待你拿出更高水平的人物画作品来。

建议画面题字不一定要那么多，不然让人感觉是文学作品的插图。

2007年11月24日

不是师生的师生情

张华清老师是南京艺术学院美术系主任、著名油画家，过去我与他只是在省里的一些会议和活动上见过面，而无更多的交往。只知道他与徐明华老师同为留苏的油画家，他的历史画《韶山建党》、《蒋家王朝覆灭》、《大别山村》和夫人李华英强烈色彩的油画，奔放随意的中国画作品给我留下深刻印象。不过，每一次见面，张老师总是请我多多关心南通的油画创作，为此，我曾在省人大会上提出各画种全面繁荣、均衡发展的建议案。几年前，张老师提起30多年前的一桩往事，即1973年春，他负责南艺美术系的招生工作，为录取我，继张嘉言老师之后，曾专程到南通做工作，动员地方领导推荐人才，这使我非常感动。虽然我最终无缘进南艺，但南艺的老师始终是我心目中的老师，南艺也始终是我心目中神圣的艺术殿堂。去年年底与张老师的通话中，我建议他是否可以用文字作点追忆，张老师欣然答应。这段时间里，他正忙着写自传，有时还眼睛充血，但总记挂着这件事，成了文又不断地修改，并以一位知识分子的良知，对“文革”中的人和事作出客观公正的描述和评价，对当年招生的细节过程作了回顾。文中处处体现出一位一生从事艺术教育的老教授对学生，对人才真诚关爱的特殊情感。没有想到随打印文稿寄来的还有他常年研习齐白石小篆的一幅书法作品，令我喜出望外。“博古通今”四个字颇有白石老人的神韵意趣。

昨天，我本是要专程去汤山镇拜望老师的，却因原省文联书记姚志强先生之邀，张老师夫妇驱车半小时赶到河西的“诸子艺术馆”来与我会面。姚书记做东，又有画友王野翔和馆长赵军作陪，请我们观画品茗、题书喝酒，共叙友情，回忆了许多文艺界的趣闻轶事，不亦乐乎。夜深了，张老师夫妇执意开车送我回宾馆，他们为我虽未进高校，终于成才成功而庆贺，我感恩一心念着学子、关爱学子的老师 ，祝他们健康长寿、艺术长青。

2010年4月27日

[附录]

沈启鹏考南艺的风波

——回忆七十年代初招生的往事

七十年代初期，我国涌现出来的一批卓越的青年画家中，沈启鹏是其中的代表人物之一，他不仅在我省乃至在全国都非常有影响。“文革”后期艺术院校恢复招生，南京艺术学院是江苏省唯一的艺术院校，当时受江苏省革命委员会政工组直接领导。时任政工组长的是江苏省军区副司令蒋科，他是一名典型的军人，脸色很黑，说话直截了当，似乎他来学校布置工作和当年到朝鲜战场指挥打仗一样。为招生之事，他亲自来校召开全体教职员大会，在会上说：“办好大学靠什么？要靠专家、教授们！把知识技能传授给青年，严师出高徒嘛！在座的校革委会领导、工宣队的同志们要为这些专家、教授们做好后勤保障，为他们服务，也就是为培养人才、为教育服务……”这位领导讲的话，句句都是恢复和实现教育制度的根本，受到教师的拥护。

我记得那天蒋科在讲话中还指出：“办南艺的方针，是理论与实践相结合、教学与艺术实践相紧密联系。”他建议成立戏剧系，建立芭蕾舞专业，组建实验剧院、交响乐团和芭蕾舞团。他说：“江苏四千多万人口，在文化建设上应该大发展。这次招生要从全省各地挑选人才，凡是业务尖子都选进来，培训、提高，要十年树人……”

大会后，我陪同他来到美术系教学楼，当介绍美术系的情况时，他对这里的名教授非常感兴趣。我请陈大羽先生画了一幅花鸟画，他赞扬大羽功力好。随后我汇报了全省选出来的优秀美术青年的名单，美术系打算招收这些人。他说：“这很好！只要是优秀的人才，地方上如果不放，省里可以打电话、令地方上放人，从全省考虑呀！”名单中有：沈启鹏、吴元奎、王孟奇、刘二刚、沈广耀，还有不久从外省迁来的上海知青陈丹青等。当时招生的政策是地方推荐，学校考核，择优录取。去南通招生的张嘉言老师来电告诉我，她提出要招收沈启鹏时，立即遭到地方

1973年欢送吴元奎、宋正玉、康小涛入学南艺

上的拒绝，说他是这里的美术骨干，不能放，而推荐了另外的人。得知这一信息之后，我自己立即赶到南通找了教育局和文化局领导，说明沈启鹏入校深造的意义，请他们顾全大局。我并且表态：“你们推荐的人，我们同意他们参加考核。”之后，我因事赶回南京，最后得到的消息，沈启鹏还是没获得推荐。最后此事的拖延而超过了招生时间，又加形势变化，未能实施省直调他进南艺。作为一名教师少了这位优秀的学生，我深感遗憾。但是沈启鹏和其他有才华的青年画家一样，在社会的大学校里和自己的艺术实践中，“见贤思齐”，善于学习，不断地提高，增长才干，成为了著名的画家。得到了社会学术界的很高评价。这说明画家的培养不单靠学校，有人即使进了艺术院校，能否成才，关键还是靠自己。

回首往昔，当年指名招收的青年，有的如愿进了南艺或其他画院，有的在我们推荐下进了条件更好的美术学院，走上了艺术发展的正确轨道。这些对于一个爱才、育才的“伯乐”来说深感欣慰。正如唐人所说：“天下桃李，悉在公门矣！”（《资治通鉴·唐则天皇后久祝元年》）。作为教师令我感动的一件事：2003年我在上海美术馆举办《光色印象东方之路》个人画展时，来了很多行家、观众，其中也有不少学生。在座谈会上，有一位多年未见的学生感恩地说：“没有当年老师的教诲，就不会有我今天的事业……” 此语使我感动不已。青春年华的沈启鹏曾是我心目中的好学生，虽然他没有进南艺学习，几十年也相处不多，但见面时总能从他那里感受到一份对老师的尊重，可见他高尚的画品与人品。我一生从教，只盼事业后继有人，一代比一代强，除此之外并无他求。如今，沈启鹏先生和他一起成长的画家们的艺术成就，显示了我国艺坛繁花烂漫，人才辈出，“青出于蓝而胜于蓝”。正如两千多年前孔子所说：“后生可畏。焉知来者不如

今也。”（《论语·子罕》）

法国作家罗曼·罗兰（1866-1944）说：“教师是太阳底下最光辉的职业，因为从事教育事业，需要一种伟大的献身精神。”正如有人说：“放飞的是希望，守巢的是自己。”“春风不让一木朽，苦心换来满目翠。”我想，现在作为教师的沈启鹏先生也会有同感吧。

2010年4月18日

2010年4月张华清老师题赠笔者

2010年4月笔者和张华清、李华英夫妇，姚志强先生相聚于南京诸子艺术馆

喻继高老师的厚望

我与喻继高老师相识于1974年，那年喻老师42岁，我29岁。9月3日至8日，喻老师和我分别作为江苏专业作者和业余作者的代表担任全国美展评委，并同赴北京参加“全国美术作品展评选座谈会”，那是继1966年“大串联”之后我第二次去北京，一同当评委的还有上海的沈柔坚、四川的李焕民、福建的丁仃等。那次评审会给我印象最深的几件事是看批“黑画”展览，去颐和园、十三陵水库和八达岭长城。第一次有机会乘飞机从北京回南京，机票50元，登机需验工作证。我一个插队知青、农村户口，哪来工作证？喻老师见我担心，用徐州话说：“不用怕，到时再说，有我呢。”没想到竟然凭票就顺顺利利地上了飞机，不看工作证。

1977 年 10 月至 1978 年 1 月，我借调江苏省国画院工作，并赴湘写生，与喻老师有更多的接触。1979 年，我进了南通书画院，又任市美协负责人，常去南京出席美术界的学术、工作会议和展览、研讨活动，诸如 1980 年的“江苏省美术书法金石座谈会”，1985 年出席全国美代会、1997 年省画院建院 40 周年庆典等。每次见面，喻老师总是关切地问我：“最近有没有大作？”称赞我：“你在南通干的不错。”去年，我专程到他府上呈送新出版的画集祈求赐教，喻老师赞扬几句以后，郑重而诚恳地向我提出：“你有这样的基础和能力，这样的阅历和修养，今后好好规划规划，完全可以画出几幅能传世的现实主义的人物画精品力作！”

喻老师是陈之佛的高徒，他的许多作品挂进中南海、钓鱼台、国务院办公厅等重要场所，时

1974年9月天安门前留影

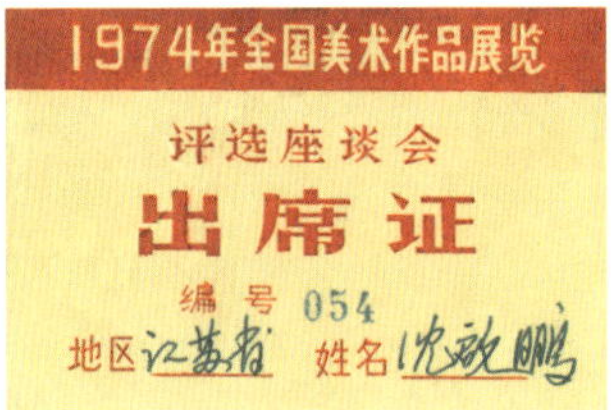

1974年全国美术作品展览

评选座谈会

出席证

编号 054

地区 江苏省 姓名 沈启鹏

1974年9月全国美展评选会证件

1974年9月喻继高老师与启鹏出席全国美展评选会同登长城

1986年7月江苏省画院邀请展同仁合影

1996年9月20日江苏省美术馆60馆庆和喻继高、刘玉山、陈传席等先生相聚南京

与喻继高、朱葵、马鸿增、方骏、苏建新等先生游五山

有慈善捐赠的义举、令人振奋的正义言辞和中肯独到的学术见解，也不遗余力地举荐年轻人，他的人品画品为我作了表率。

2009年10月

[附录一]

喻继高老师对沈启鹏的推荐鉴定

沈启鹏先生是我国当代著名人物画家兼擅山水和花鸟画。在我的认识，他是一位非常有进取心、非常有责任感、非常有道德、注重品质修养的画家。数十年来，他的作品一直反映广大人民群众生活、先进人物，弘扬主旋律。人物造型生动，笔墨雄浑质朴，富于生活气息和时代精神。他也是一位非常勤奋和多产的画家，30余年来，他创作的作品，大量地入选国内外许多重要展览，出版和发表，深受广大人民群众的喜爱和好评，也越来越显示其在人物画创作方面的地位，他对发展地方美术事业亦做出了突出的贡献。作为培养跨世纪学术带头人，我认为他无论从人品和画品都是十分合适的。

喻继高　1996年11月3日

[附录二]

喻继高老师信摘

启鹏弟：您好！在文代会上匆匆一晤，未及畅叙。您若干年来的奋斗，其人物画在国内来说是比较突出的，望您与全国一流水平的人物画家看齐，并超过他们，为江苏和中国人民争光。我若下次还要参加艺术职称高评委，定为您评上一级美术师，你的水平、成就早已达到了。

谨致　秋安

喻继高　1992年10月10日

1990年4月和喻继高老师在“江苏省少数民族风情画展”上

2003年10月登门求教，畅叙友情

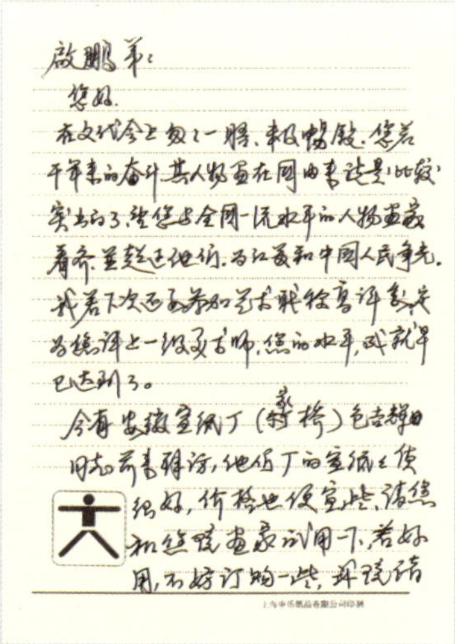

啟鹏弟：

您好。

在文代会上匆匆一晤，未及畅叙。您若干年来的奋斗，其人物画在国内青年画家中是比较突出的了，望您与全国一流水平的人物画家看齐并超过他们，为江苏和中国人民争光。

我若下次还去参加艺术职称高评，[illegible]为您评上一级美术师，您的水平，或就早已达到了。

今有安徽宣纸厂（蒋家桥）包吉辉由[illegible]同志前来拜访，他们厂的宣纸质优价格也便宜些，请您和您的画家们试用一下，若好用，不妨订购一些，并请

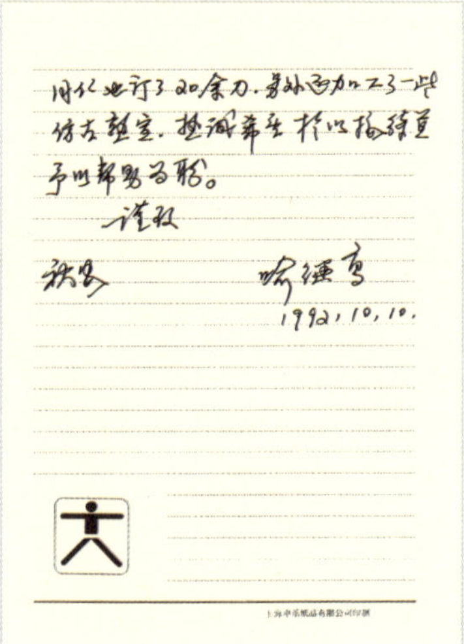

[illegible]

谨致

敬安

喻继高

1992.10.10.

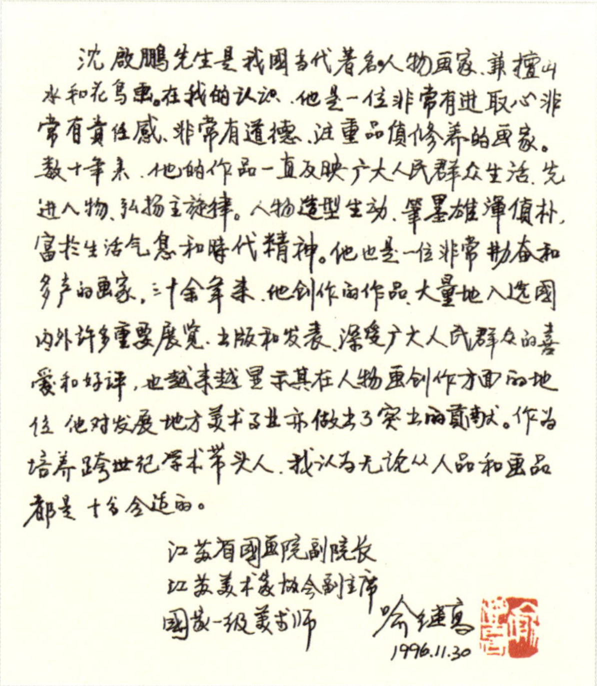

沈啟鹏先生是我国当代著名人物画家，兼擅山水和花鸟画。在我的认识，他是一位非常有进取心、非常有责任感、非常有道德、注重品质修养的画家。数十年来，他的作品一直反映广大人民群众生活、先进人物，弘扬主旋律。人物造型生动，笔墨雄浑质朴，富于生活气息和时代精神。他也是一位非常勤奋和多产的画家，三十余年来，他创作的作品大量地入选国内外许多重要展览，出版和发表，深受广大人民群众的喜爱和好评，也越来越显示其在人物画创作方面的地位，他对发展地方美术事业亦做出了突出的贡献。作为培养跨世纪学术带头人，我认为无论从人品和画品都是十分合适的。

江苏省国画院副院长

江苏美术家协会副主席

国家一级美术师 喻继高

1996.11.30

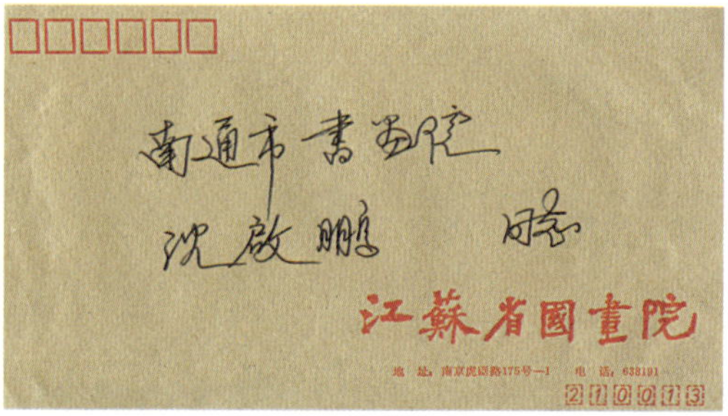

南通市书画院

沈啟鹏 同志

江蘇省國畫院

地址：南京虎踞路175号一1 电话：633191

210013

1992年10月喻继高老师来函

1996年11月30日喻继高老师的推荐评语

三十年“走读”深得运甫老师教益

南通的确出了不少画家，老一代有王个簃、赵无极、高冠华、刘子美、尤无曲，新一代有袁运甫、袁运生、范曾等。袁家在南通是书香门第的大户人家，巧的是，我与袁氏兄弟中小学时代先后都得到刘子美、顾云璈两位先生的绘画启蒙和指导，只是运甫1949年考进杭州国立艺专，运生和范曾1955年考进中央美院和南开大学，他们很早就离开了南通。与袁氏兄弟相识是30年前的1980年，袁运甫、袁运生、范曾三对夫妇回南通举办“省亲画展”。那时，袁氏兄弟在海内外已有一定影响，给我的印象是儒雅而亲和。每次回故里，小弟弟袁运正总要预先通知我，或去下榻宾馆谈艺，或来画院指导，或备上家宴请顾云璈老师和我们去石桥头老宅看画，让生活在小城的我们茅塞顿开，豁然开朗，充满浓郁的学术氛围。南通一代又一代出画家，恐怕就是得益于近代开教育风气之先河的文化传承。

上世纪八十年代初，我开始主持市美协工作，1985年袁运甫应邀陪同美籍华人画家姚庆章来南通作精彩的学术报告；1989年袁氏兄弟又应邀为家乡美术界讲中美文化比较的讲座，每每与他们的交谈，总是一次次的艺术薰陶和精神享受；也是这一年，因为袁运甫领衔的南通港候船大楼一批壁画落成，引来中国壁画会议在南通召开，小城迎来了以张仃为首的一大批全国壁画界精英；由于袁运甫的推介，南通的丝毯壁挂走出国门，走向世界；庞薰琹、吴冠中等多位著名画家来南通采风、讲学；南通工艺美术研究所的年青人一批又一批去中央工艺美院进修深造；只要

大汛　124cm×248cm　1982年第一稿　1988年第二稿

是家乡的事，袁氏兄弟都热心参与，大力支持，为南通改革开放10周年、南通电台建台50周年题词作画，表示庆贺；为通州市民广场、更俗剧院和通中科学楼亲自设计制作《江海之光》等大型壁画、壁挂；为十字街广场建成历史文化广场建言献策；参加通中校友作品展和通中百年校庆活动；推荐吴良镛院士承担博物苑新馆设计任务。我到高校工作后，运甫、运生两位教授分别应邀多次为师院、南通大学作专题学术讲座，让学生们既得到艺术审美的薰陶，又懂得了在全球的背景下中国文化艺术应当坚持的民族精神和中国立场，2005年、2006年南通大学在北京钓鱼台国宾馆举行汇报会，请在京的院士、学者、画家座谈，他们都以极高的热情前来参加，提出许多真知灼见。我是其中许多具体事务的操办人，也是见证者。

无论为人还是从艺，与袁运甫老师交往我都是最大受益者。1987 年夏，中国画研究院二期研修班招生工作已结束，运甫老师和范曾老师分别向刘勃舒院长推荐，使我获得了免试入学的机会。而北京一年的研修，对我艺术境界的提升起了决定的作用。翻开当年 8 月 30 日的笔记，在红庙寓所袁运甫老师针对我来京研修学习，提出："你要从生活自然中提炼概括，增加创造意识，防止自然主义和图解，要从第一自然上升到第二自然。""多看书，加强理论修养"，"要做减法，学点构成艺术"……这些出自肺腑的有识之见对我大有帮助，激励我最大限度地利用在北京学习的极好机会，广泛吸收，提高理论水平和技法技巧，那次拜访，袁运甫、钱月华老师留我吃午饭，前后陪我四个半小时，袁老师赠我新著《装饰绘画散论》，还为我给张仃和叶浅予先生写推荐信。这以

1988年在中国画研究院研修期间登门请教

1994年11月拜访袁运甫老师

每年3月两会期间必定看望袁运甫老师夫妇

每次造访袁运甫老师总能获得大量信息和启迪

后，我便常去他家，袁老师夫妇把我当家里人。

袁先生经历了杭州国立艺专、中央美院、中央工艺美院和清华美院南北四大美院的学习工作融合锤炼，先后以潘天寿、林风眠、倪贻望、吴大羽、庞薰琹、张仃、张光宇、吴冠中、董希文、艾中信、祝大年等为师为友，可谓学贯中西、兼收并蓄。从事中国画、壁画、粉画创作，延伸到公共艺术。学术背景深厚而宽广，提出大美术、大公共艺术理论、“厚基础、宽专业”教学理念。读过他赠我的著作《有容乃大》和向世界博物馆推荐丛书《袁运甫》画集，可知他坚持到工地厂矿、农村乡镇、名山大川、海边渔村实地写生的艺术主张，对新材料新工艺“古今中外拿来我用”的开阔思路和不竭创造力。在我担任全国人大代表和民盟中央委员的十年中，每年赴京开会必定要去拜访他。每次去看他或和他通话，总能得知他许多新的艺术创作和艺术工程的好消息，与他分享快乐，如世纪坛园厅装饰工程、中华和钟、桂林七里公园华夏文化广场等一系列大型国家公共艺术的创作设计。

1985年主持袁运甫老师和美籍华人姚庆章的学术讲座

1989年约请袁氏兄弟为家乡同仁介绍海外美术

2006年运甫老师为我的画集撰文作序，2007年11月24日，他为参加我在中国美术馆的个展开幕式和研讨会花去整整一天的时间。运甫老师也已是77岁的人了，还为清华美院的发展出力操心，更有中国美协壁画、中国画、动漫的学术活动和许多社会公共艺术创作任务，我真不忍心再去打扰他。但每次去拜访，袁老师夫妇都热情好客与我长谈，每次都深得教益。

2009年12月

[附录]

袁运甫老师为《沈启鹏画集·时代心象·墨华心语》作序

他眼前总是呈现着壮阔无涯的江海乡情。

他深悟精神世界的本体要义。正如著名清初画家石涛所言："作书、作画，无论老手后学，先以气胜，得之在精神灿烂……"

沈启鹏教授嘱余为其画集、画展作序，余当即表示"乐于从命"。这是因为好多年交往中，我对他的艺事和胸怀早已形成深刻印象。不是盛情难却，也非应景捧场，确实有感而发，想说要说的话。也许这对每年十万计涌向美术考场求艺心切的青年生源来说，启鹏的艺术道路很值得总结、借鉴。他的付出和成功，并非轻而易取得，是用艰辛和生命的艺术忠诚，竭力投入的人生经历所成就的。

历史命运对他并不公平，1966年他高中毕业，正逢全国高校停止招生。启鹏只能投笔务农从工，先后长达十一年之久。他青年时代是在泥泞和棘丛中搏斗着走过来的。他曾梦想着走进美术

2000年4月母校邀校友画家省亲办展

2000年4月与袁氏兄弟在校友画家省亲画展上

学院的大门，也曾有过这样的机会，终因某种人为的因素而与美院失之交臂，沉重的打击并没有动摇他的理想和信念，从此，他坚定地走上了自学之路。生活底层的人生和大自然的审美启迪，使他感悟到绘画艺术诱人的情感魅力。他以画笔记录生活，表现生活的真诚热情，借物抒悟。所以启鹏的中国画，总是与他的现实生活圈紧紧关联着，并非闲情逸致或无病呻吟。他心中的理想世界，都是他的绘画触觉，并且常常广为铺陈施展，并不断爆发出创造性的艺术火花。启鹏的鲜明艺术个性，总是在他的每一幅作品中体现出积极昂扬的灿烂精神。他长期面对的是一个大社会的千姿百态，不同于小家碧玉式的情调，所以他作品中常常体现了一种宏阔、达观、强势的审美情趣。他的绘画风格常倾向于朴实厚重的造型、强烈的笔墨和炽热的色调，而充满情感的力量。

在题材方面同样可以看到类似的取向，并且取得了十分突出的艺术效果，如1984年作《大汛》（124×248cm），入选“六届全国美展”。1989年作《诚》（185×200cm），入选“七届全国美展”。1993年作《二月二回娘家》（105×98cm），入选“八届全国美展”。他十分重视人物塑造和画面结构的精心推敲。应当说，这些成绩的取得，与启鹏一直重视生活体验和素材速写的实践研究有密切关系。同时也得力于名师的指教，先后在南京江苏省国画院进行研修学习，主要由新金陵画派大家亚明、宋文治、魏紫熙诸先生指导传授。继在北京中国画研究院中国画高研班学习，由李可染、叶浅予、何海霞诸大师精心指导。两次学习深造都获得了学理和技术层面的重大收益。能集汇南北中国画坛精英大师的经验教益，它对启鹏先生毕生的愿望来说，正是最重要的补偿和实现。

这些年来，启鹏先生在对地方美协画院等文化工作、地方文物保护工作、地方党派工作和高校教学行政工作，以及全国和省市“两会”参政议政工作竭尽心智作出贡献的同时，还不断深入

2005年3月南通中学校友相聚于钓鱼台国宾馆　（右起：李剑阁、李大潜、周国兴、袁运生、袁运甫、范曾、杨乐、笔者）

到祖国各地体验生活，为创作采风写生。他全身心投入，取得了十分丰厚的艺术积累，这次展出和编印的入选作品共130余件，记录了他各阶段代表性的艺术成就。用他的话来说，这些作品是：“长江水养育了我，江海风历练了我，民族情塑造了我。”在他六十岁生日的喜庆中展出、出版它的辛勤！应是启鹏对国人和家乡的最好回报，我衷心祝贺他取得艺术成功。

袁运甫　2005年10月

2004年11月袁运甫老师应邀为南通大学艺术学院讲学

2010年4月9日邀作嘉宾为袁运甫作品展作学术点评

学术精妙为人谦和的美术理论家邵大箴

我的艺术创作，始终得到评论界、新闻界、出版界的关注和支持。早在1971年创作《立下愚公移山志，敢教海滩变良田》、1973年创作《父子俩》、《我是公社小社员》，就有周积寅、马鸿增先生撰文点评，他们是我最早结识的评论家。认识邵大箴老师时间不算长，他却是中国最有影响力的美术评论家的代表人物。2000年，中国第六届艺术节在常州举行，在丁观加先生引见下，与邵大箴先生初次相识。邵先生比我大整整一个肖属，为人谦和，诚恳，很好相处，丝毫没有一点“大学者”的架子。他在中央美院任博导，又是《美术研究》和《世界艺术》的主编，中国美协理论委员会主任，平时业务繁忙，我进了高校，也是公务缠身。我们彼此各忙各的，没有什么联系，偶尔能在北京的活动上见到。

2007年11月我在中国美术馆办个展，必定要举行学术研讨会，想请邵先生担任学术主持。丁观加先生为我电话联系、高冠华先生的夫人张旭女士陪同我拜访了邵大箴老师和奚静之老师。邵老师和奚老师都毕业于前苏联列宾美术学院，其实，我的中国人物画也受前苏联素描技法影响，长期坚持现实题材的创作得到夫妇俩的夸奖，邵老师一口承诺担任学术主持，并当即列出参加学术研讨会的人员名单。11月24日那天，在中国美术馆开幕的画展有5个，分别都要办学术研讨会，有的评论家会被同时邀请。在邵老师坐镇主持下，薛永年、李树声、夏硕琦、孙克、赵力忠等18位评论家，上午半天专为我的画展认真研讨，令我大为感动。

一年后，我们又在南通相见。2008年11月1日，邵老师偕夫人来南通中心美术馆办个展，并为

邵大箴老师参观沈启鹏画展　2007年11月

邵大箴老师为沈启鹏画展主持学术研讨会　2007年11月24日

南通美术界作了学术报告，他宽阔的学术视野、辩证的学术态度，使听者对全球化背景的现当代美术走向有了一个明晰的思路。宋雨桂、余丁、高云、范扬、刘二刚、杨春华等也专程赶来，这样的阵势和机会对南通来说也是不多的。我出示了自己在编的《时代印记——沈启鹏宣传画、年画、连环画创作回望》一书的样稿，想不到邵老师十分乐意为这本小册子写序言，并在当月打印交我。文中对我的艺术成长与相对应的时代作了十分贴切而准确的分析评论，称我是“真诚的艺术家”、“正直的艺术劳动者”，其实是一种鞭策，希望我今天的努力要给明天要给后人留下无愧于时代的新的印记。

2008年12月26日在无锡江阴“文化创意产业高峰论坛”，听取邵大箴、薛永年、孙克、马鸿增、王鲁湖等的三场关于文化产业的对话，以及会外关于画家自藏代表作品的归属问题向邵老师的探讨求教，都使我深受教益。

2010年1月

[附录]

邵大箴老师为《时代印记——沈启鹏宣传画 年画 连环画创作回望》作序

《时代印记——沈启鹏宣传画年画连环画创作回望》虽是一本篇幅不大的小书，但是，它是一本好书，一本读起来颇有兴味、颇令人回味与启发人思考的好书。它记录了启鹏先生艺术成长的历程，也刻印了时代变化的足迹。他用“时代印记”作为书的标题是十分合适的。

出生于1946年的启鹏，是属于伴随着新中国成长起来的一代人，他们沐浴着朝阳，在“歌唱祖国”的歌声中拥抱生活，憧憬未来。启鹏是这代人中的幸运儿、佼佼者，他从小受家庭文化环境的熏陶，受到师长们的爱护和指导，对绘画表现出浓厚的兴趣，也显露出自己的才华。由于他的勤奋好学和作风踏实过人，终于在绘画事业上大有长进，取得令人称羡的成就。启鹏也遭遇许多挫折，在他风华正茂的年代，遭遇“文革”灾难，失去获得进入艺术院校系统习画的机会。但

2007年6月与邵老师、奚老师相逢于中国美术馆

2000年10月3日相聚于常州“六艺节”

2008年11月1日邵大箴老师个展在南通开幕与其合影

是他并未因此沉沦和懈怠，而是在逆境中拼搏，化不利条件为有利因素，在基层劳动和生活中坚持观察和描绘周围人，做群众美术工作，练习创作能力。启鹏是有心人，他从学生时代起，就萌发用艺术来服务社会的理想。他把自己获得的每一次绘画机会，都看作是对自己的锻炼，兢兢业业，认真对待。他不是“超越时代”的先知者，也不是时代的弄潮儿，他辛勤地劳作，用绘画忠实地服务于社会，虔诚地宣传当时的社会理想。因为他自觉地认识到，在这社会理想中包含着人类永恒的、崇高的理念：热爱祖国、热爱劳动；小我服从大我、人民的利益高于一切；艺术服务于劳苦大众……启鹏正是用自己一颗赤诚的心去拥抱生活，投身“大众美术”活动的。他从中不仅得到了技艺的提高，而且还提升了自己的道德品格，净化了自己的心灵。他因此受到人们的信任，专业技巧也不断得到提高，他的不少作品至今仍散发着生活的气息，有感人的力量。毋庸置疑，在当时的流行的艺术观念和“大众美术”的创作中，也包含了虚假、夸张以至扭曲崇高理想的成分。启鹏的一些作品也难以避免地受到影响。尽管如此，这毕竟是我们走过的一段含辛茹苦的路程，其中崇高的理想和真诚的感情我们固然倍加珍惜，同样，我们经历的磨难和我们的一些迷惘，今天也同样值得我们回忆和牢记，因为它使我们得到了教育和锻炼，它也成为激励我们前进的力量。作为诚实的艺术家，启鹏之所以在改革开放新时期崛起于画坛，正是由于他能辩证地对待那段历史，继承艺术服务于大众、服务于社会的优秀传统，扬弃那些违背艺术规律的条条框框，认真研究艺术创造原理和形式语言，在一个新的高度上创造自己艺术与人生的辉煌。

读《时代印记——沈启鹏宣传画年画连环画创作回望》，我们感动于一位正直的艺术劳动者的真诚与奋进精神，也感慨时代之变迁、岁月之蹉跎，同时还会向自己发问：今天，我们应该给后人留下何种印记？

邵大箴

2008年11月

历年来创作出版的部分年画、连环画、宣传画作品

胸怀朝阳永向前

虎穴夺棉

锄奸记

婴宁
聊斋故事

秋后热

神秘的
白龙洞

万花筒
连环画报
人狼斗智勇
87·7
51

一片丹心
照汗青
战神振国威

原著 巴金
改编 赵吉南
绘画 侯德剑
沈启鹏
家

海盗
上册

舍身炸碉堡
一董存瑞

慰忠魂　144cm×172cm　1980年第一稿 1997年第二稿

师长·楷模

——怀念卢沉、周思聪老师

卢沉、周思聪夫妇是我久久仰慕的中国画人物画家，早在“文革”前，《人民画报》就刊登过卢沉的毕业创作《机车大夫》，成为火红年代推崇的典型环境中塑造典型人物的美术创作范本。1973年的全国美展，周思聪的《长白青松》和《山区新路》，以其巧妙的构思和清新的画风赢得广泛好评，而她后来得金奖的《总理和人民》以及《周总理和清洁工人》则成为当代中国人物画的坐标载入美术史。1985年全国四次美代会上，我为周思聪当选全国美协副主席投上神圣一票。

1987年至1988年，我在北京中国画研究院进修期间，先后六次拜访了卢沉、周思聪夫妇。第一次去拜访是1987年10月1日，由高冠华夫人张旭女士引见认了个门；卢沉老师一见面就想起济南美代会上见过面，和我谈了艺术创作的道理。国庆节假日里不便打扰，20分钟后致谢告辞；10月3日第二次去带了一点水果和家乡蓝印扎染工艺品相赠；1988年6月26日和30日又去过两次；7月19日进修结业离京前和两位老师告辞。那时他们住的帅府园美院教师宿舍楼，终年见不到阳光，一家四口住得很拥挤。透过窗户和衣架，见周老师瘦弱的身影正艰难地从洗衣机里取衣服，卢老师相帮晾晒。“1983年去甘南写生得的类风湿关节炎，吃进口药也不见明显效果，两年没画画了……我病了，苦了卢老师，替儿子买裤子，又穿不上再去店里退，我心里不是滋味。”周老师性情温和，待人诚恳，轻声细语地和我聊天，使我毫无拘束，把她当大姐看待。她对李可染、叶

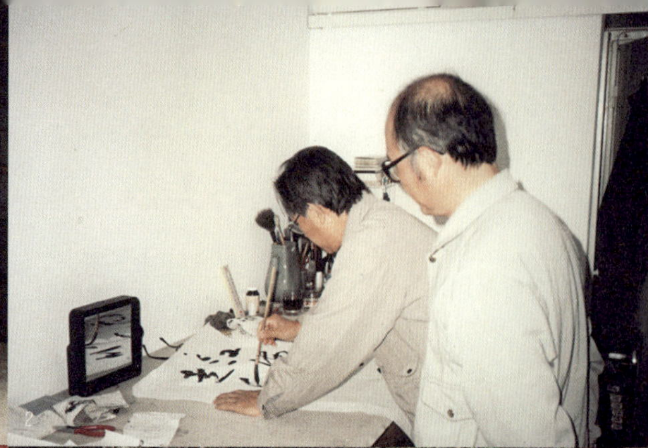

1. 1988年6月24日与卢沉老师在中国画研究院

2. 1993年11月13日请卢沉老师为南通开放十周年题辞

3. 1997年10月28日祝贺卢沉、刘国辉画展在苏州开幕

4. 1992年4月与卢沉、刘国辉、孙克、张道兴等先生游三峡

1994年10月卢沉老师为启鹏题签

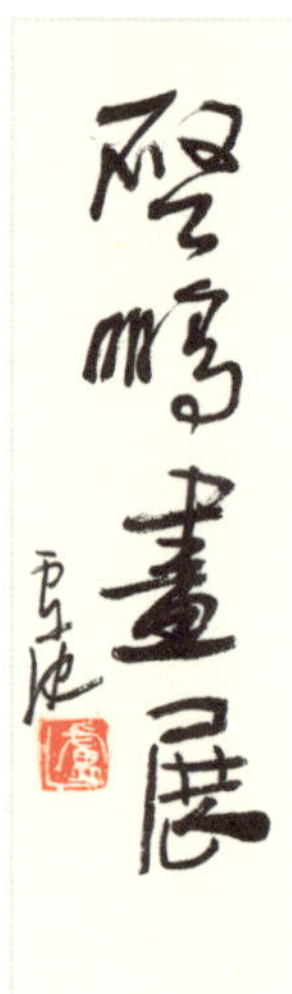

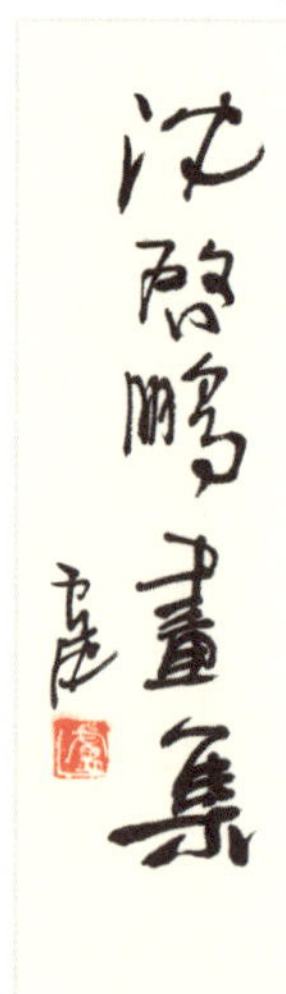

1994年11月卢沉老师作《东坡先生醉酒图》赠启鹏存念

浅予老师的人品画品倍加赞赏，师生情谊溢于言表。看了我的个展作品照片，她称赞《二月二》画得的确不错，《残冬》有思想内涵。同时非常坦诚地指出："作为古代人物，李方膺的面部不必画得过细。太强调结构，就没那份文人气了。你看李可染先生的《三老读画图》多好！"卢老师则更是一针见血地指出我的诸多不足："创作思路不够开阔"、"研究被画对象的多，研究自己不足"、"要认识自己、表现自己、突出个性"、"吸收西方的好东西，打破自己的惯性思维"、"不但多画，更要多想。比如龚贤，出手不凡"、"李可染有强悍的独立精神，学老师却不像老师，才成大树"。每每翻阅日记，重温两位充满智慧的教诲，不断有新的体会。有一次去看望他们，见周老师正倚坐在窗口做针线活，说是借缝缝补补来活动手指关节。因为手指变形，肌肉萎缩，不得不停止作画，连叠被子都困难。读到她兄长周思敬的一段话令我感触万千："她以超乎人们想象的坚韧顽强地生活。她后期创作都是在这艰苦的历程中完成的。然而她从不忘关怀他人。"在医院里，她用拇指与食指夹着笔作彝女、荷花和山水三个系列的画，倾注了全部的精神力量，完成了她艺术的探索与升华。她忍受着我们常人无法体会的痛苦，却依然关切地询问范曾、边宝华的情况，还问到学生辈的林晓。最叫我感动的是，周老师用病残的手在一份印有矿工图的简介上签名，赠送给我留作纪念。

进修结业回南通，拜见两位老师机会少了。1992年12月出席民盟七大住京丰宾馆，我惊奇地发现患病的周老师竟然也为他们作了350cm×88cm的大画《秋林负薪图》，在这期间她还准备了去新加坡和香港的个人画展作品。1993年5月31日，刘大为、王明明、孙克、张绍城、方骏、胡南开、沈平和我有机会在香港铜锣湾的"一画廊"看望了周思聪老师，头发花白、双腿佝偻，五年不见竟成了一个老太太的样子，令人心酸。从铜锣湾过维多利亚海峡到云峰画廊去，她行走不便，我陪着她慢慢走。路过渡口小店，她买了一个用粗布麻片制作的洋娃娃，十分喜爱，脸上浮现出天真的笑容。

1993年11月13日，受市政府委托专程赴京，请名家以书画祝贺南通对外开放十周年。卢沉一家终于得到学校照顾，搬到朝南的单元住。周老师依然安祥地坐在窗口缝一个靠垫，这时已不离拐杖与激素。她询问江苏和南通美术界的情况，还鼓励卢老师："别紧张，要不然就画张画吧。"

最后一次去卢沉老师家是1995年9月14日，祝贺高冠华八十寿辰展后去看望周老师。见我来了，想起身招呼又站不动，我实在不敢打扰，只是向她推荐了南通一种专治风湿病的药并祝她早日康复。想不到第二年1月21日，周老师患急性坏死性胰腺炎而不幸病故，年仅57岁。她的英年早逝震动了中国美术界，我撰文《月白清芬淡芙蓉》悼念尊敬的周老师。

1. 1988年6月26日周思聪老师对启鹏作品提出意见

2. 1995年9月14日探望周思聪老师

3. 1993年5月31日在香港“一画廊”周思聪画展上

4. 2008年2月《总理与人民》和《慰忠魂》同展于“周恩来和中国美术文献展”

与卢沉老师的接触又多了几次，我们之间也更熟悉。

1987年9月29日，卢沉老师在中央美院电教室作《中国人物画幻灯欣赏》的讲座，我闻讯踏自行车从西三环赶往帅府园。教室里挤满了人，我只能站在后排的凳上。

1988年4月5日，再次赶到卢沉工作室听他讲水墨构成课，卢老师邀请北京画院女画家聂鸥当场作画演示，别开生面。

1988年4月27日，卢老师应邀来研究院为我们授课，打幻灯介绍欧洲五国的绘画艺术。

1988年6月24日，所有教过我们的老师都来观看我们的结业展，李可染院长来了，卢老师也来了，还和全班学员合影留念。

1992年4月20日至28日，国家旅游局天马公司组织全国中青年画家作“三峡之旅”，我与卢老师在船上度过愉快的时光。

1995年清明，卢老师回苏州扫墓，取道南通返京，他告诉我叶浅予老师病重住院，两个月后叶老仙逝。

1997年10月28日，卢沉、刘国辉两位画家回故里举办联展，我专程去苏州致贺，并获签名首日封，合影留念。

后来听说卢老师独住北郊，患癌症，6年后病故。我悔恨自己没有再去北京看望他，一对夫妇两个好老师，永远地离开了我们。

2008年2月，中国美术馆的“周总理与中国美术——纪念周恩来总理诞展110周年文献展”上，我的作品《慰忠魂》与周思聪老师的《总理与人民》挂在一起，站在周老师传世画作前，不禁回忆起周老师的音容笑貌，热泪盈眶。我从两位老师身上得到的不仅仅是画理艺道的知识，更是为人处世的准则。“一生淡泊名利、得意淡然、失意泰然、胸怀祖国山水、爱平凡的人、孝双亲、尊师长”（周思敬语），他们为人的高尚品格，从艺的执着精神，永远是我学习的楷模。

1996年1月第一稿　2010年2月第二稿

[附录一]

卢沉老师帅府园谈艺

你很勤奋，画得也多，看得出曾经受不少人的影响，这几年有很大进步。

从生活到主题再到画面，单一了，创作思路偏窄。

你较多的是研究被画的对象，如何画像画好看，而对自己的研究不够。风格就是人格，是一个人修养、个性、爱好、审美情趣的反映。要认识自己、表现自己。这一年就是要充分利用北京的有利条件，多看、多接触、开阔视野、更新观念，强调创造意识。

当然，向老先生学技巧是需要的，但更需要的是更新观念和认识自己。

画画，是最自由的事，不能过多考虑别人会怎么想、受不受欢迎、讨不讨喜欢。重要的是自己抒发了感情没有，有没有得到满足。严格讲没有“雅俗共赏”，画家都有一个观众圈，任何一个画家不可能讨所有人的喜欢。

西方的好东西要吸收，这样有助于打破自己旧的思维方式。

中国过去一直有写实，有人说汉唐的好，贬了文人画。由写实转到写意，书法入画、抒发情感，这是文人画了不起的地方。

有的人画得很多很多，却提不高；有的人画画想想，一出手便不同凡响。比如龚贤。

李可染学齐白石和黄宾虹，却不像老师，他学的是老师的创造精神。老师是大树，他也是大树，他不是小草或藤，不要依附大树，因为他有强大的独立精神。

1987年10月1日

[附录二]

周思聪老师帅府园谈艺

叶老师看得准，你的《二月二》的确不错。

《残冬》这幅也好，有思想，有内涵。

《雪梅》这幅古代人物的动作、衣褶、寒梅和整个构图都好的，只是面部过细，显得不协调。过于强调了结构，就少了一份文人气。你看李可染老师的《三老读画图》多有味儿，画得好极了。

李可染和叶浅予两位老师各有特点，李可染一心专注于教学，叶浅予还关心学生的其他方面。他也常买学生的作品，他买你的《二月二》，你也不必太在意。

1988年6月24日

小花帽 52cm×52cm 1990年

凝固的音乐 52cm×52cm 1990年

大家·伯乐·兄长
——刘勃舒恩师与我的情谊

回顾自己从艺近40年的历程，艺术水准的提升有两次重要契机，一次是借调江苏省国画院工作的3个月，第二次是在中国画研究院研修的一年。相较而言，北京的这次学习更为重要，正如袁运甫先生所说“两次学习深造都得到了学理和技术层面的重大收益”，“集汇南北中国画坛精英大师的经验教益”。这确实是对我自学之路坎坷人生的重要补偿和关键历程。北京的一年学习，得到李可染、刘凌沧等名师的亲授，得到叶浅予、何海霞的特别厚爱和提携，而获得研修的机会和办成功个人画展则是得到刘勃舒老师的重点扶持。

我在初高中阶段，即临摹了许多徐悲鸿的作品，同时也知道徐悲鸿破例录取一位叫刘勃舒的16 岁少年入学深造，刘勃舒 13 岁时的奔马图深印我的脑海。1982 年成立中国画研究院，刘勃舒从中央美院调到研究院主持工作。1987 年研究院办第二期研修班，招生已过，袁运甫、范曾力荐，刘勃舒批准我免试入学。9 月 2 日，崔子范、潘　滋、高冠华、刘凌沧、龙瑞、王迎春、郭怡悰、卢沉、李延生、邓林、贾又福、杨延文等 20 余位画家老师出席开学典礼，我记下刘勃舒院长的讲话要点：“中国画要发展、要出新”，“人物画要突破”，“艺术要反映生活，要让群众接受”，“结合研究院工作，多搞研究，相互探讨”，“把握住自己，不要眼花缭乱”，“把这里当个家……”

研修班的各个学习阶段，刘勃舒院长都要到班上看看，问问情况，与学员交流。研究院举行的一些全国性重大学术研究活动，允许研修班学员旁听，这种机会真是非常难得。

一转眼两个学期就要过去，为了求得更多指教，也为了扩大影响，我决定结业前在院展览馆

1．1988年6月2日韩念龙（右三）、陆维钊夫妇（左二、三）、刘勃舒（右二）、厉衡（左一）出席开幕式

2．1988年6月2日刘勃舒老师陪同韩念龙副外长观启鹏画展

3-4．1988年6月2日刘勃舒院长主持画展研讨会

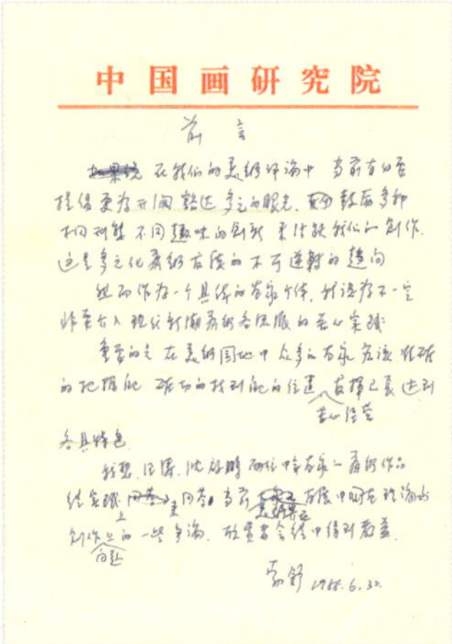

1988年5月刘勃舒院长为画展作序题签

刘勃舒院长亲点钟馗画入藏中国画研究院美术馆

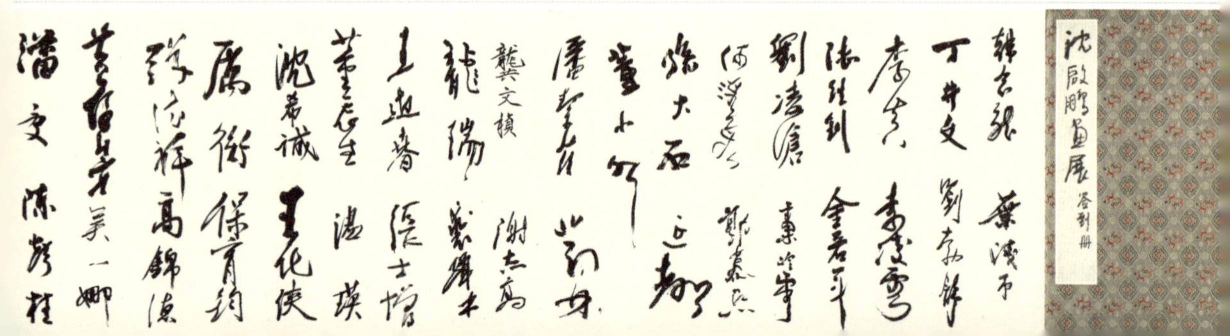

举办个人画展。刘院长也留心观察，希望研修班出点成果，当我和汪涛提出办展，刘院长看过作品，欣然同意以研究院名义举办，并为我们撰写了画展序言。亲自主持开幕式，接待重要领导人，接受媒体采访，亲自主持画展研讨会，让授课的一批老画家、研究院全体画家和众多新闻记者都参加了研讨会。没有刘院长的鼎力支持，在北京办成如此场面的画展是难以想象的。关心青年作者、扶持基层画家，是刘院长一贯的作风，可谓继承了恩师徐悲鸿的衣钵，据我所知，卢禹舜、罗平安、李冰奇、赵建成等人就得到过刘院长的提携和推荐。画展结束之前，刘院长吩咐展览馆收藏我的一幅水墨钟馗，说:“反映现实生活的人物画创作很难，画一张不容易，你自己好好保存。”那一年，我有幸参加了“88北京国际水墨画展”开幕、学术研讨、笔会和参观活动，与刘院长同游慕田峪长城。

这以后，只要有机会到北京，我总要去王府井“帅府园”和雍和宫“雍和家园”刘院长寓所看望他。任全国人大代表以后，每年两会期间，中国文联或中国美协的两会代表委员聚会我们都能见面。1991年和1992年，有机会与刘院长一同去山东出席国际旅游书画艺术节，游泰山、曲阜。

“20年后再相会”，2008年4月15日，我们二期研修班回国家画院办展。刘院长比我长13岁，20年过去，刘院长也老了许多，已是76岁的老人了，我们簇拥着他看完画展，他逐一地为每个人的作品点评。当晚，刘院长自掏腰包2万元，宴请了我们全班同学，这样的师生情深深地铭记在我们每个人心中。

2010年1月

[附录一]

"汪涛、沈启鹏画展"前言

在我们的美术评论中，当前有必要提倡更为开阔豁达多元的眼光，鼓励多种不同形态不同趣味的创新，来活跃我们的创作，这是多元化艺术发展的不可逆转的趋向。

然而作为一个具体的画家个体，我认为不一定非要介入现代新潮艺术各流派的苦心实践。

重要的是在美术园地中众多的画家应该准确地把握自己，确切地找到自己的位置，苦心经营，发挥己长，达到各具特色。

我想，汪涛、沈启鹏两位中年画家的艺术作品，从实践上来回答当前美术界在发展中国画理论与创作问题上的一些争论，欣赏者会从中得到教益。

刘勃舒　1988年5月30日

1. 1988年1月随刘勃舒院长游慕田峪长城

2. 1994年11月13日刘勃舒老师为启鹏画展题辞并合影存念

3. 1999年3月与刘勃舒老师相聚于“两会”上

4. 1999年3月7日美术家两会代表聚会于和平门

1999年刘勃舒老师为启鹏题斋名

2008年4月刘勃舒点评二期研修班毕业20年画展作品

2008年4月刘勃舒院长设宴请学生

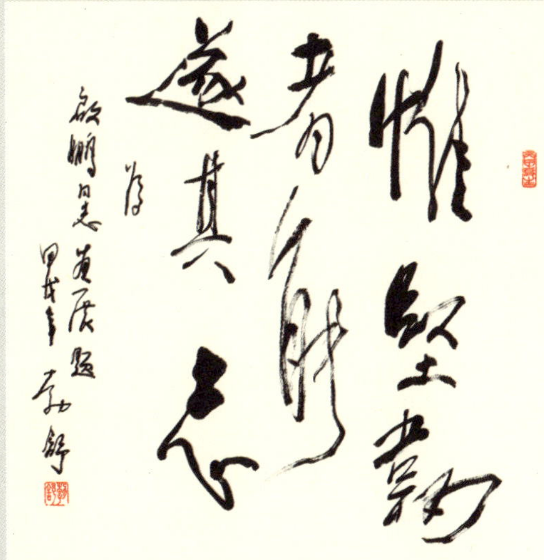

1994年11月13日刘勃舒老师为启鹏画展题辞

1999年刘勃舒老师画奔马赠启鹏

2007年11月刘勃舒老师指导办展工作

[附录二]

刘勃舒院长接受南通人民广播电台记者访谈

这一年沈启鹏在我们这儿进修，我对他比较熟悉，平常我注意观察。从作品上看，再联系到当前美术界的情况，我觉得要树立一些有探索精神、有刻苦精神的中青年画家，立志反映我们的生活，尽量反映它的本质。特别对人物画，这几年商品画搞烂了，加上一些外商，还有一些美术界理论上的干扰，对美术的方向，虽然理论上讲得比较明确，实际上从具体的做法上，实践，不一定清楚。有的急于出名，有的有别的想法。在艺术道路上不是完全老老实实地做。我想，我们应该提倡外来的要吸收，我们自己的传统也要继承。但你不管怎样，从我自己的现状出发，搞出我们中国现代的人物画。这几年人物画很薄弱，我也很着急，美术界也很着急。但是这个现状怎么办？我就想到，应该大力提倡人物画。研究院给他搞展览以鼓励，是一种办法，恐怕还要请理论界、请你们的电台作宣传，也很重要。这是一个感想。

第二个感想，我在前言上写了针对美术界的一种现状：一种新的思潮来了，大家没有主见了。还是要立足自己的基础。我看得出来，他对待生活，特别是苏北、西北、鲁南有他的特殊的感情，这与他的插队有关系。我觉得插队，作为一个画家来讲，丰富他的生活经验，增加他的社会知识，那怕他没有画画，作为一个思想活动，作为一个修养的锻炼，这是基本功之一。他搞艺术，离开思想，离开生活，我觉得画就提不高，顶多是个画匠。从作品也看得出来他过去的遭遇，他对生活的热爱。他的经历和他的选择还是比较准确的，在这点上我非常赞赏。大家看了他画的画也比较满意。特别是现在画人物画，不太愿意下苦功，这个我在北京开会呼吁过多少次了，我参加过几次大的全国范围的美术评奖，人物画很弱。所以我跟他讲，这个展览完了以后，你们沉下去，准备明年的全国美展。我觉得他是很有希望的。

1988年6月2日

[附录三]

《沈启鹏画展》展出期间刘勃舒院长的谈话

在展览会上，刘勃舒对沈启鹏说：《朝圣图》的人物画得很好，还可以再画。《山鬼》这一幅虽然小，是幅精品。

我想，当画家插队有好处。

我也是画画的，知道人物画的甘苦，自己认为好的画不要流掉。研究院就收藏一张水墨《钟馗》吧。

陪同新加坡书画家潘受一行看画展时说：“大家去变形，你坚持就难能可贵，现在画写实的不多，你的基础好，有感情，路子正。”

1988年6月

[附录四]

刘勃舒院长主持画展座谈会的开场讲话

全国画中国画的是一支很大的队伍，不止是北京的一批，在各省市都有很多画家。但是我们有个很怪的现象，这些同志出不来，或者被埋没了，或者舆论界宣传不够，或者美术界某种歪风邪气没有把他宣传。正因为这样，我们研究院想通过这个地盘，把研究院的观点，把这些有才华的画家，值得宣传的，介绍给观众，甚至包括介绍到国外。我想我们的队伍越大越好，我们的艺术风格越多越好，我们的人才越多越好，不光是老一辈的画家要继续发挥他们的作用，我们的中青年也应该站出来，应该给予宣传。不管有没有学历，我觉得主要在艺术上，在自己的学习上，主要对我们的国画事业有所推进，那怕是一点点，都应该肯定。

我在前言里头写了，我是希望多元化的。但不管是搞新派，搞传统派，或者搞西方的，或者是中西交融的，或者是地地道道的传统派。写实的也好，抽象的也好，我觉得最能取胜的是靠艺术的魅力，艺术的表现力，这是由艺术的特殊情况所决定的。就其观众的欣赏层次的要求上也是研究院办展览的一个宗旨。

沈启鹏同志，已在前言里写得很清楚。我们对人物画确实感到无能为力，甚至是敬而远之。目前，很多过去画人物画的，现在还坚持的，付出艰苦劳动的，我觉得不是太多，尤其是现在，商品画一来，画人物画费力不讨好，顶多是个展览会展出。尤其到生活里去，要付出代价，我觉得沈启鹏同志这一点很明确，不管怎么样，画他自己的生活，自己所要画的东西，坚持从感受出发。我觉得他画了一批表现生活内容的、而且是比较严肃认真的作品，某种意义上讲，就这一点是我们某些人物画家所缺的。

作为展览，还是贯彻“百花齐放，百家争鸣”方针，也是贯彻三中全会以来，中央对我们文艺界基本的指导思想。比如社会效益，比如反映时代精神，比如要创新，比如要注意人民性，一系列的重要问题。我们的画家通过自己的作品，在某一方面有所突破，有所认识、体会，都是我们事业开展的重要成果。这次展览，从我个人讲，我是赞赏的。为什么，基于对美术界的现状，也是基于我们进修班学生迫切地需要提高技术， 要反映生活，迫切需要到社会上站出来，通过作品向社会对话，从这一点上，我们研究院应该支持。

我所以写这个前言，我对这两个画展都赞成，并不是他们里头没有不足之处。我觉得主要是在风浪之中，他们没有被过多地干扰而左右了。这一点与他们的经验有关系，因为他们是自学成才，没有条件进学府，在下面省市，比较闭塞，强烈要求学习的热忱比较诚心，这一点是很重要的经验。不是谁聪明一点，赶个浪潮，提倡一个画派，赶时髦。艺术本身是老老实实的工作，这一点两个同志很有特点，把自己位置摆对了，汪涛的画风比较新，或说手法比较现代一点。沈启鹏的是不是落后了、保守了，语言陈旧了！未必！这里提出一个道理来：艺术的新旧、艺术的风格、艺术的流派，甚至包括舆论的深浅，这只是表面的东西，最后还是看他艺术上的质量，看他自己把握自己，因为画家有自己的特点。

这次展览实际上他们自己下了力的，包括筹备，包括出钱，我现在心里也很内疚，研究院现在还没有能力提供资助。能不能文化厅、宣传部赞助一点，他们自己花了不少钱，这也很艰苦的。要真正好，是个人才，各级政府、各个方面，包括我们舆论要多宣传。我们要找一条既注意经济效益，又注意社会效益的路。

谢谢大家的光临，这个地方也希望大家常来。

1988年6月2日

闯滩 124cm×148cm 1998年

走近平西府 感悟袁运生

和运生老师交往得少些，1983年至1996年他去了美国，回国后任中央美院油画系四工作室主任，我参加他先后在中央工艺美院、中央美院陈列馆和国际艺苑艺术馆举办的个人画展开幕式。他曾请我们去如皋观摩他为美国哈佛大学所作巨幅丝毡壁挂画稿；有一次是在老宅观赏他画于美国的一大批六尺宣现代风格的中国画，从激越奔放的笔墨和“母与子”的题材中，我们感受到他远离故土的切切思乡情和拳拳爱国心。原来我简单地以为运生老师是画西画的，其实，从1989年省亲展在南通画院关于青铜器审美的见解，到1997年惠新寓所关于坚持油画民族化的交谈，到2005年、2008年两度平西府工作室关于中国古代石刻艺术的谈话；从他西双版纳线描的抒情韵律到壁画《生命的赞歌》的民族情致，从美国波士顿达夫茨大学图书馆壁画《女娲补天》到香港大学《抚琴》、《飞天》中国古代传说的选题，从他收藏大量古代石器陶器艺术品的浓厚兴趣到长期考察古代洞窟艺术和主持中国古代雕刻复制、建馆工程，进而确立中国造型审美观的创意，无一不倾注了他深深的中国情结、浓浓的民族意识。1982年，去美国前的文章《魂兮归来——西北之行感怀》就已经对汉代石刻、北魏塑像有深刻感悟，2000年的个展前言，更是表达了运生老师对中国传统文化魂牵梦绕的眷恋之情。其实在美国的十四年，他不仅考察美国的艺术，同时以中国传统悟道的方法通达西方现代艺术，思考着中西文化的差异优劣，“再度燃起文化复兴理想之光”，“试图在今天重建中国艺术精神”。这就是几十年来袁运生老师不懈努力和追求的艺术理

1989年11月赴约袁氏兄弟家宴

1981年袁运生老师画瓷盘

1997年11月同在中国美术馆观展

2001年3月在中央美院陈列馆袁运生画展上

1997年11月造访运生老师惠新寓所

1981年袁运生老师速写启鹏

2005年3月北京平西府工作室谈艺

2006年12月邀请袁运生老师为南通大学师生作《当代中国美术走向》讲座

2007年10月再访北京平西府工作室

2000年4月南通中学校友画家省亲画展开幕式上

想，我虽然不能全部读懂他的画，但一次次地聆听、体悟，一步步地走近他的内心世界。我对他的艺术之梦渐行渐近，似有所悟。

2009年12月

[附录]

袁运生老师专文评论

启鹏的画风严谨然而有风骨。他是位沉潜于生活的底层，经过种种难以承受的磨练，依然能以挺拔之气发之画迹的有志气的画家。几十年来，生活的沉浮都不能影响他从小立志于以画铭志、以画为生、以画为乐的高尚情怀。六十初度，功成名就，依然不失虚怀若谷的学习精神。斯人有大志气焉！我很敬重。

袁运生

2010年4月2日夜

启鹏弟：欣悉将出版画作专集，让我写点文字，欣然从命。

最近在忙于课题的事，每天都在工作。这两天才开始画点东西，本月21日还应邀访台，在几所艺术学院做演讲。五月以后方可稍轻松，这中间还有收博士生的考试，运甫展我亦无时间前往助兴，奈何！

2010年4月2日袁运生老师专文手稿

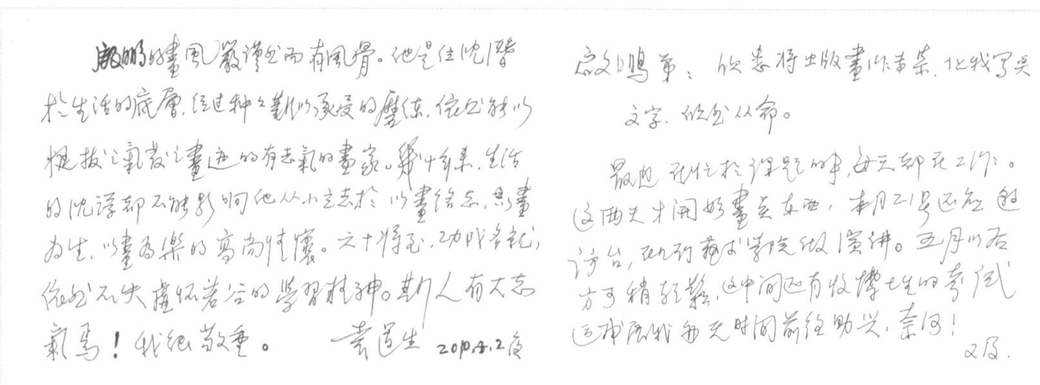

与刘秉江老师结识于尼泊尔之旅

我与刘秉江老师相识很晚，可是早就知道他是中央民族大学的教授、著名油画家、壁画家。1988年11月，在北京饭店举行的“北京国际水墨画展览”开幕酒会上，我有幸一睹刘秉江与周菱合作的巨幅壁画《创造·收获·欢乐》，17米×5.8米，20多个民族、70多个人物、上百种鸟兽，可谓鸿篇巨制，撼人心魄，且极富音乐感。尽管席间有相声大师侯宝林等艺术家的即兴表演，我的目光还是不由自主地被壁画优美的造型和巧妙的构成所吸引。他们的画风影响了一批人，进而形成后来的工笔重彩装饰风的“云南画派”。

1996年10月作“大京九”考察，22日在中国美术馆门口偶遇沈尧伊和刘秉江两位老师匆匆一面。2008年12月，“江阴金一文化产业园开园庆典”的高峰论坛和笔会上，终于有缘与刘老师相识。刘老师戴一顶白色鸭舌帽，儒雅恭谦，言语不多。短短的一天活动后，我们就各奔东西，也未能深入交谈。

没想到两个月后，我参加中国美协组织的赴尼泊尔采风团，与尼玛泽仁、刘秉江、宋雨桂、于志学、马海方、张国平、钱贵荪等老师相处11天，饱览山国风光，还时时与老师们探讨艺术、交流心得。刘老师大我9岁，对艺术热情敏感，艺术观点鲜明。在博卡拉的一个咖啡馆，面对秀美宁静的费娃湖，我们喝茶聊天，优闲惬意。刘老师回忆年青时随董希文老师去敦煌写生的情景，感慨中国古代汉唐雕塑师傅带徒弟民间技艺的失传，当今中国出不了艺术大师的浮躁社会，日本民族的敬业精神令人称道而中国艺术往往过于简单……“现在，不必苦想以新的风格惊人，只要凭自己现有的本领充分地下苦功就行！”一语直击时弊。谈话中流露出对艺术界自命不凡，张扬

2009年2月与刘秉江老师同赴尼泊尔采风

2009年2月在尼泊尔博卡拉咖啡馆喝茶聊天

2008年12月刘秉江、王鲁湘、沈平与启鹏合影于江阴金一文化产业园

2009年4月在东营艺术区刘秉江画室

2009年7月会面于北京西山中间“艺术区”

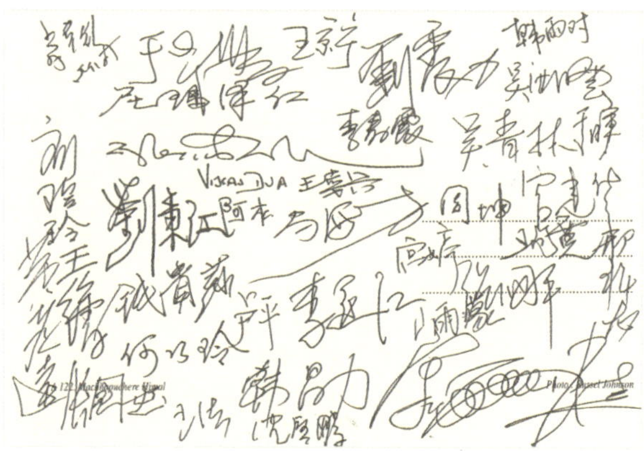

2009年2月尼泊尔之旅画家签名

炒作，以丑为美种种现象的深恶痛绝。在坚持从生活中来、讲求艺术技巧、走现实主义道路方面，我们有太多的共同语言。他两次诚恳邀请我有机会去他北京东郊工作室看看。记得在尼泊尔最后一天的晚餐上，刘老师力荐《狼图腾》，讲羊性与狼性、农业文明草原文明与海洋文明，富于哲理，印象深刻。

2009年4月25日我去北京小住，第一个活动就是去中央民族大学家属院拜见刘老师。小小的客厅里，所有的墙上都挂满了相片，有夫人周菱早年的肖像、有女儿的照片和幼年的涂鸦；所有的大小桌面上也放满了来自海内外各式造型的工艺品，有刚从尼泊尔捎回的铜佛像、镂空大象石雕。卧室恐怕只有10平方米，画室更小，只有6平方米，还堆满了大大小小的油画框和画架。墙上一幅人体油画作品用笔奔放、色彩明朗、特别醒目，那是他欧洲考察期间在法国写生的作品，体现出扎实的写实功力。说到北京饭店被拆毁的壁画，就触到了他心头的伤痛，刘老师爬上梯子想找出当年壁画的色彩稿给我看看，一时没有翻到，送我《刘秉江、周菱壁画集》和《中国当代著名画家大系·刘秉江》并签名，人物的装饰技巧正是我缺的，我如获至宝。屋虽小却充满了艺术的气氛，目不暇接中，刘老师建议带我去看他东营艺术区的画室。

72岁的大画家亲自驾车载我到五环至六环首都机场附近的艺术区，艺术区是郊区农民的房地产开发，150平方米的画室年租金5万，一排天窗使7米高的画室格外明亮，画室有卧室、卫生间，特别安静，平日里刘老师就工作吃住在这里。画架上正创作新疆维吾尔老人半身画像，刘老师取出一叠彩墨人物画让我提提意见，他诚心诚意，我也开怀畅言。大家以诚相待，交谈甚欢。

见到一张特大的拷贝台，刘老师说："为了下决心从头开始复制壁画特制的。"不经意我又提起了壁画。以我的认识，这件历经两年呕心沥血、作者独立完成并获第六届全国美展"银奖"的作品，是中国现代壁画的里程碑，在中国美术史上具有标志意义。当年制作壁画并无报酬，拆毁已整整10年，既不归还又不恢复。全国政协委员尼玛泽仁等人提出议案，尤老师也不断提出追讨却无下文，真是令我这个局外人也忍无可忍。公共艺术著作权保护尚存在法律的失缺，我曾在十届全国人大会议上提过议案，今天我已不是全国人大代表，但我可以请连任代表的江苏省美协主席宋玉麟提出，转交了《壁画集》和相关资料，今年两会上宋主席联名

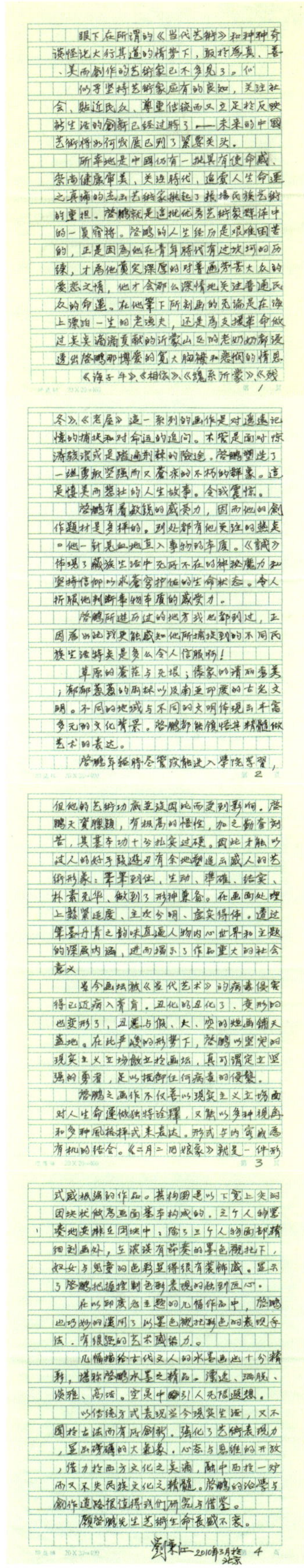
眼下在所谓的《当代艺術》和种种奇谈怪论大行其道的情势下，敢於為真、善、美而創作的艺術家已不多見了。但

仍手坚持艺術家应有的良知，关注社会、貼近民众、尊重传统而又立足於反映新生活的創新已经过時了——未来的中國艺術将如何發展已到了緊要关头。

所幸地是中國仍有一批具有使命感、崇尚健康审美、关注時代，追索人生命運之真谛的杰出艺術家挑起了振揚民族艺術的重担。啓鹏就是這批优秀艺術家群体中的一員猛将。啓鹏的人生经历是艰难困苦的，正是因為他在青年時代有过坎坷的历練，才為他奠定深厚的对普通劳苦大众的爱恋之情，他才会那么深情地关注普通民众的命運。在他筆下所刻画的无论是在海上漂泊一生的老渔夫，还是為支援革命做过点点滴滴贡献的沂蒙山区的老奶奶都透透出啓鹏那博爱的宽大胸襟和悲悯的情思。

《海子牛》、《相依》、《魂系沂蒙》、《残冬》、《老屋》這一系列的画作是对遥远记憶的捕捉和对命运的追问。不管是面对惊涛骇浪或是踏遍荆棘的险途，啓鹏塑造了一组勇敢坚强而又蒼凉的不朽的群象。這是悽美而悲壮的人生故事。令我震惊。

啓鹏有着敏銳的感受力，因而他的創作题材是多样的。到处都有他关注的热点。他一针見血地直入事物的本质。《誦》体现了藏族生活中无所不在的神秘魔力和坚持信仰以求蒼穹护佑的生命状态。令人折服他判断事物本质的感觉力。

啓鹏所游历过的地方我也都到过，正因為如此我更能感知他所捕捉到的不同民族生活特点是多么令人信服啊！

草原的蒼茫与无垠；傣家的清丽秀美；郁郁葱葱的雨林以及南亚印度的古老文明。不同的地域与不同的文明体现出丰富多元的文化背景。啓鹏都能领悟其精髓做艺术的表达。

啓鹏年轻時尽管没能进入學院学習，但他的艺術功底並没因此而受到影响。啓鹏天資聪颖，有极高的悟性，加之勤奋刻苦，其基本功十分扎实过硬。因此才能以过人的好手段游刃有余地塑造出感人的艺術形象：笔笔到位，生动、準確、结实、朴素无华、做到了形神兼备。在画面处理上鬆紧适度、主次分明、虚实得体。透过筆墨丹青之韵味直逼人物内心世界和主题的深层内涵，进而揭示了作品重大的社会意义

当今画坛被《当代艺术》的病毒侵害得已近病入膏肓。丑化的丑化了、变形的也变形了，丑恶与假、大、空的烂画铺天盖地。在此严峻的形势下，啓鹏以坚定的现实主义立场傲立於画坛，真可谓定立坚强的勇者，足以抵御任何病毒的侵襲。

啓鹏之画作不仅善以现实主义立场面对人生命運做独特诠释，又能以多种视角和多种风格样式来表达。形式与内容成為有机的结合。《二月二回娘家》就是一件形式感极强的作品。其构图是以下宽上尖的团块状做為画面基本构成的，三个人物紧凑地安排在团块中，除了三个人物面部精细刻画外，在浓淡有节奏的墨色襯托下，妇女与兒童的色彩显得很有装饰感。显示了啓鹏把握控制色彩表现的独到匠心。

在以印度為主题的几幅作品中，啓鹏也巧妙的運用了以墨色襯托彩色的表现手法，有很强的艺术感染力。

几幅描绘古代文人的水墨画也十分精彩，堪称啓鹏水墨之精品。潇洒、洒脱、淡雅、高洁。空灵中引人无限遐想。

以传统方式表现当今现实生活，又不囿於古法而有所創新，强化了艺術表现力，呈现磅礴的大氣象，心态与思维的开放，借力於西方文化之点滴，融中西於一炉而又不失民族文化之精髓。啓鹏的治学与創作道路很值得我们研究与借鉴。

願啓鹏先生艺術生命長盛不衰。

劉秉江 2010年3月於北京

2010年3月刘秉江老师专文手稿

15位代表再一次提出建议。昨晚，刘老师发来短信："追索壁画的事可能有进展，习近平办公室已向北京饭店提出……"我衷心希望此事能早日妥善解决。

2010年3月15日

［附录］

值得研究与借鉴的治学创作道路

眼下在所谓的"当代艺术"和种种奇谈怪论大行其道的情势下，敢于为真、善、美而创作的艺术家已不多见了。

似乎坚持艺术家应有的良知、关注社会、贴近民众、尊重传统而又立足于反映新生活的创新已经过时了——未来的中国艺术将如何发展已到了紧要关头。

所幸的是中国仍有一批具有使命感、崇尚健康审美、关注时代、追索人生命运之真谛的杰出艺术家挑起了弘扬民族艺术的重担。启鹏就是这批优秀艺术家群体中的一员宿将。启鹏的人生经历是艰难困苦的，正是因为他在青年时代有过坎坷的历练，才为他奠定了深厚的对普通劳苦大众的爱恋之情，他才会那么深情地关注普通民众的命运。在他笔下所刻画的无论是在海上漂泊一生的老渔夫，还是为支援革命做过点点滴滴贡献的沂蒙山区的老奶奶都浸透出启鹏那博爱的宽大胸襟和悲悯情思。

《海子牛》、《相依》、《魂系沂蒙》、《残冬》、《老屋》这一系列的画作是对遥远记忆的捕捉和对命运的追问。不管是面对惊涛骇浪或是踏遍荆棘的险途，启鹏塑造了一组勇敢坚强而又沧桑的不朽群象。这是凄美而悲壮的人生故事。令我震惊。

启鹏有着敏锐的感受力，因而他的创作题材是多样的。到处都有他关注的热点，他一针见血地直入事物的本质。《诚》体现了藏族生活中无所不在的神秘魔力和坚持信仰的求苍穹护佑的生命状态，令人折服的判断事物本质的感受力。

启鹏所游历过的地方我也都到过，正因为如此，我更能感知他所捕捉到的不同民族生活特点是多么令人信服啊！

草原的苍茫与无垠；傣家的清丽秀美；郁郁葱葱的雨林以及南亚印度的古老文明。不同的地域与不同的文明体现出丰富多元的文化背景，启鹏都能领悟其精髓做出艺术的表达。

启鹏年轻时尽管没能进入学院学习，但他的艺术功底并没因此而受到影响。启鹏天资聪颖，有极高的悟性，加之勤奋刻苦，其基本功十分扎实过硬。因此才能以过人的好手段游刃有余地塑

1996年10月与沈尧伊、刘秉江相见于中国美术馆

2010年8月14年以后又相会于中印建交60年画展

造出感人的艺术形象：笔笔到位、生动、准确、结实、朴素无华，做到了形神兼备。在画面处理上松紧适度、主次分明、虚实得体。透过笔墨丹青之韵味直逼人物内心世界和主题的深层内涵，进而揭示了作品重大的社会意义。

当今画坛被“当代艺术”的病毒侵害得已近病入膏肓，丑化的丑化了，变形的也变形了，丑恶与假、大、空的烂画铺天盖地。在此严峻的形势下，启鹏以坚定的现实主义立场傲立于画坛，真可谓定立坚强的勇者，足以抵御任何病毒的侵袭。

启鹏之画作不仅善以现实主义立场面对人生命运做独特诠释，又能以多种视角和多种风格样式来表达，形式与内涵成为有机的结合。《二月二回娘家》就是一件形式感极强的作品，其构图是以下宽上尖的团块状作为画面基本构成的。三个人物紧凑地安排在团块中：除了三个人物面部精细刻画处，在浓淡有节奏的墨色衬托下，妇女与儿童的色彩显得很有装饰感。显示了启鹏把握控制色彩表现的独到匠心。

在以印度为题材的几幅作品中，启鹏也巧妙地运用了以墨色衬托彩色的表现手法，有很强的艺术感染力。

几幅描绘古代文人的水墨画也十分精彩，堪称启鹏水墨之精品。漂逸、洒脱、淡雅、高洁，空灵中引人无限遐想。

以传统方式表现当今现实生活，又不囿于古法而有所创新。强化了艺术表现力，显出磅礴的大气象。心态与思维的开放，借力于西方文化之点滴，融中西于一炉而又不失民族文化之精髓。启鹏的治学与创作道路很值得我们研究与借鉴。

愿启鹏先生艺术生命长盛不衰。

刘秉江　2010年3月于北京

噢，收到就好，拙文让你见笑了，有词不达意处尽可修改。在写此文稿时又重读你的画册，并仔细品味你的画作，我受益颇深。你的画真好，不是应景之作，更无无病呻吟矫揉造作之嫌，是有使命感的严肃作品，是能够留下来的东西。

——2010年3月14日下午刘秉江老师寄来文稿后给启鹏发来的短信息

相依　47cm×46cm　1988年

老院长丁观加

丁观加，20年镇江画院的老院长，与我交往有30年。虽然我们不在一个城市，但联系甚密。他比我大9岁，既是同道好友，我也视他为老师。

最初相识，大概是1980年6月，在南京307招待所举办的“江苏省美术书法金石工作座谈会”上，那是“文革”后全省第一次大规模老中青书画家大聚会，我们作为地方的中青年画家参加雅集。他是崇明人,我是海门人，同操吴语系的“沙地话”，交谈起来尤觉亲切。

有一件事他多次提到，这件事在1987年12月3日他给我的来信中有记载：“十分感谢您在展厅中对我拙作提出的意见，十分中恳，所谓‘旁观者清’是也。” 十分珍视相互之间的真情实意，由此，我们之间的友谊不断加深。其实，我从他身上学到许多。早在八十年代初，老丁就成功组织“茅山抗日根据地写生”活动，进而在北京、上海、杭州、南昌、南通巡回举办“新四军征途画展”，获得广泛赞誉。受启发，我担任南通画院院长后，也组织江海南通主题写生活动，举办江海潮中国画展和大江溯源写生活动。老丁重视国际交流，我也尽力组织赴新加坡、日本的院展。由于省内画院间的交往不断加强，由南通、镇江兄弟画院关系扩展到与常熟的友好画院关系并轮流举办三院联展。应老丁邀请，我曾参加“金三角·镇江海内外书画家作品展”和“南通四人作品展”并赴镇江画院交流。我们曾一同赴内蒙、婺源、齐云山、三清山写生；一同去北戴河为中央军委八一大厦作画，接受迟浩田部长亲切接见。他书法的老到，“江南诗画”平面构成

1980年6月江苏省美术书法金石工作座谈会合影

的创新意识，以及在国内外穿梭不息的采风讲学办展，甚至熟练玩手机微博上网的热情都感染着我，使我获得启迪和鞭策。

老丁两个儿子都是中央美院的博士，他也定居北京，我任两届全国人大代表年年开会要与他会面。我们共同倡导成立的“老院长茶画会”，从2005年起年年有活动，十一位老院长喝茶、观画、聚会，悠闲而开心，老丁是茶画会的自然召集人。

最近，因为他编书的需要，我找出他给我的20余封信件，其中的信息交流、勉励提示、建议设想……肺腑之言见证了我们30年的深情厚谊。如今，他的艺术在海内外影响不断扩大，我衷心祝愿他艺术之树常青，也愿我们的友谊长在。

2010年5月4日

[附录]

启鹏印象

启鹏：实在对不起，为您写一篇短文，拖了好长时间。我被您的真诚邀约所感动，先是在电话中，然后寄信来，有一次在南京又当面相邀，我是一口允诺。现在，我远在大洋之中的岛国(日本)伊势湾边小儿的住处开始动笔了，先列下提纲，然后就可以放笔漫写了。

认识您在何时?我回忆着。很久以前了。先是看到您的画，在展览上、在报刊杂志上。虽然我们不在一个市里工作，但同在省厅管辖下专业单位进行创作，所以有机会至少每年在画院工作会议时见面，从而可以与您多接触、多交往。与您交谈，使我感到亲切，因为我们之间不但有话可谈，话题深入，而且时不时可以互相说两句家乡的土话。在开会之余，不是您到我房间就是我到您的房间里谈心，相互交流工作与创作的情况，各自倾注内心的欢乐与苦衷。当一院之长不易，出作品、出人才，还有各种活动所需要的经费等等，不是想象的那么简单，因此，我深切地体会您的艰辛。您比我还要繁忙，因为您还有市里、省里、国里的一份兼职工作，肩上的担子压着您，让您白天忙到晚上。我不知道您的作品从哪里挤出时间来完成的?有时看到您，见您的气色没有以前红润了，眼神里透露出一丝倦意，我很同情您，只能对您说："启鹏，您要注意休息！"而不敢问您创作的话题。然后，我得到您的信息，又是创作上的收获，从而使我特别地为您高兴并佩服您的毅力与刻苦。所以，我想，您的每一幅作品都浸润着您的汗水与心血。

在我的印象中，您最为轻松而又神气的是那一年江苏省中青年中国画作品在中国美术馆二楼展厅中所见您的形象，当时您在中国画研究院进修。您在展厅中来回看着自己省里同志的作品，然后在我的画幅前停留下来，并且说："丁老，您这幅画上面、那幅画中间要加些什么，画面有些空……"指出的全是不足，没有半句美言。这使我从内心感到您对我的真心。您我之间的关系更加靠近、更加密切了。

您的花鸟、动物画得很生动，尤其是鹰与牛。鹰的眼睛、爪与翅膀是您刻划的重点，使我联想到一种威武、雄健的形象；牛呢，您把他塑造成十分辛苦而又温顺的朋友，在您的所有牛的作品中，我总感到有您的影子。您的树木，尤其是西双版纳的大榕树，刻划得很有生气，我特别喜爱您把这些枝叶画得不一般的茂密，这些树根画得不一般的错综复杂。在山水画里，我见过这些画题的作品，但我偏爱您的树木，因为从您的粗细、疏密的线条中，好像欣赏到一幅抽象的行草篆隶相间的书法。

您的书法还少有评论吧?其实您是一位书家，现在仅仅从画面上看到您题款中的书法，但就从

新四軍征途書畫展
1

通、镇江、常熟三市友好画院作
2

3

中外水墨画精品邀请展
4

5

心象
2006
主办单位:
承办单位:
江苏省文化厅
江苏省美术馆
6

7

会议中心
首届江南茶畫會
8

这些题款中(有的是长题，如《和平世界》（1991年）、《辛亥革命先驱白雅雨》（1996年）、《沂蒙情》（1993年）、《东渡历险图》（1996年）、《丽江行》（1997年等)，就是您的书法的功底及其艺术风采了。当然，您的书法受到可染先生的一些影响，但是更多的是您吸收了汉魏及唐人的书风。您的题字与作品风格融合，真是相得益彰，不像我所见之某些作品尚可，而题款甚差，有时我真为那些题坏了款的作品而十分惋惜。在这里，我建议您拿出一些纯书法的作品来示人，参加展览，您不比那些自称为“大书家”的作品逊色。

我最喜爱的还是您刻划的那些人物画。您画的人物就是有神。古人曰人物为写真。画得不像就是不真，但仅能画像不是高手。上个世纪五十年代傅抱石先生在上课时曾说，人物画传神，山水画写意，花鸟画则讲究生意。可见人物的关键是传神，传神难矣，您却掌握了这个最最要紧的诀窍。所以，您刻划的老汉、大娘、渔民、少数民族妇女、孩童以及古代人物如李方膺、郑板桥等等均为传神佳作。其中《老屋》(1988年)中的大娘那种悠然自得的神态；《相依》(1988年)中大爷与牛相伴，那种勤劳、心底善良的性格；《沂蒙情》(1988年)、《残冬》(1988年)中的大娘那种期盼的神情；《回娘家》(1988年)一家三口那种喜悦的神气；《蕉林深处》(1997年)那位傣族姑娘的背影，推着自行车缓缓向前走去的身姿，使人遐想；《库车巴扎所见》(1990年)在一个特定的环境下也是三口之家的画面使观赏者难忘，也许是父亲用鲜甜的葡萄才引开了儿子贪婪地吮吸着母乳，母亲的衣衫尚未拉下而露出半个丰满的乳房。三个人物的造型构成一个梯字形，而驴子、大车、装着瓜果的篮子、地毯等等组织成一个完整的画面，右上方的太阳造成这特定的空间、时间与画面内涵的气氛。这幅人物画，似乎是一篇极为短小、精美的散文诗，给观赏者带入画境并产生联想，确是佳作也。此画仅是52cmX52cm的作品，也可“小中见大”，容量不小。

现在的人物画家好当，这是我指专门三笔二笔、画歪鼻子斜眼睛矮个子那一路又怪又丑的画人物的画家，而真正的人物画家却越来越少了，您却是其中之一。您算算看，有多少人物画家改画山水、花鸟了，为什么?因为人物画难呀，辛苦呀！（其实山水画、花鸟画也不见得容易。)反过来说，画这样认真的人物画有什么出路呢?除了展览、发表、自己花钱出版外，有几个收藏家、

1. 1985年8月新四军征途书画展来通展出

2. 1995年5月三市友好画院作品联展在常熟举行

3. 1995年6月省文化厅组织赴苏州写生团

4. 1992年10月应邀出席镇江中外名家画展开幕式

5. 1995年8月与钟增亚、丁观加、朱道平赴内蒙写生

6. 2006年12月丁观加老师专程前来南京致贺

7. 1998年8月受国防部长迟浩田接见于北戴河

8. 2005年6月首届“院长茶画会”在镇江举行

博物馆来找您呢?但是，您未曾改行，未曾为眼前的利益而动摇、灰心，仍然艰辛地去画您想画的人物。这是一个艺术家应该选择的道路。所以，最后成功的是您，而不是我上面所说的那种画人物的人。

我对于您因责任感或者说时代感赋予您的使命感很强而被您一再感动。其实，您大可不必为拆除或毁坏某些古迹(您认为是地方历史的见证)而痛楚得发抖，而彻夜不眠。您有民族之心、艺术家之心、一个普通民众的善良之心，我劝您把这些拆去、毁坏的古迹画下来，题上长款，这就是您力所能及的事，也许这些作品成为历史名作留存下去，而画面上古迹的破坏者也随之“永垂不朽”了。

写到此，兔年将要结束，龙年即将来临，这是5000年才巧逢的千禧之龙年。在这新千年到来之际，启鹏，我衷心地祝愿您展翅高飞，在事业上取得更加辉煌的成果!

1999年12月

2003年10月观北京国际双年展

1989年2月江苏画院工作会议上互赠画作

蕉园深处　84cm×51cm　1997年

丝路情　68cm×68cm　2003年

东渡历险图　180cm×68cm　1996年

1978年10月观范曾作画于南通市劳动人民文化宫二厅

1982年范曾题“凌风楼”

1982年与范曾老师去吕四海边采风

亦师亦友五十年

一

在我所接触的绘画师友中，与范曾先生交往的时间最长。记得我上小学五年级时，因为我婶婶龚宝珍与范曾母亲谬镜心是挚友，正副校长共同主持通师二附工作，所以有缘与范曾相识。他比我大 8 岁，已从南开大学历史系转读中央美院美术史系又转中国画系。寒暑假里，我时常去天宁寺角的范家老宅观范曾作画，到他家隔壁的施春瘦院子里玩耍。范曾以水墨写雄鸡和达摩，使我对中国画的书写性和水墨趣味产生浓厚兴趣。上海美专毕业的通中美术老师顾云璈、张子通先后是范曾和我的绘画启蒙老师，学生时期我们就有一脉相承的良师教导。

二

差不多过去 20 年，文革结束，我招工回城进了书画院。他毕业分配在中国历史博物馆，又调中央工艺美院执教。三中全会开过，大地复苏，自 1980 年运甫、运生、范曾三对夫妇回故里举办《省亲画展》后，范曾就频频回家乡，多次到画院讲书法，为画院培训班作学术讲座，去吕四海边采风，邀同仁紫琅山下漫话十八高僧瓷砖壁画，在文化宫大厅现场作《易元吉戏猴图》……看亲友看老师看老宅他都唤我一同前往。谈艺观画，深得教益。他挑选了我的三幅作品分别题辞勉励，并作画《万物陶冶乎我》相赠。经“十年磨剑、十年生聚”，此时的范曾，已发现了属于他自己的艺术世界，凭借四百年文脉不断的家学传承，又把诗魂与画意熔为一炉，将线描勾勒和大

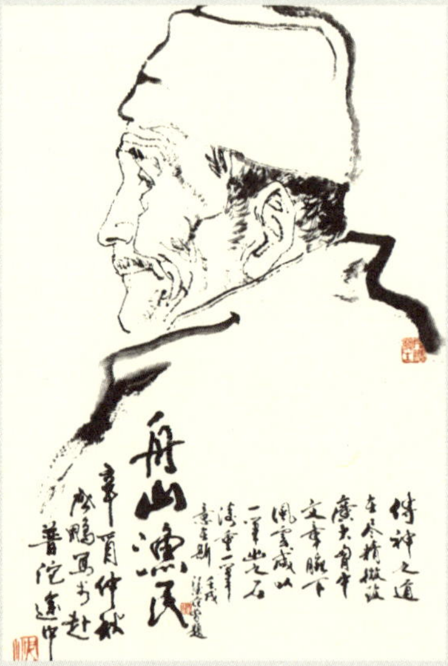

1981年范曾为沈启鹏80年代初三幅作品题辞

1993年范曾给南通友人来信摘录

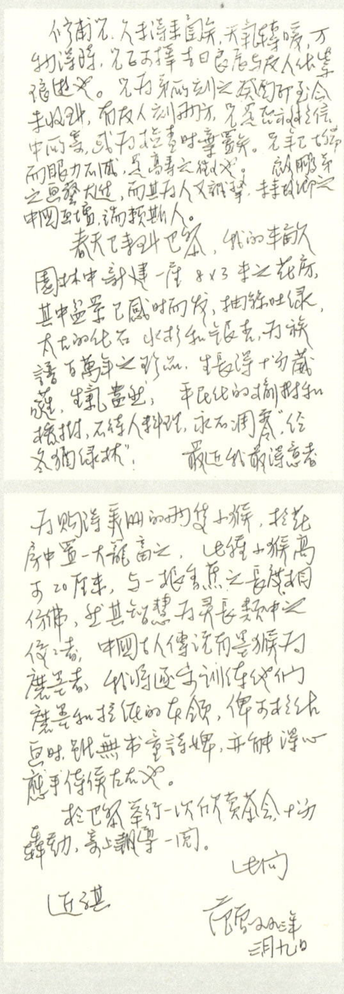
修南兄：久未得来函矣。天气转暖，万物复苏，兄近可择吉日良辰与友人优游[illegible]矣。兄为弟所刻之[illegible]可能会来收到，而友人刻[illegible]，兄[illegible]信中所言，或为[illegible]时[illegible]矣。兄年已七十而眼力不减，是高寿之征也。启鹏弟之画艺大进，而其为人又诚挚，未来故乡之中国画坛，端赖斯人。

春天已到此巴黎，我们在郊区园林中新建一座8×13米之花房，其中盆景已感时而发，抽条吐绿，[illegible]，生长得十分葳蕤，生气盎然；平民化的棕榈树和橡树，不待人料理，永不凋零，经冬犹绿林。最近我获得[illegible]为购得美洲的两只小猴，於花房中置一大笼畜之，此种小猴高不20厘米，与一根香蕉之长度相仿佛，然其智慧乃灵长类中之佼佼者，中国古人传说[illegible]猴为[illegible]者，我将逐步训练它们[illegible]的本领，俾可於[illegible]无书童侍婢，并能得心应手侍候左右矣。

於巴黎举行一次[illegible]会，十分轰动，寄上[illegible]一阅。

此问

近祺

范曾九三年
三月九日

1980年范曾老师画赠笔者

泼墨结合起来，充分发挥诗文、史学与书法的优势，连连在香港、日本办展，他的作品频频被“抢购一空”、“订购完毕”，局面大开。尤以日本冈山建"范曾艺术馆"最为震动，1984年调天津南开大学任东方艺术系主任。由于我学生时期就临过任伯年、陈老莲和徐悲鸿、蒋兆和的画，对范曾揉线描、泼墨于一体的写意人物画法心仪而神往。因为没有机会上大学接受专业训练，我便学着他的方法作古代人物画，同时画了大量素描速写和连环画创作，我的造型能力因而大大提高。范曾为我取斋名并题《凌风楼》望我启翅风动，能有更大进步。

八十年代后半期，是我拓宽视野、创作提升的重要时期，在袁运甫、范曾老师帮助下，我进北京中国画研究院研修。1987-1988这一年间，我多次去崇文门范曾家求教。那段时间范曾正准备大量作品筹资380万捐建东方艺术大楼，忙得不可开交，可从未拒绝我的造访。有一次我去拜访他，范曾正为中央领导薄一波先生作诸葛亮画像，半天接待七批来宾，一边作画一边还与我聊天。范曾作画旁若无人，画幅不论大小均无粉本也不打底稿，兴之所至，墨酣笔畅，皆出于胸意而无挂碍，这是中国画书写性笔墨精神的体现。我在一旁见习，如同上了生动的一课。那天范曾夫妇留我在他家吃饭，开洋酒款待我。

三

1990年7月，我去承德采风，路过北京去看范曾，正是他出走法国之前，为我书杜甫“秋兴八首”之一于扇面，这一别就是五、六年。在法国期间，他每年都自制贺卡寄我，并附言：“沈启鹏弟：我十分怀念故里亲人，您从少年时起，即与我为至交，多年未有稍变，知道您的艺术又有长足之进步，希望能有世界之影响！此问近祺，范曾一九九二年十二月二十日于巴黎。顾云璈诸友人统此问侯。”在给季修甫的信中又提及“启鹏弟之画艺大进，而其为人又诚挚，未来故乡之中国画坛，端赖斯人。……范曾一九九三年三月九日”。

1996年4月15日，范曾从法国归来第一次回家乡，到画院讲学，作雄鸡图、书“夔一足”。2000年4月“南通中学校友画家作品展”在南通博物苑举行，诸校友包括范曾都回通出席，那一年范曾为支持通师二附建校百年庆典年，捐建“镜亭”，市里领导都避而不出。他对我说：“你一定要来参加‘镜亭’落成仪式！”我答应：“一定来”。10点半等我完成一场传达报告，仪式才开始。

自1998年我任全国人大代表、民盟中央委员以后，每年二次赴京开会，总要拜访南通籍几位画家，去佐家庄、沙河去看望范曾，每次去他都很高兴，总要送我新出版的各种专著、画册，用毛笔认真签名、钤印，为我题“云鹄游昊”和新斋名“天风阁”。“气候”转暖，2004年春，政治

1988年5月17日拜访，范曾老师正筹资建东方艺术大楼

1999年3月4日去北京左家庄鸿力花园拜见范曾先生

范曾老师寄来的部分贺卡

1989年3月邀请范曾老师观顾云璈画展

局常委李长春给他寄贺年卡是一个重要信号，两会休息那天我又去沙河碧水庄园抱冲园，范曾格外高兴，全文朗读新撰《南通范氏十三代诗文集》序言，谈到南通近年的巨大发展、张謇与范伯子的深厚友谊、修缮老宅和“新绿轩”、十八高僧壁画迁建与否等话题。2005 年、2006 年两次人代会上，受他委托由我向省委书记李源潮转呈范曾画集专著，两位阔别 15 年的原全国青联老友得以相见叙旧。新闻媒体关于范曾报导沉寂 15 年后，我撰文《春到抱冲园》在《南通日报》首度刊载。这以后我以南通大学名义，多次邀请范曾到大学作讲座；受聘客座教授；引见罗一民、丁大卫、袁瑞良和陈斌等市领导与范曾见面；见周建忠副校长赴昌平抱冲园与范曾老师相识；专程赴京参加范曾故宫个展、70 寿辰庆典、电影首映活动。他托人从北京运回 21 本全套《南通范氏诗文世家》送我；他主动与省委书记谈及我的南京个展，随即李源潮书记给我打来祝贺电话；他建议我：“往后作画做减法，努力从表现事物场景转向表现意趣、体现永恒。”这对我今后中国人物画的走向很有指导意义。1997 年，我从南通大学副校长的位置上退下，也不再任全国人大代表，这以后就很少有联系。

从 1959 年到现在，我与范曾相识相知已有整整半个世纪了，我们始终保持着亦师亦友的真挚友情。我作为学生，能为老师力所能及做点事，那是理所当然，而我从老师那里得到的教益却是我永远也不能忘怀的，他博闻强记，刻苦治学的精神，时时激励着我奋力前行。

2010 年 2 月

[附录]

范曾老师来信摘录、贺卡附言和谈话

启鹏之画艺大进，而其为人又诚挚，未来故乡中国画坛，端赖斯人。

——摘自范曾老师 1992 年从法国巴黎寄季修甫先生的信。

沈启鹏弟：我十分怀念故里亲人，你从少年时起，即与栽为至交，多年未有稍变，知道您的艺术又有长足之进步，希望能有世界之影响！

——范曾老师从法国巴黎寄给沈启鹏贺年卡附言 1992 年 12 月 20 日

往后作画做减法，努力从表现事物场景转向表现意趣、体现永恒。

——范曾老师在南通有斐饭店与启鹏的谈话 2008 年 4 月 13 日

2004年3月到北京沙河碧水庄园抱冲园作客

2005年范曾老师题辞

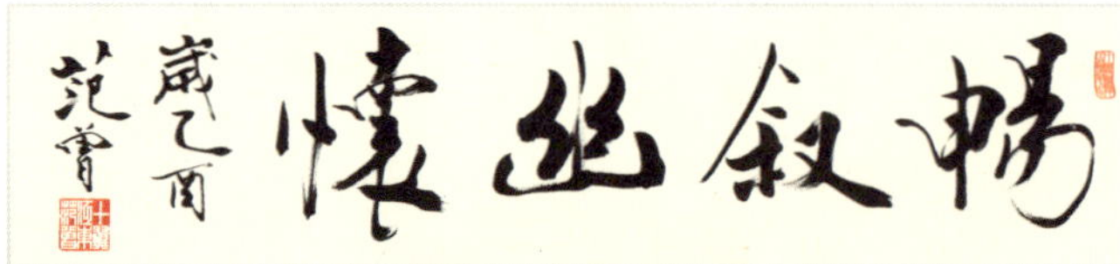

2004年范曾老师题“天风阁”

2005年范曾老师赠启鹏范氏诗文全套

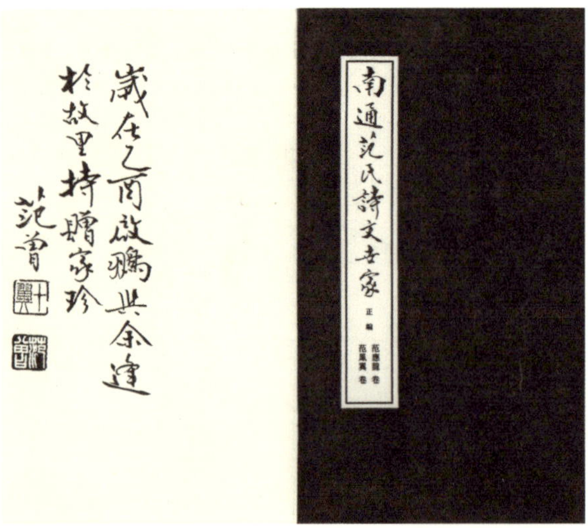

2003年范曾老师题辞

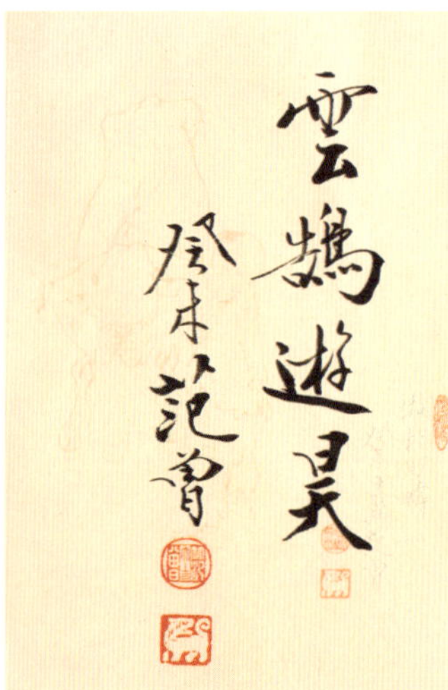

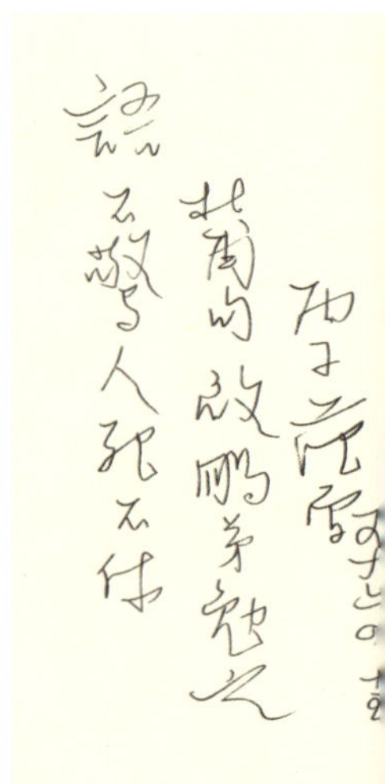

2005年4月邀请范曾老师到南通大学做《故园谈艺》学术报告

2005年陪同范曾老师回母校

2007年3月范曾故宫展请柬

2004年范曾老师题签

2002年3月九届人大与冯健亲老师在人民大会堂江苏厅

2002年3月与冯健亲老师应邀参加《美术》、《光明日报》两会画家代表委员座谈会

2004 年 6 月冯健亲老师应邀出席“南通师院教师十人画展”开幕式

2006年12月6冯健亲老师出席“沈启鹏画展”开幕式并接受采访

一同走在“红色绘画之旅”的冯健亲

我和冯健亲是同代人，只是他大我7岁。七十年代的时候，我只出版过几幅年画、宣传画，他那时却已在全国有重大影响，从1958年到1983年间创作了近60幅政治宣传画，并大量出版。尤其是《全世界劳动人民大团结万岁》、《全世界无产者同被压迫人民被压迫民族联合起来》、《祖国万岁》等作品，都成为那个时代的标识。他那本《红色绘画之旅》正是我们曾经走过的“为政治服务为工农兵服务”艺术之路的见证。

与冯健亲接触多些还是1998年至2002年我们都任九届全国人大代表期间。我们曾一同应中国文联和中国美协之邀，同两会美术家代表委员相聚座谈，一同受《美术》杂志和《光明日报》之约，与欧阳中石、李燕、王西京、王仲、张振声等共同研讨美术家的社会责任。如刘伟冬院长评价，冯院长是一位思想型画家，他善于思考，观点鲜明，对新思潮、新流派批判性吸收。一次江泽民总书记来到江苏代表团听取代表审议，冯院长站在国家层面提出中国文化、中国艺术要“走出去”，要发展好艺术教育的战略构想和建议，得到总书记的共鸣。

冯老师早年结合教学作素描、水彩、水粉、色彩、彩墨和油画的创作与探索，主要画宣传画，改革开放后更多的是以多材质作壁画创作，与黄培中有多年合作历史，这些壁画不仅分布在许多城市的重要公共空间，同时在全国大展屡屡获奖。虽然他担任党派、政协、学院要职，却丝毫不影响他运用绘画新材料、新工艺、高科技的创新思维。他不仅申办全国漆画大展，还从人才到题材，整合全省资源集中优势兵力，力创优秀作品。2004年7月，我与黄培中等赴山西大同应县采风，刚到五台山，接冯院长电话，要我立即返回南京，与南艺高震老师合作抗洪题材的漆画。为了手法出新，他想到电脑“马赛克”与南通彩锦绣法结合制作苏州园林壁画，立即驱车来南通商谈。他召集主持江苏省美协工作的务实、投入作风给我留下深刻印象。

日前，他来南通参加学生丛志远画展开幕式，专门背来新出版的画集赠我。这是他70岁退位，汇集一生的各画种重要作品的总结性版本，670多页，像一块大方砖。他是为了老骥伏枥再干一场，作个小结以便轻装上阵。我想，所有艺术家、画家都是不服老，不甘平庸、不敢懈怠的苦行僧，攀登在没有顶点的山路上，同代人的我当紧追其后。

2009年10月

[附录]

冯健亲老师在《时代心象·沈启鹏画展》开幕式上接受媒体采访

启鹏是老朋友，我们一起战斗过。他从事美术创作的时候，也是我自己从事美术创作的时候，我们都是同代人，所以非常熟悉，可以说大家都是一路走来的。我觉得非常可贵的，就是他的现实主义创作精神，到现在一直坚持下来，这一点是非常非常可贵的。改革开放，人们的价值观开始转变，对于他这样的执着的精神不理解，这个我觉得是暂时的。作为艺术，只有这样坚持，坚持现实主义的创作方法，对于我们这个社会才是有真正贡献的。我非常钦佩他，也祝贺他画展成功!

2006年12月6日

2008年11月“纪念改革开放30年书画展”冯健亲老师为启鹏颁奖

关注指导三十载
——我与马鸿增老师

“我与启鹏相识已有33年，1973年我到江苏省美术馆工作，第一个认识的就是他，那时大家都知道如东有个画画的知青叫沈启鹏……”这是2006年12月6日，马鸿增老师主持我的画展研讨会讲的开场白。又是四年过去，我们已有37年的情谊，从那时起，他一直关注着我，并给予我许多指导和帮助。

八十年代末，为呼吁兴建南通美术馆，我曾撰文求教马老师。收到我的信，马老师立即给我回信表示全力支持，并提供他考察日本美术馆的文字材料，希望我“提出完整的构想”、“祝你成功！功莫大焉！”

1993年9月，配合画展马老师主持“李可染艺术研讨会”，请我参加，这真是太好了。一方面我对李可染的艺术十分崇拜，另一方面通过研讨可以加深认识，同时自己撰文《书画笔意溶，金铁烟云生》深入研究，促使我从理论层面得到提高。由于有了马老师的鼓励，从这以后，我便更大胆地涉足关于美术和文史的文字工作。逐步养成爱读书、勤思考、多动笔的好习惯。马老师又通知我参加省内的一次重要的学术活动——1999年12月省美术馆主办的“世纪之交美术回眸与展望”研讨，我花了两个月时间查找资料、开调研会，写出论文《南通美术百年回眸》提交研讨会交流并收入论文集。这段时间的写作为2000年进入高校做好教学与科研打下了基础。

马老师多次点评我的画作刊于报端。1996年，我组织南通书画院全体画家投入主题写生活

1999年9月马鸿增老师与启鹏谈艺

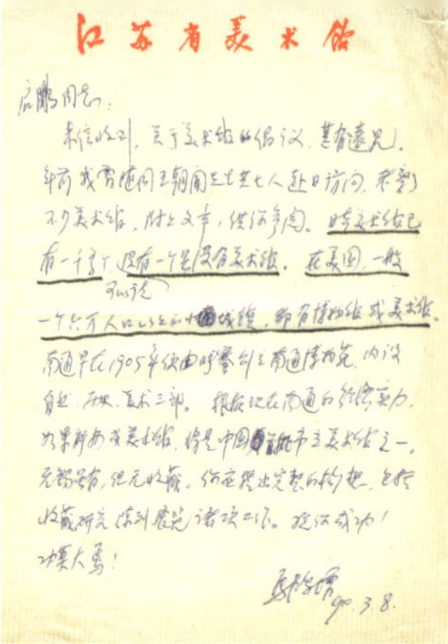

江苏省美术馆

启鹏同志：

来信收到，关于美术馆的倡议，甚有远见。年前我曾随同王朝闻先生等七人赴日访问，参观了不少美术馆，附上文章，供你参阅。日本美术馆已有一千多个，没有一个县没有美术馆。在美国，一般可以说一个五万人以上的城镇，都有博物馆或美术馆。南通早在1905年就由张謇创立南通博物苑，内设自然、历史、美术三部。根据现在南通的经济实力，如果能办成美术馆，将是中国县级市立美术馆之一。无锡虽有，但无收藏。你应提出完整的构想，包括收藏研究、陈列展览诸项工作。祝你成功！

[illegible]！

马鸿增 90.3.8.

1990年3月8日马老师关于美术馆建设的来信

2006年12月6日马鸿增老师主持沈启鹏画展学术研讨会

1993年11月与马鸿增老师共同出席第三届江苏省美代会（二排左七、八）

动，并赴宁举办《江海潮中国画展》，马老师撰文《笔墨丹青写大潮》刊于11月的《江苏美术》，积极评价写生活动和画展，认为反映现代化大型工业景观的《江海大港通天下》等作品有“令人震慑之感”，对“都市山水画”大加赞扬。特别是我的一幅爱国主义题材的《悠悠岁月》，有人叽讽说“什么时候了，沈启鹏还画这种忆苦思甜的画？”马老师却旗帜鲜明地表示支持：“时代需要！人民需要！”

进入新世纪，马老师给我更多的支持，我记得很清楚：2002年2月，他对我的艺术特别是人物画的审美取向作了全面分析，撰文《关注时代人生 美在厚朴纯真》，凭着他在全国美术评论界的影响力给予推介，这篇文字贴切而全面，像是给我画了一幅逼真而传神的肖像画；2004年3月，为南通师院美术系学科建设，我率10位老师到省美术馆办展，马老师、宋玉麟等又予以高度关注和积极评价；2006年12月，我年届花甲，在省美术馆举办个人画展，马老师担任学术主持，召开学术研讨会，又撰文《时代心象——沈启鹏的艺术品格》，我把他的评论文章刊于北京人民美术出版社新出版的画集之首作为序言，而这次南京个展的举办，又成为申报和举办2007年赴中国美术馆个展的一次重要的“演练”。

回首四十年的艺术生涯，每个重要的发展“节点”都有马老师的提携和指导，虽然平日里联系不是很多，但心心相印。马鸿增老师一直十分消瘦，这匹“瘦马”和牛一样，吃的是“草”，挤出来的是“奶”。日前赠我一本他的新作《论新金陵画派》，我衷心祝愿他胖一点起来，著述更丰，健康长寿。

2010年4月30日

[附录]

关注时代人生　美在厚朴纯真

当代中国人物画审美风格类型，大体可分为秀逸型、厚朴型、游戏型三种。沈启鹏是厚朴型代表人物之一。欣赏他的作品，无论画今人、古人、神人、凡人，总是一种豪宕、雄壮、朴直的气势，荡漾着浓郁的生活气息和哲理内涵，看得出画家倾注了全部的真情和执着的爱心。

启鹏具有高度的社会责任感。长期以来，他坚持现实主义创作道路，关注时代，贴近人民生活，追求真、善、美的统一。这正是中国传统文化和人类健康文化共同的审美追求。他的格言是“在人民的历史创造中进行艺术的创造”。为此他以“秒表人生”的姿态安排快节奏的生活，期

民族脊梁（第二稿） 142cm×155cm 1999年

望以更多的作品向大众传递真、善、美的挚爱之情。他酷爱祖国人民，酷爱故乡热土，哪怕是面对一片荒原漠海、一群朴野村夫，他也决不改变初衷，总是用一颗善良诚挚的心去感受、理解，发现其中蕴含的美。

启鹏的审美价值取向，是由他的生活阅历所决定的。1946年，启鹏出生于长江入海口的江苏南通一个机械技师家庭。自幼全面发展，连年“三好”，尤爱丹青。小学时期便有画作获市少儿美展一等奖，入选全国少儿美展并选送国外展出。中学阶段开始摹写古画并拜当地名家刘子美为师。1966年高中毕业，适逢“文革” 之乱，失去进入高等艺术院校深造的机会，却在农村、工厂磨炼了11年。逆境中他仍然坚持业余创作，积累了数以千计的生活速写，练就了扎实的造型功力。上个世纪七十年代初，他就以《沧海夺田》、《父子俩》、《我是公社小社员》等作品在中国画坛崭露头角，多幅创作入选历届全国美展和出国展览。

启鹏艺术水准大幅度地提高有两次契机。第一次是1977年借调在江苏省国画院，得亚明、宋文治等名师指点。亚明视他为得意弟子，带他一道外出写生，后来又为他多次题字作序，指出启鹏“少幼与汪洋相伴，荡阔海子胸襟，此乃启鹏独天之受”。第二次是1987年赴中国画研究院研修，又得李可染、叶浅予、何海霞、刘勃舒诸名家教诲，深悟民族绘画的精髓所在。自那以后，启鹏的悟性大增，标志着他人物画创作步入成熟之境。叶浅予对其个人画展热情鼓励，评价为“有生活、有感情、有看头。路子正、路子宽”，而且自己出资购藏启鹏画作以示推举人才。中年的启鹏是第九届全国人大代表、中国美协会员、江苏省国画院特聘画师，南通市人大副主任、南通市美协名誉主席、南通书画院名誉院长、南通师范学院美术系教授、国家一级美术师，作为有突出贡献的学者享受政府特殊津贴。

启鹏的艺术发展历经两个阶段。八十年代前为第一阶段，严谨写实，追求人物形体神态的准确再现；八十年代以后为第二阶段，重在画自己的感受，追求生活情趣和哲理内涵，书意入画以强化笔墨，并融合现代意识，使创作进入写意的境界。

启鹏的绘画语言特性，尤其表现在将传统笔墨色彩与西画造型理念进行巧妙的结合，产生凝重坚实、厚朴的审美效果，从而强化了作品内蕴的传达。《中流砥柱》塑造了浊浪排空的背景中，坚如磐石的抗洪英雄形象，包含着某种悲壮色彩的象征手法犹如史诗般的丰碑，令人震撼。以西藏风情为题材的《诚》，将三度空间改为趋于平面构成的二维处理，背景大面积石垒的高墙和前景不同姿态的几位虔诚藏女，营造出某种神秘的宗教氛围，发人深思。难怪李可染先生赞扬此画“很有气魄，构图也好”。另一幅《二月二回娘家》，构图完全打破常规，一家三口向中心收拢成团块状，恰好渲染出亲密融洽的欢乐气氛，没有背景更有利于突出山里人淳朴的情感世界。

启鹏还有一类较为轻松率意之作，在描绘少女和儿童时，尤显得柔和而抒情。《吐鲁番的葡萄熟了》将苗条的维族姑娘处理在一片墨色朦胧的环境（虚构的空间）之中，富于迷离之美；《蕉林深处》写月光蕉阴中的傣族少女，虽是背影，亦见婀娜之美。

启鹏深知，中国画画到一定的程度就是画修养、画气质，须从第一自然上升到第二自然，乃成“心画”。因此，他极为重视多方提高自己的学识素养和审美能力，以增强作品的艺术境界和文化含量。他笔下古代文人恬淡、超脱的生活情态，往往使构图简洁、逸笔草草，以生动的水墨气韵表现出人物的个性特征。《李方膺赏梅图》堪称此类题材的代表。李方膺是清代“扬州八怪”之一，通州人氏，性格孤傲清高。启鹏对这位同乡情有独钟，画面写老梅数枝，方膺独坐于石上，返手观赏，面带沉思。长衫用白描勾勒，外形如石状，恰是身与物化，情景交融。题上诗句“洗尽铅华不染尘，冰为骨格玉为魂”，诗文书画交相辉映，更加丰富了作品的人格内涵。

启鹏不仅以绘画作品弘扬真、善、美，而且长期热心于做好南通市人大、政协、民主党派、文联、文化局、美协、画院等领导工作，认真履行人大代表、政协委员的职责。其提案两度被列入地方人大一号议案，在全国人大提出的关于修改文物保护法和苏通长江公路大桥立项两项议案得到国务院重视并采纳。做人、从艺、干工作三者统一于服务社会、报效人民和弘扬真、善、美的人生价值追求之中。

启鹏曾谦逊地说：“就气质而论，我远不是潇洒的才子，而只是笨拙的农夫。”我以为，他既有才气，又肯下苦功，锲而不舍，厚积薄发，这才造就了他个性鲜明的画风，因而作品走向世界许多国家，列名国外许多名人传记辞书，获得“97中国画坛百杰画家”和“江苏优秀中青年艺术工作者” 称号。进入知天命之年，启鹏为能在专业上求得新的突破，相继辞去许多社会兼职，只应聘大学教授，潜心于书画创作研究和教学。这将是启鹏迈向新征程，实现艺术飞跃的第三次契机。

马鸿增　2002年2月28日

2002年2月马鸿增老师评论文章手稿之一

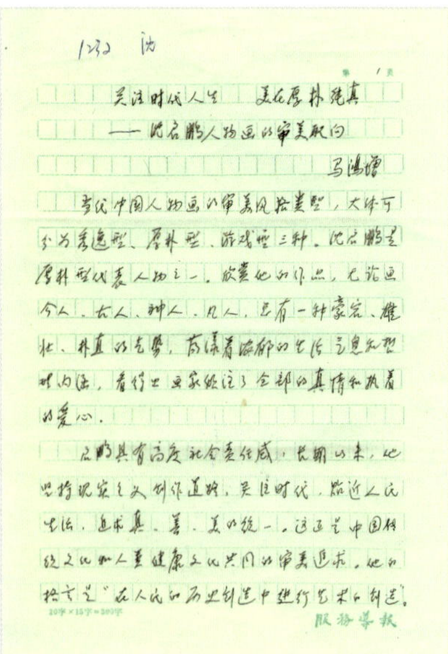
关注时代人生　美在厚朴纯真
——沈启鹏人物画的审美取向
马鸿增
当代中国人物画的审美风格类型，大体可分为秀逸型、厚朴型、游戏型三种。沈启鹏是厚朴型代表人物之一。欣赏他的作品，无论画今人、古人、神人、凡人，总有一种豪宕、雄壮、朴直的气势，高涨着浓郁的生活气息和理性内涵，看得出画家倾注了全部的真情和执着的爱心。
启鹏具有高度社会责任感，长期以来，他坚持现实主义创作道路，关注时代，贴近人民生活，追求真、善、美的统一。这正是中国传统文化和人类健康文化共同的审美追求。他的格言是“在人民的历史创造中进行艺术的创造。

2006年12月马鸿增老师评论文章手稿之二

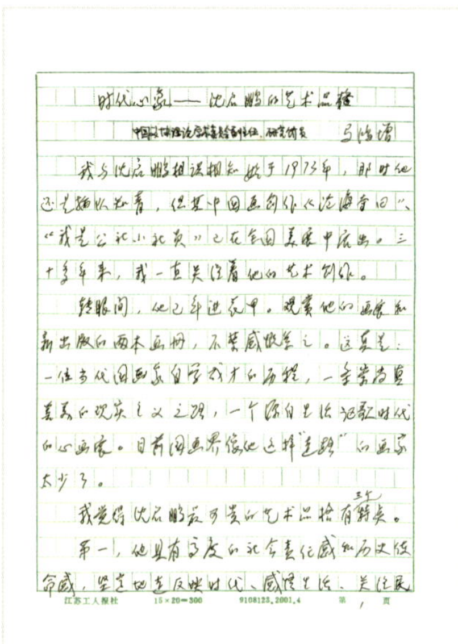
时代心象——沈启鹏的艺术品格
马鸿增
我与沈启鹏相识相知始于1973年，那时他还是插队知青，但其中国画创作《沧海今日》、《我是公社小社员》已在全国美展中展出。三十多年来，我一直关注着他的艺术创作。
转眼间，他已年近花甲。观赏他的画展和新出版的两本画册，不禁感慨系之。这真是：一位当代国画家自学成才的历程，一条崇尚真善美的现实主义之路，一个源自生活讴歌时代的心画家。目前国画界像他这样“走路”的画家太少了。
我觉得沈启鹏最可贵的艺术品格有三点。
第一，他具有高度的社会责任感和历史使命感，坚定地走反映时代、感悟生活、关注民

研究院的老朋友赵力忠

我在评论界的朋友，保持联系时间最长的，南京是马鸿增，北京是赵力忠。

1987年赴北京中国画研究院进修，期间时有各种学术活动。11月初，研究院举办“《中国现代绘画史》学术座谈会”，刘勃舒院长主持，李松涛、薛永年、刘骁纯、张蔷、陶咏白、皮道坚、索菲、奚传绩、郎绍君、高明潞等出席，我旁听了座谈会，初次相识研究院搞美术理论的赵力忠，并陪同他们游香山。后来的“中国画人物创作讨论会”、“叶浅予‘诗书画印’学术报告会”以及我的个展座谈会，赵老师都有出席。加上他十分关注叶浅予的学术活动，而叶老又多次推荐我，我们之间有了更多的共同语言。籍由和评论家的赵老师交往，我也拓展了学术视野。他常年给我寄来他参与编辑的《中国画研究院通讯》，我也时常为他们提供稿件。

1996年，我组织了南通书画院的主题写生活动：画南通、画改革开放的今天，并在江苏省美术馆举办“江海潮中国画展”。我给《中国画研究院通讯》发去一则报导，为核实画展展出作品数及其他情况，赵老师给我来信，当他收到我顺便寄去的一叠画院年鉴后，他与王鲁湘先生在《通讯》的《96中国画纪事》中发表感言，称南通画院的做法是“对文脉承传的自觉”，是“对自己生命历程的珍视”，值得效仿。这对我是莫大的鼓励，可谓遇到知音。故而2008年为办中国画研究院第二期进修班结业20年作品展和出版作品集写前言和纪念文章，赵老师要我提供相关史料，我找出当年的招生简章、教学计划、所有教学笔记、学员名单等等，令他大吃一惊。因为有当年的记录，赵老师让我为《何海霞先生诞辰一百年纪念文集》写篇文章，也就比较方便。

20年过去，中国画研究院已改名中国国家画院，人员变动，老的退了，新的来了，但那里曾是我寒窗苦读的地方，从1998年至2007年我任第九届第十届全国人大代表，几乎每年都要去西三环北路54号院看看，其实也就是会会赵老师，交流交流信息，说点知心话。他甚至多次建议我调研究院去。可是我这个人总少一点魄力，多少次难得的机遇白白丧失。2007年11月24日，我的个人画展在中国美术馆举行，应邵大箴先生之邀，赵老师早早来到展厅，并参加了学术研讨会。在学术研讨会上，紧接着家乡人袁运甫后面，赵老师迫不及待地发了言，他对我熟悉，更是对我关爱，对我寄予希望。

2010年5月1日

[附录一]

踏实 真诚 热情 关注

看了他的画展，我以“踏实、真诚、热情、关注”八个字概括，从七十年代一直到今年的作品，每一幅作品都留下了时代的痕迹。他的创作路子比较正，投入大量精力，收集了大量素材，还吸收了李可染先生书法用笔的精华，创作手法多样。

叶浅予老师的眼光是比较锐利的，他生前的画室里挂有多个画家的画，他把沈启鹏的画挂在他的书房里，直到他去世，可见叶老对他的器重。

他有极强的档案意识。我们院 20 多年历史，一般人认为赵力忠收集材料比较多。可是沈启鹏竟保存了一年进修学习所有资料，每一位老师讲什么课、什么内容，每天做什么…… 这是非常难得的资料。

他曾任过许多职务，从专业到党派，直至市人大副主任，大学副校长，全国人大代表。他并不想当官，是时代的选择和他的组织能力、认真态度所决定的。退下来时间宽松一点，相信作品会往前走一大步。

画家很少写文字，一般写感受或经历。而启鹏写了那么多文章：《南通美术百年回眸》、《张謇与美术》、《南通城市特色研究》、《文化全球化和中国文化安全》……启鹏的这些学术方面的成果很重要，应当在画展中用专柜同时展示出来。

赵力忠在《沈启鹏画展》座谈会上的发言

2007年11月24日

[附录二]

96中国画纪事·"江海潮中国画展"感言

为向沈启鹏核实"江海潮"中国画展情况，意外收到他寄来一叠画院年鉴，方知南通书画院早在1988年，为纪念建院10周年，曾编印了一册10年资料汇编的"院史"性质年鉴，1993年又编印1989至1993年鉴，自1994年起则每年一册。年鉴记录下大到院里的重要活动、人事安排，小到每个画家的当年作品参展、发表、获奖、收藏、外界评论等。可谓一册在手，是年诸事尽知，在江苏省艺术档案评比时获得奖励。这对领导或一般工作人员，都是一种无言的激励和鞭策。

有学者曾以中国和印度作比，说同为文明古国，但印度是一个无历史感的国家，因为其国人自古以来对记录历史即无兴趣；而中国是一个历史感最强的国家，村史、家庭史，后来又有店史、厂史、校史等。南通书画院大概受了乡土文风的影响，也很重视自己的院史。这种对文明传承的自觉是对自己生命历程的珍视，是对自己的作为敢于正视与接受检验的自信，也是对文化和历史的负责，对一方上有先祖后有子孙的故土的负责。相形之下，那些至今尚无此自觉与自爱的单位，是否应该亡羊补牢了？

赵力忠

——原载1997年2月《中国画研究院通讯·96中国画纪事》

1987年11月和美术评论家们在一起　（左一赵立忠）

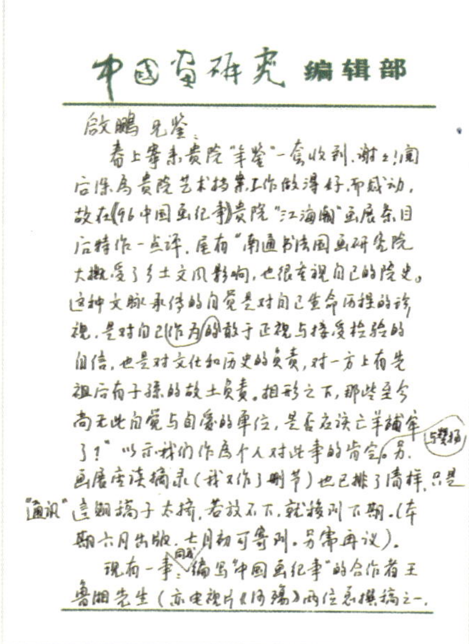

中国画研究 编辑部

启鹏兄鉴：

寄上寄来贵院"年鉴"一套收到，谢谢！阅后深为贵院艺术档案工作做得好而感动，故在《96中国画纪事》贵院"江海阁"画展条目后特作一点评。尾有"南通书法国画研究院大概受了乡土文风影响，也很重视自己的院史。这种文脉承传的自觉是对自己生命历程的珍视，是对自己作为的敢于正视与接受检验的自信，也是对文化和历史的负责，对一方上有先祖后有子孙的故土负责。相形之下，那些至今尚无此自觉与自爱的单位，是否应该亡羊补牢了？"以示我们作为个人对此事的肯定。另，画展座谈摘录（我又作了删节）也已排了清样，只是这期稿子太挤，若放不下，就移到下期。（本期六月出版，七月初可寄到。另需再议）。

"通讯"

现有一事：同我编写"中国画纪事"的合作者王鲁湘先生（系电视片《河殇》两位总撰稿之一。

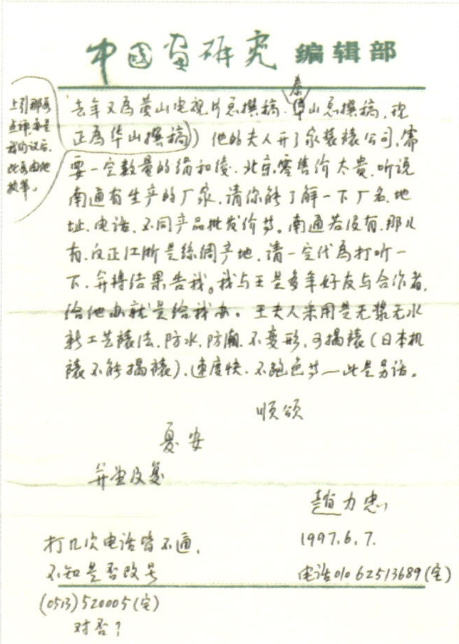

中国画研究 编辑部

去年又为黄山电视片总撰稿，泰山总撰稿，现正为华山撰稿）他的夫人开了家装裱公司，需要一定数量的绢和绫。北京零售价太贵，听说南通有生产的厂家，请你能了解一下厂名、地址、电话、不同产品批发价格。南通若没有，那儿有，因江浙是丝绸产地，请一定代为打听一下，并将结果告我。我与王是多年好友与合作者，给他办就是给我办。王夫人采用是无浆无水新工艺裱法，防水、防霉、不变形、可揭裱（日本机裱不能揭裱），速度快，不跑色等——此是另话。

上引那段点评，亦是我的议后，此系由他执笔。

顺颂

夏安

并望复

赵力忠

1997.6.7.

打几次电话皆不通，不知是否改号

电话010 62513689（宅）

(0513) 520005（宅）

对否？

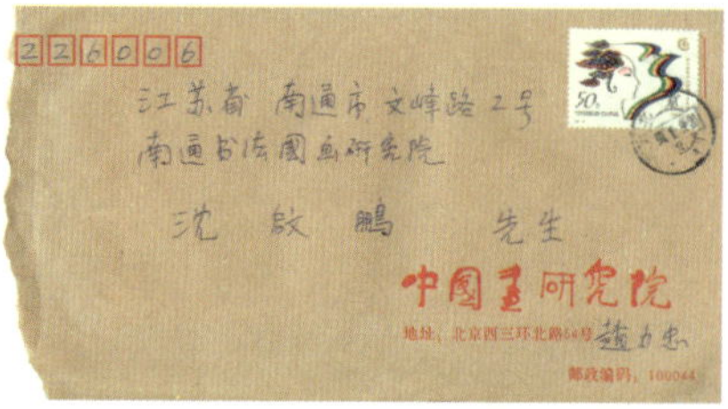

226006

江苏省 南通市 文峰路 2号

南通书法国画研究院

沈 启 鹏 先生

中国画研究院

地址：北京西三环北路54号 赵力忠

邮政编码：100044

1997年6月7日赵力忠老师来函

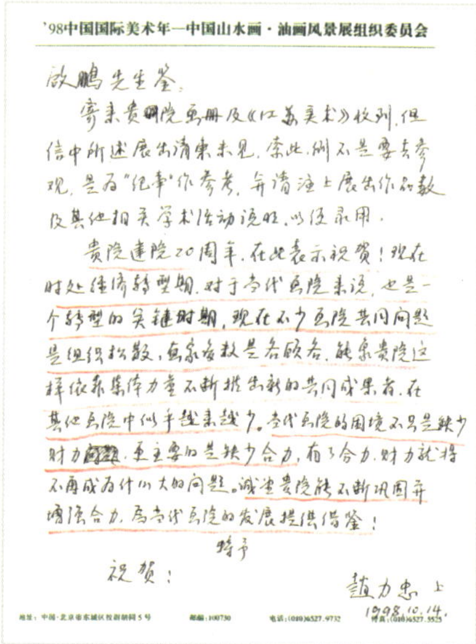

'98中国国际美术年—中国山水画·油画风景展组织委员会

启鹏先生鉴：

寄来贵院画册及《江苏美术》收到，但信中所述展出请柬未见，余此，则不是要去参观，是为"纪事"作参考，并请注上展出作品数及其他相关学术活动情况，以便录用。

贵院建院20周年，在此表示祝贺！现在时处经济转型期，对于当代画院来说，也是一个转型的关键时期，现在不少画院共同问题是组织松散，画家各放是各顾各，能象贵院这样依靠集体力量不断推出新的共同成果者，在其他画院中似乎越来越少。当代画院的困境不只是缺少财力，更主要的是缺少合力，有了合力，财力就将不再成为什么大的问题。诚望贵院能不断巩固并增强合力，为当代画院的发展提供借鉴！

特予

祝贺！

赵力忠 上

1998.10.14.

地址：中国·北京市东城区校尉胡同5号 邮编：100730 电话：(010)6527.9732 传真：(010)6527.3525

1998年10月14日赵力忠老师来函

2007年11月24日陪同赵力忠（右一）、刘龙庭（中）、孙克、李一、袁运甫等先生观展

愿艺术成为心灵的甘露

——读黄鸿仪文有感

黄鸿仪老师大我四岁，福建南安人，他就读的厦门集美中学，是爱国侨领陈嘉庚创办的，我曾去过这所滨海的美丽的学校。1979年，他进江苏省国画院从事专业创作和美术评论，我们之间虽少有往来，却早已神交，每年互致新年问候。出于评论家的敏感，他对我一直十分关注，常常在明信卡、贺年卡上写上工整秀美的文字对我褒奖。2006年底，做了十分认真的书面准备，参加我的个展学术研讨会。深入贴切的评论给我极大鼓舞，特别是他细心发现我三幅抗洪画作严谨的创作态度和描绘沂蒙老太太所投入的真情实感给予高度评价，能有同行知音的认可，我深感欣慰。

他的中学美术老师曾良奎先生命运多舛，在生命的最后时刻得到我中国画艺术的慰藉。有感于此，黄鸿仪老师在庚寅清明时节，以沉重的心情撰写了这篇3300字的长文寄我，既是对他老师的追思缅怀，也是对我寄画集给曾老先生的感谢，令我感动。今天的市场经济已经深刻地影响了我们的基本生活方式，文化也成了一种消费，文化本身的价值越来越多的被市场价值、消费价值所控制，文艺自律在消费时代产生了危机，艺术评判失去了标准，哗众取宠、卖弄隐私、复制跟风、傻笑智障、低俗无聊、铜钱味……抹掉了美丑界限，消除了主流文化的内核。文艺不仅仅是娱乐！文艺应该展示真善美、鞭挞假丑恶、感化人生、和融社会，艺术家应当有自己的操守和担当。黄鸿仪的文章使我进一步认识到“美或艺术”，具有“从压迫危机中回复人的生命力”的特殊功能，无疑提醒我，始终要以大爱之情和感恩之心去拥抱生活、关注民生、关爱自然，努力创作饱含真实情感和仁爱之心的作品，让艺术充满真善美，让世界充满爱！

2010年6月20日

中流砥柱(第三稿)　200cm×180cm　1999年

[附录]

艺术——悲凉心灵的慰藉（节录）

哲学家黑格尔指出："人是被命运安排在缺乏、不安、痛苦的状态而常常陷于矛盾之中。美或艺术作为从压迫危机中，回复人的生命力，并成为主体的自由的希求，是非常重要的。"艺术所表现人类之爱对于心灵枯竭、悲凉的人无疑是久旱逢甘雨，滴滴滋润其干槁的心田。恰似"忽然一夜清香发，散作乾坤万里春"的景象。

我自幼爱好绘画，12岁不谙世事的我来到离家二百里的集美读书。这里聘有画艺不凡、教学有方的美术教师，其中一位美术教师叫曾良奎，福建省泉州市人，20世纪40年代末考入苏州国立社会教育学院艺术系美术科学艺，毕业后到厦门集美中学当美术教师。其作品《你送肥来我运菜》入选1956年第二届全国国画展览会，曾良奎因艺术创作与美术教育的成绩优秀，被教育部门选调到福建工艺美术学校任国画教师。1958年夏秋之际，参与接待和陪同以田汉为团长的"文艺界福建前线慰问团"采风写生慰问活动，多次向蒋兆和先生请教，别离后两人书信来往不断。曾良奎出差北京，又到蒋兆和先生家拜访，蒋先生把新近写好的文章油墨打印本送他，又为曾良奎精心画了一幅着色的头像，日后又有诗相赠。正当他升起艺术远航的风帆，一场"文革"暴风骤雨使其艺术航船樯折楫摧。他被诬陷，含冤套上种种骇人听闻的罪名被关进监牢。漫长的铁窗生活一直等到"四人帮"垮台，拨乱反正的光辉普照神州大地，曾良奎的冤案终于大白天下，"冤狱平反解缧绁，已死得生诬得雪。"当他跨进久别的家门，见到的是老母亲的遗像。心衰体

砥柱中流（第一稿） 124cm×248cm 1998年

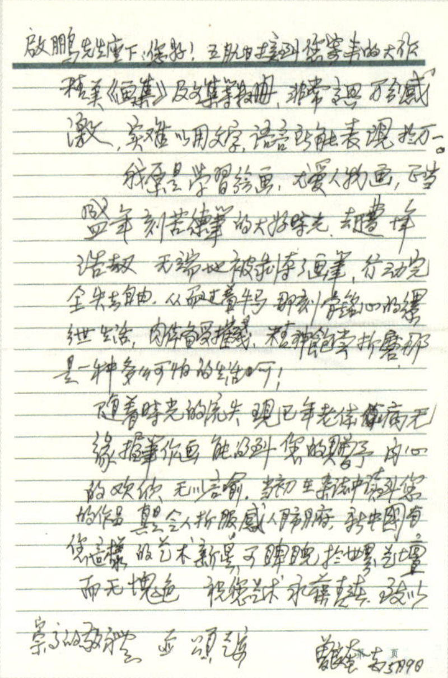

2006年12月黄鸿仪老师在“沈启鹏画展”学术研讨会上

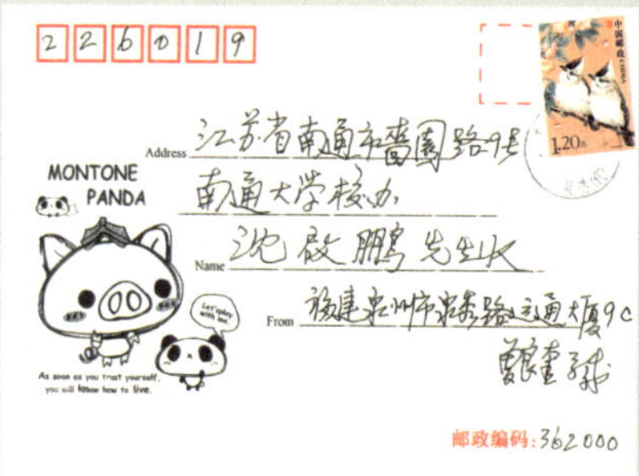

2010年4月黄鸿仪文章手稿

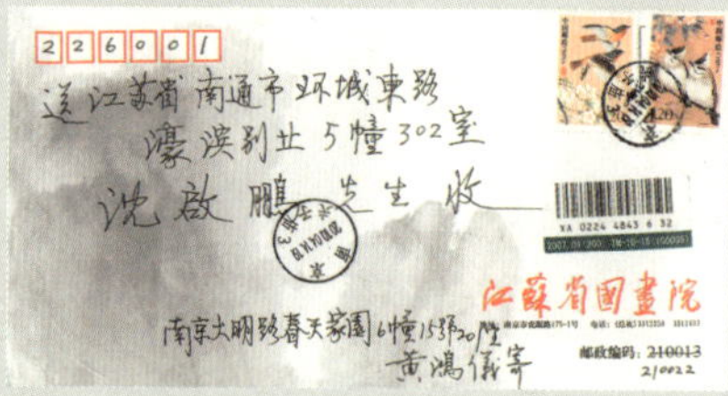

2009年5月曾良奎先生来信

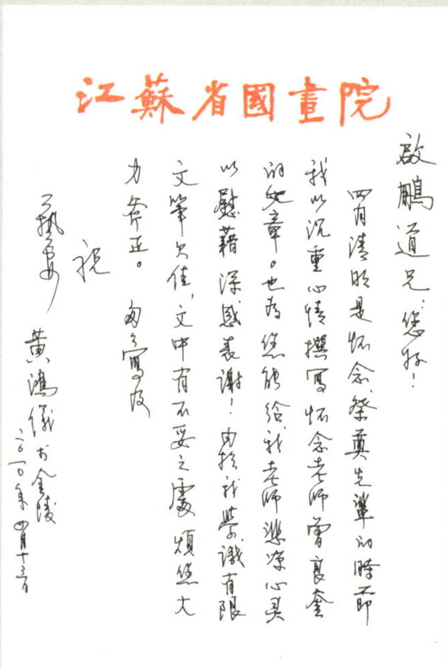

江蘇省國畫院

敬鹏道兄：您好！

四月清明是怀念祭奠先辈的时节，我以沉重心情撰写怀念老师曾良奎的文章。也为您能给我老师悲凉心灵以慰藉深感表谢！由于我学识有限，文笔欠佳，文中有不妥之处烦您大力斧正。

祝

艺安

黄鸿仪书于金陵

二〇一〇年四月十三

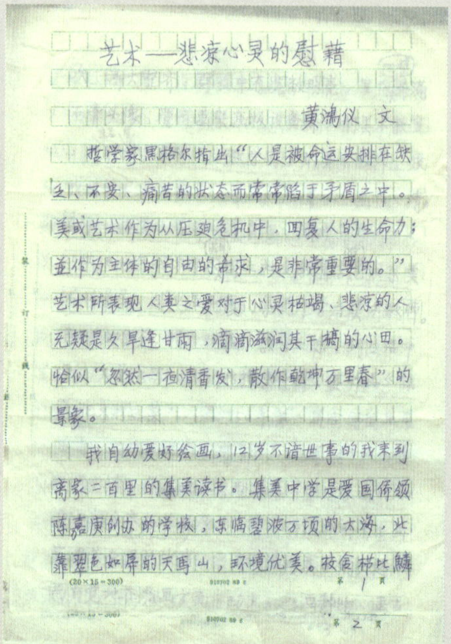

艺术——悲凉心灵的慰藉

黄鸿仪 文

哲学家黑格尔指出：“人是被命运安排在狭窄、不安、痛苦的状态而常常陷于矛盾之中。美或艺术作为从压迫危机中，回复人的生命力；并作为主体的自由的希求，是非常重要的。”艺术所表现人类之爱对于心灵枯竭、悲凉的人无疑是久旱逢甘雨，滴滴滋润其干枯的心田。恰似“忽然一夜清香发，散作乾坤万里春”的景象。

我自幼爱好绘画，12岁不谙世事的我来到离家三百里的集美读书。集美中学是爱国侨领陈嘉庚创办的学校，东临碧波万顷的大海，北靠翠色如屏的天马山，环境优美。校舍栉比鳞弱无力到厦门原工作单位执教，他只好在泉州家中治病疗伤。一日外出不慎跌倒，摔断了大腿股骨，医院接固钢钉又系伪劣产品，再重新动大手术，下肢还是失去站立行走的功能，只好卧床休养或看书看画。曾良奎体衰身残却没有泯灭对绘画艺术的挚爱，2008年4月某日他从泉州给我拨电话说，他从美术报刊上读到介绍江苏著名人物画家沈启鹏的文章与画作，托我为他购买关于沈启鹏的画册和相关资料。启鹏先生执意不要书款，非常热情地把精美画集与文集寄到泉州曾良奎手中。曾良奎收到后大喜，立刻给沈启鹏先生回复，信曰："启鹏先生，您好！五月九日接到您寄来的大作精美《画集》及文集等数册，非常高兴，万分感谢，实难以用文字、语言所能表达于万一。"沈启鹏现实主义创作方法塑造的人物形象与曾良奎热爱的蒋兆和、叶浅予人物画画路一样，故曾良奎对沈启鹏的画作心仪复加而视为典范与知音。他给沈启鹏信中说："我原是学习绘画，尤爱人物画，正当盛年刻苦练笔的大好时光，却遭十年浩劫，无端地被剥夺了画笔，行动完全失去自由，从而过着牛马那刻骨铭心的缧绁生活，肉体备受摧残，精神饱尝折磨……随着时光的流失，现已年老体病无缘握笔作画，能得到您的赠予，内心的欢欣无以言喻。当初在杂志中读到您的作品，真是令人折服，感人肺腑，新中国有您这样的艺术新星，可睥睨于世界艺坛而无愧色。祝您艺术永葆青春。致以崇高的敬礼并颂艺安。曾良奎2008年5月9日。"曾良奎寄出这封意切情深的信不久，竟急病失救悄然离世。可以告幸的是，他即将永远离别给他心灵悲凉的人世时，能得到沈启鹏绘画艺术的心灵慰藉与精神温暖，含笑地为蒙冤苦难的人生画上句号。艺术是美，是爱，是枯萎心灵的甘雨。愿世间的人们都能沐浴到艺术的甘露，让心田常绿。

黄鸿仪　2010年4月

1999年1月黄鸿仪老师寄给启鹏的贺卡

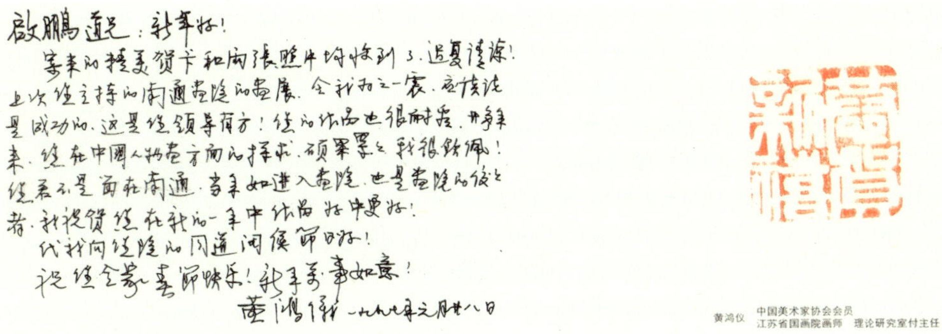
啟鵬道兄：新年好！
寄来的精美贺卡和两張照片均收到了。迟复請諒！
上次您主持的南通畫院的畫展，[illegible]，應該說是成功的，这是您領导有方！您的作品也很耐看，十多年来，您在中國人物畫方面的探求，碩果累累，我很欽佩！您虽不是畫在南通，當年如進入畫院，也是畫院的佼佼者。我祝賀您在新的一年中作品好中更好！
代我向您院的同道問候節日好！
祝您全家春節快樂！新年萬事如意！
黄鴻儀 一九九九年元月廿八日

黄鸿仪　中国美术家协会会员
江苏省国画院画师　理论研究室付主任

阿娜尔罕　52cm×52cm　1990年

缘 分
——记与尼玛泽仁老师的三次采风

中国美协原副主席尼玛泽仁老师是我书画师友中唯一的藏族同胞，他任全国政协委员，还兼全国的当代工笔画、少数民族美术、佛教绘画及四川省文史艺术等学术团体的诸多要职，先后在美国、英国、奥地利、瑞士、西班牙、印度、香港等许多国家和地区举办个人画展，影响广泛而强烈，获得“国际杰出艺术家”、“德艺双馨艺术家”、“班禅画师”等殊荣。成就卓著的他，做人低调，待人亲和谦恭，总说一切是祖国人民给了他机遇和平台，但涉及所谓“西藏独立”问题，他旗帜鲜明，义正辞严，表现出强烈的爱国情怀。

佛教讲“缘”，我与尼玛老师还真有缘，也非常投缘。过去只在两会上见过面，并未结交过，而去年一年里竟三次采风同行。

2009年2月，我有幸参加尼玛老师带队的“中国美术名家尼泊尔之旅深度采风团”，一行34人中还有宋雨桂、刘秉江、于志学、马海方、钱贵荪、张国平等。我们不是佛教徒，但尼泊尔的八大世界遗产我们一个都不漏地仔细观览，从加德满都驱车9小时来到佛祖释迦牟尼出生地“蓝毗尼”，那天恰逢正月十五，在异国他乡共度元宵，真是一种缘分。二千五百年前这里诞生了一个伟大的思想者，他的教义扩展到东南亚的许多国家，信奉徒数亿人。晚餐上尼玛老师买了当地的甘蔗酒款待大家，一番动情的祝酒辞更是让身在异国他乡的我们“难忘今宵”。

第二天清晨，大雾弥漫，佛祖讲经坛的一株株巨型菩提树之间飘满经幡，充满神秘气氛。原

2009年2月与尼玛泽仁老师同游尼泊尔

2009年2月朝圣尼泊尔佛教圣地蓝毗尼

2009年2月喜马拉雅山脚下

2009年3月同游九华山

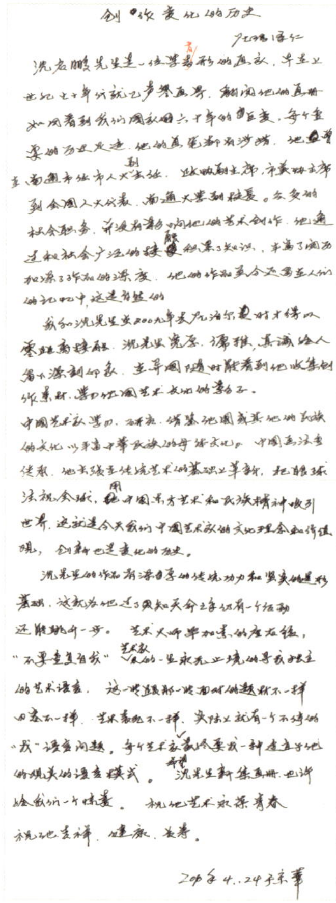

创新变化的历史

尼玛泽仁

沈左鹏先生是一位[illegible]的画家，早在上世纪七十年代就已步入画界。翻阅他的画册如同看到我们国家四十年的巨变，每个重要的历史足迹，他的画笔都有涉猎。他曾[illegible]南通市政协副主席、市美协主席、[illegible]到全国人大代表、南通大学副校长。众多的社会职务，并没有影响他的艺术创作，他通过积极社会广泛的接触积累了知识，丰富了阅历，加深了作品的深度。他的作品[illegible]在人们的记忆中，这是[illegible]的。

我和沈先生在2009年去尼泊尔[illegible]时才得以零距离接触。沈先生宽厚、儒雅、真诚给人留下深刻印象。在异国随时能看到他收集创作素材，[illegible]的学子。

中国艺术家学习、研究、借鉴他国或其他的民族的文化，以丰富中华民族的母体文化。中国画[illegible]传承，他主张在传统艺术的基础上革新，把[illegible]法融会贯通，用中国东方艺术和民族精神吸引世界。这就是今天我们中国艺术家的文化理念和价值观，创新也是变化的历史。

沈先生的作品有深厚的传统功力和坚实的造型基础，这就为他过了知天命之年以后有一个[illegible]迈出新的一步。艺术大师毕加索的座右铭，"不要重复自我"，艺术家的一生就是永无止境的寻找和建立自己的艺术语言。这一时期跟那一时期面对的题材不一样，心态不一样，艺术表现不一样，实际上就有一个不停的"我"语言问题，每个艺术家都要找一种适应于他的观点的语言模式。沈先生新集画册，也许给我们一个惊喜。祝他艺术永葆青春，祝他吉祥、健康、长寿。

2010年4.24于京华

2010年4月尼玛泽仁老师手稿

来尼玛老师早有准备，他虔诚地跪拜双手合十，让一位喇嘛点燃油灯念吉祥经，为他"请"来的一尊木雕佛像开光，我们也一个个请高僧用朱砂在额上点"恰卡"，手腕系丝带，跪拜祈福。然后跟尼玛老师参拜祭坛转经祷告，捡卵石和菩提叶存念，在神圣的礼仪中净化心灵。

尼泊尔全民信教，有86.5%信印度教，印度教是国教。全国大街小巷卖工艺品的店铺特多，我们处处留心造型古朴的民间铜佛像，关键要淘“有年头”的老货。我看中了一尊“绿姆度”，另一尊体型更饱满的释迦牟尼像也很满意，尼玛老师进到店里一看便爱不择手，购得此物，他满心欢喜。无论购佛像还是观唐卡，我们总能向他学到很多藏传佛教的知识。

尼泊尔书店里有许多境外版喜马拉雅地区风土人情的摄影图册，极其精采，我们“蜻蜓点水”是无法到达也无法拍得的。买的话既贵又沉，尼玛泽仁、于志学、我和王法就一个劲地近摄翻拍。好在店主不仅听任我们地毯式“大扫荡”，还端凳让坐。大家如饥似渴，手忙脚乱，只听见数码相机快门高频率的“咔擦”声。最后，我们主动给小费，双手合掌，说声“拉玛西得”（吉祥如意）微笑致谢。

朝夕相处，随时交流。我们都是画“年连宣”大众美术出身，关于现代人物画的美学追求，关于个人代表性作品的最终去向，关于对采风写生和集体笔会的看法都有许多共同语言。“只要有适合的机会，我就满世界地跑，趁走得动尽量多旅行，老了在家里还有个念想，安心画画。”“60岁之前看谁画得好，60岁之后看谁活得长！”他的话朴实直白而又富哲理。

尼泊尔归来，我们互赠画集。3月份又相会于黄山脚下，游九华、西递、宏村、芙蓉谷、于志学艺术馆、花山迷窟、婺源、江岭、江湾，很是轻松。笔会，相互观摩交流，他画的奔马正面造型，不多见，笔法精炼又生动。见我画古代人物，评价道：“你不惜力，画得也好，将来有机会我们可以一起走走。”果然，经尼玛老师提名，中国文化报邀请我参加《名家画名城·走进山西宁武》的采风活动。我们在火车上、在小车里真有说不完的知心话，从他“逼”子女自立的家教，说到对孙辈的态度；从作品进入市场的策略，说到各种书画行骗的伎俩；从家居装修说到笔墨纸砚；从他进京定居说到我60岁以后的去从……艺术人生、社会百态，无话不谈。山西之行游了山水，交了朋友，搜集了素材，更是从尼玛老师那里学到为人处世的道理，我还真的盼着今后能多随尼玛老师天南海北多游多学。

上世纪八十年代初，刘秉江、周菱合作的巨幅壁画《创造·收获·欢乐》获六届全国美展银奖，是中国现代壁画的重要代表作，却被北京饭店无端拆毁。尼玛老师是热心人，为维护公共艺术著作权，追索、恢复壁画，他与宋玉麟先生分别在全国政协和全国人大联名提出议案，为此我也尽了一点心力。日前传来好消息，此事惊动了习近平办公室，有望解决。我与尼玛老师通话相告，但愿尽早得到圆满解决。

2010年3月20日

2009年6月名家画名城·走进山西宁武

2009年6月山西宁武之旅

[附录]

跃升一步 力求创新

沈启鹏先生是一位学者型的画家，早在上世纪七十年代就已声誉画界。翻阅他的画册如同看到我们国家60年的巨变，每个重要的历史足迹，他的画笔都有涉猎。他曾在南通市任市美协主席、政协副主席、市人大副主任，到全国人大代表、民盟中央委员、南通大学副校长。众多的社会职务，并没有影响他的艺术创作，他通过和社会广泛的接触积累了知识，丰富了阅历，加深了作品的深度，他的作品至今还留在人们的记忆中，这是自然的。

我和沈先生在2009年去尼泊尔时才得以零距离接触，沈先生宽厚、儒雅、真诚，给人留下深刻印象。在异国随时能看到他收集创作素材，学习他国艺术文化的影子。

中国艺术家学习、研究、借鉴他国或其他民族的文化，以丰富中华民族的母体文化。中国画注重传承，他主张在传统艺术的基础上革新，把眼球注视全球，用中国东方艺术和民族精神吸引世界，这就是今天我们中国艺术家的文化理念和价值观，创新也是变化的历史。

沈先生的作品有深厚的传统功力和坚实的造形基础，这就为他过了花甲之年仍有一个后劲，还能跃升一步。艺术大师毕加索的座右铭："不要重复自我。"艺术家的一生永无止境地寻找独特的艺术语言，这张画跟那张画面对的题材不同内容有别，艺术表现就应该不一样，实际上就有一个不停地"寻找"艺术语言的问题。每个艺术家希望最终要找到一种适宜于表达他的情感与观念的语言模式。沈先生将来的新集画册也许会给我们一个惊喜。

祝他艺术永葆青春。祝他吉祥、健康、长寿。

尼玛泽仁

2010年4月24日于京华

冥想者　82cm×54cm　2004年

2000年3月中国美协邀请出席全国两会代表委员聚会座谈合影

1999年3月7日两会代表委员与中国美协领导成员相聚于北京和平门全聚德

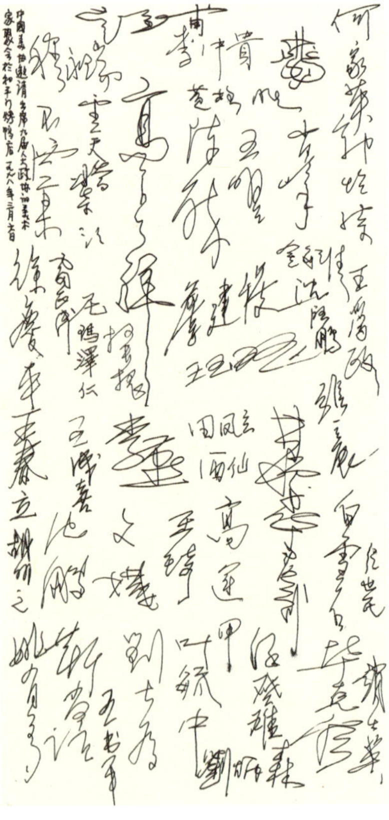

1999年3月中国美协会员两会代表委员相聚签名

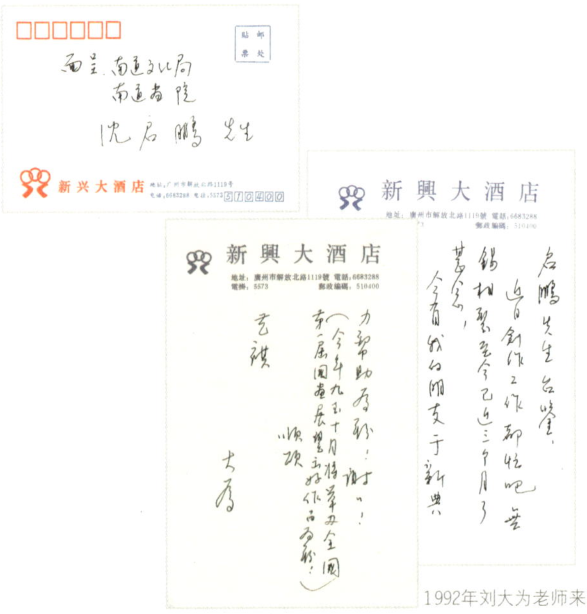

1992年刘大为老师来函

热情谦和的大为主席

刘大为比我大一岁，1980年毕业于中央美院国画系研究生班，现任中国美协主席，是著名人物画家、中国美术工作杰出的活动家和组织者。我们俩相识相知已有整整20年了。1987年我进中国画研究院研修，他已是解放军艺术学院美术系的主任，曾托我关心他学生的就业安排，关照他朋友在南通相关事宜。在他走上中国美协领导岗位之前，我与他有三次采风、出访的机会。

1992年4月20日至4月28日从武汉至重庆作“三峡之旅”，这是国家旅游局天马旅游开发有限公司和中国旅游报社组织的一次较大规模的旅行写生，书画界和旅游业人士约150人，途中成立旅游书画联谊会。此行结识了全国40余位著名中青年画家，我与大为老师都参与其中，还有卢沉、龙瑞、刘国辉、苗重安、钟增亚、孙克、张道兴、刘玉山、马可强等。在船上写生、笔会、联谊，沿途景点上岸观光考察，十分轻松愉快。我抓住时机请了几位到我船舱里画册页，大为老师给我留下一幅胡人牵马图。陈履生立即效仿，大家作小品互赠，忙得不亦乐乎。

1993年5月28日至6月6日，由孙克、张仁芝、温瑛、刘大为、王明明、方骏、张绍城、胡南开、云中星、刘宏和我组团赴香港，参加第七届国际旅游博览会暨“中国长江三峡风情展”开幕活动，同时拜会在港办个展的周思聪和香港的刘作筹、许礼平、郭浩满、沈平、胡葆琳等。此行发生了一件不愉快的事，早晨深圳过海关时，有人因大意而遗忘了大为老师的一卷画作，等到中午餐厅坐定突然想起再去追问已不知去向，大为老师无奈却又坦然地说：“实在找不到也就只好算了。”为此，大家一直为他痛惜！

1998年5月29日至月6日，由人民日报神州书画院组团，朱育莲、陈瑞卿、刘大为、高顺康、张晓飞、李和信、杨泓和我一行8人赴日本出席“一枚绘建业30周年暨中国名画展”在东京银座美术馆的开幕式。途径东京、大坂、京都、奈良、汤河原等地。大为老师待人热诚、谦和，一路观光游览考察交流，十分愉快，收获颇丰。

自从他兼任中国美协工作以后，协会工作和军艺教学两头兼顾，忙得不可开交，我们只是每年两会期间，中国美协邀请两会代表委员相聚时见面。大为老师为成立江苏写生基地请朱蔡、赵文元等吃了一顿饭，我作陪。一次我专程去看他，他在会议空隙买下送上门的贵州民间服饰作收藏，又有急事要出去，和我合了个影，就拜托陶勤副秘书长：“陶勤，这是我的好朋友沈启鹏，他是全国人大代表，南通原美协主席，非常真诚的人，请您帮助接待一下。”千头万绪的工作，能使中国美协的工作与时俱进，适应市场经济大环境，走出国门，提升大国美术地位，美协工作成就卓著，其中包含着大为老师的巨大贡献。

2006年11月7日，我为在省美术馆办个展，赴京申请中国美协作为主办单位之一。据说中国美协内部有个不成文的约定，必须是各省美协副主席以上方可享受此待遇，可是我仅为省美协理

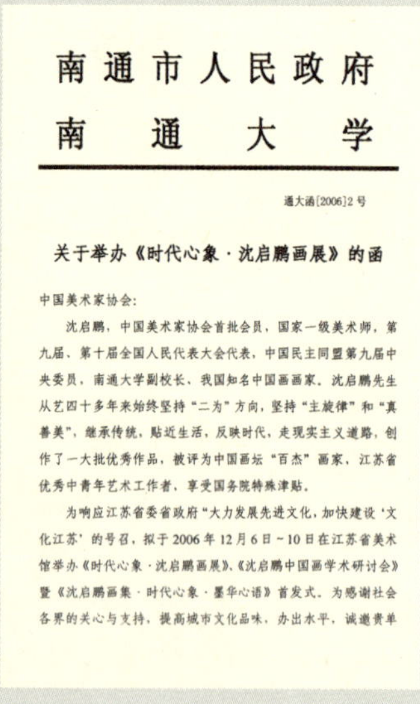

南通市人民政府
南通大学

通大函[2006]2号

关于举办《时代心象·沈启鹏画展》的函

中国美术家协会：

沈启鹏，中国美术家协会首批会员，国家一级美术师，第九届、第十届全国人民代表大会代表，中国民主同盟第九届中央委员，南通大学副校长、我国知名中国画画家。沈启鹏先生从艺四十多年来始终坚持“二为”方向，坚持“主旋律”和“真善美”，继承传统，贴近生活，反映时代，走现实主义道路，创作了一大批优秀作品，被评为中国画坛“百杰”画家、江苏省优秀中青年艺术工作者，享受国务院特殊津贴。

为响应江苏省委省政府“大力发展先进文化，加快建设‘文化江苏’的号召，拟于2006年12月6日～10日在江苏省美术馆举办《时代心象·沈启鹏画展》、《沈启鹏中国画学术研讨会》暨《沈启鹏画集·时代心象·墨华心语》首发式。为感谢社会各界的关心与支持，提高城市文化品味，办出水平，诚邀贵单

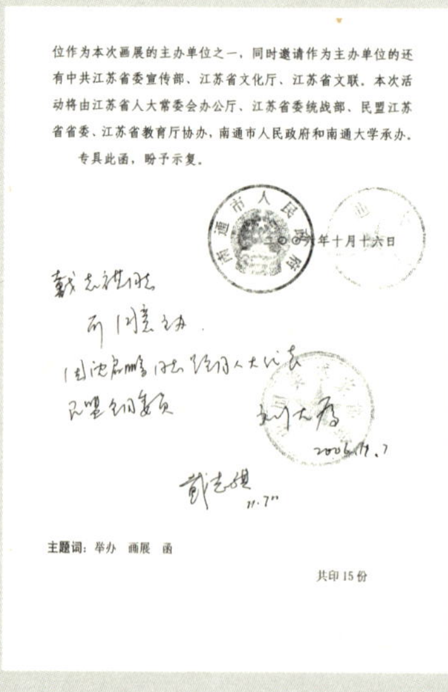

位作为本次画展的主办单位之一，同时邀请作为主办单位的还有中共江苏省委宣传部、江苏省文化厅、江苏省文联。本次活动将由江苏省人大常委会办公厅、江苏省委统战部、民盟江苏省省委、江苏省教育厅协办，南通市人民政府和南通大学承办。

专具此函，盼予示复。

二〇〇六年十月十六日

主题词：举办　画展　函

共印15份

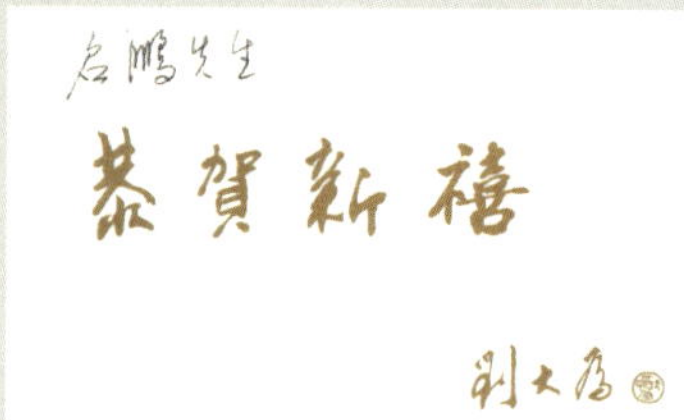

刘大为老师贺卡

2006年11月7日刘大为老师在中国美协主办沈启鹏画展申请报告上的批示

事。陶勤秘书长事前作了汇报，大为还是面有难色，说："你的水平是绝对没问题的……噢，对了！你是全国人大代表、民盟中央委员，这一条别人没法比。好！我签！""你办展，我来为你操办宣传报导。"他的这句话和签署的意见，不仅使南京个展成功举办，还促成了我下决心晋京。2006年12月及时申报，中国美术馆刚巧讨论2007年度全国个展计划，顺利获得批准。2007年12月个展开幕，虽然大为老师因公去蒙古访问未能出席，但我内心还是念着他对我的大力支持。

大为老师以人物画见长，基本功扎实，工写皆精。表现邓小平伟人风采的《晚风》和反映塞北风情的驼马乘骑题材是他的代表作品。他的水彩、速写出众，又写得一手好字。为人厚道率真，有亲和力，工作又有前瞻性和开拓精神，当美术界的领头羊是众望所归，更是我们学习的榜样。

2010年3月

1993年5月与刘大为、孙克、王明明、张绍诚、方骏、张仁芝、胡南开等先生出席"中国三峡风情画展"开幕式作香港之旅

1992年4月18日在“三峡之星”游轮上

1992年4月刘大为老师画赠启鹏

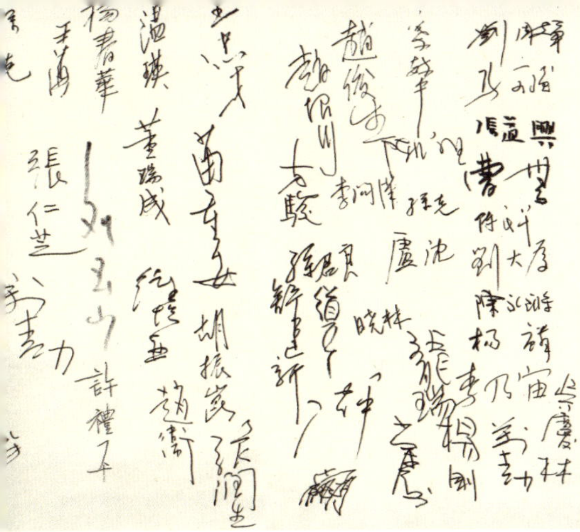

1992年4月三峡之旅签名留念

1992年4月18日在“三峡之星”游轮上

1998年5月与朱育莲、刘大为等老师赴日参加“一枚绘”庆典暨中国名家画展开幕

1998年5月与朱育莲、刘大为老师在日本

2005年3月老朋友匆匆一面（在中国美协）

2009年7月20日“启鹏老朋友，我们合个影”（在北京中间艺术区）

1993年6月与方骏老师途径广州看望王孟奇先生

2009年11月与王孟奇、刘二刚相聚于南京书画院院庆画展

1985年王孟奇赠画

2010年4月王孟奇手稿

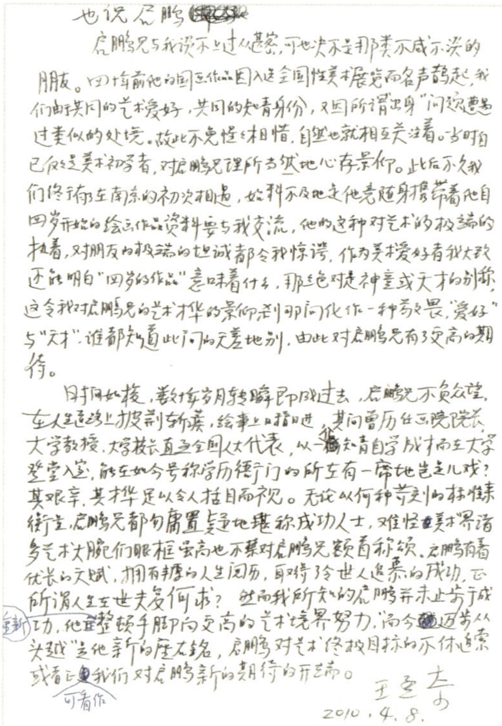

也说虎鹏

虎鹏兄与我谈不上过从甚密，可也决不是那类不咸不淡的朋友。四十年前他的国画作品因入选全国性美术展览而名声鹊起，我们由于共同的艺术爱好，共同的知青身份，又因所谓出身"问题"遭遇过类似的处境。故此不免惺惺相惜，自然也就相互关注着。当时自己仅是美术初学者，对虎鹏兄理所当然地心存景仰。此后不久我们终于有了在南京的初次相遇，始料不及地是他竟随身携带着他自四岁开始的绘画作品资料要与我交流，他的这种对艺术的极端的执着，对朋友的极端的坦诚都令我惊讶，作为美术爱好者我大致还能明白"四岁的作品"意味着什么，那绝对是神童或天才的别称，这令我对虎鹏兄的艺术才华的景仰刹那间化作一种敬畏，"爱好"与"天才"谁都知道此间的天差地别，由此对虎鹏兄有了更高的期待。

日月如梭，数十年岁月转瞬即成过去，虎鹏兄不负众望，在人生道路上披荆斩棘，绘事上日新日进，其间曾历任画院院长、大学教授、大学校长直至全国人大代表，从一名知青自学成才而在大学登堂入室，能在如今号称学历衙门的所在有一席地岂是儿戏？其艰辛，其才华足以令人刮目而视。无论从何种苛刻的标准衡量，虎鹏兄都勿庸置疑地堪称成功人士，难怪美术界诸多艺术大腕们眼框虽高也不禁对虎鹏兄颇首称颂。虎鹏有着优长的天赋，拥有丰厚的人生阅历，取得了令世人追慕的成功，正所谓人生在世夫复何求？然而我所知的虎鹏并未止步于成功，他重新整顿手脚向更高的艺术境界努力，"而今迈步从头越"是他新的座右铭，虎鹏对艺术终极目标的不休追索可看作我们对虎鹏新的期待的开端。

王孟奇

2010.4.8.

老友“新期待”

去年，十一届全国美展的中国画部分在上海展出，我专程前往参观，王孟奇的一幅简笔古代人物画入选其中，依然是那么豪放、夸张、简约，可以数得清这幅画用了多少笔划完成的，这样的大写意人物画在一味追求满构图、大制作画风的当今是绝无仅有的。这起码说明了王孟奇不随时风、无功利心、我行我素的艺术品格，令人钦佩！

上世纪七十年代初，插队知青中以绘画闻名于省内的有几位，王孟奇是其中之一，但他比我幸运的是终于进了南艺，并充分显示出才华，作为一位艺术院校的教师，他的画风和艺术主张影响了江苏一批人，当是开江苏“新文人画”风气之先的“学术带头人”。我们之间很少见面，但我很仰慕他。回忆起来还真是只有两次作了一些交谈：第一次是1993年5月作为画家代表赴香港出席《中国长江三峡风情画展》开幕式途径广州，与方骏老师专程去看望调到广州画院不久的王孟奇老师；第二次是去年，应朱道平院长邀请参加南京书画院建院30周年庆典活动，与王孟奇、吴毅夫妇、李璋、吴庆林、李乃宙等同住汉府饭店。王孟奇老师读书多，善思考，不求闻达，淡泊人生，我赠自己的画集有意请他指教，他从聊家常、如何从广州画院调上海大学的经历说到他对中国绘画精神，北方南方与中原传统文化的差异的认识，慢条斯理娓娓道来，很有见地，使我获益良多。令我分外高兴的是，那次分手后，王孟奇老师为我专门写了一篇文章，虽文字不长，字里行间充满了君子之交的纯真情谊，文中多有褒奖，而他对我的“新的期待”倒使我越发产生紧迫感，决心“而今迈步从头越”的60岁不知不觉都过去四年了，必须以新的艺术探索和新的作品展现“新的开端”，不负友人的期待。

2010年6月5日

[附录]

也说启鹏

启鹏兄与我谈不上过从甚密，可也决不是那类不咸不淡的朋友。40年前他的国画作品因入选全国性美术展览而名声鹊起，我们由于共同的艺术爱好，共同的知青身份，又因所谓“出身”等问题遭遇过类似的处境，故此不免惺惺相惜，自然也就相互关注着。当时自己仅仅是美术初学者，对启鹏兄理所当然地心存景仰。此后不久我们终于有了在南京的初次相遇，始料不及的是他竟随身携带着他自四岁开始的绘画作品资料要与我交流，他的这种对艺术的极端的执着，对朋友的极端的坦诚，都令我惊愕。作为艺术爱好者，我大致还能明白“四岁的作品”意味着什么，那绝对是神童或天才的别称，这令我对启鹏兄的艺术才华的景仰刹那间化作一种敬畏，“爱好”与“天才”，谁都知道此间的天差地别，由此对启鹏兄有了更高的期待。

时间如梭，数十年岁月转瞬即成过去，启鹏兄不负众望，在人生道路上披荆斩棘，绘事上日精日进。其间曾历任画院院长、大学教授、大学校长，直至全国人大代表，以一个知青自学成才而在大学登堂入室，能在如今号称学历衙门的所在有一席之地岂是儿戏？其艰辛，其才华足以令人刮目而视。无论以何种苛刻的标准来衡量，启鹏兄都勿庸置疑地堪称成功人士。难怪美术界诸多艺术大腕们眼眶虽高也不禁对启鹏兄额首称颂。启鹏有着优长的天赋，拥有丰厚的人生阅历，取得了令世人追慕的成功，正所谓人生在世夫复何求？然而我所知的启鹏并未止步于成功，他正重新整顿手脚向更高的艺术境界努力，“而今迈步从头越”是他新的座右铭，启鹏对艺术终极目标的不休追索或者正可看作我们对启鹏新的期待的开端。

王孟奇

2010年4月8日

二刚来信的启示

镇江画院有我几位老朋友，很谈得来。1984年曾与李苇成一同去青海甘南写生，1990年与朱称俊一同去云南写生，与丁观加院长的频繁交往，一直保持到现在。早在上世纪七十年代初我就与刘二刚相识，并同住南京后宰门招待所为江苏人民出版社画“年、连、宣”。从当年二刚赠我的一幅《葡萄小鸟》小品中，就足见他早已具备的娴熟笔墨技法，也记载着我们之间的纯真友谊。正如二刚所言：“儒道释三家思想是中国传统文化的支柱，它给不同的人生予以不同的活法。”我们都没上大学的经历，各自走了绝然不同的艺术之路。我从小受徐悲鸿、蒋兆和、刘文西、方增先的影响，以反映时代的主题性人物画为主线，走的是现实主义创作之路。二刚凭借他深厚的文学底蕴，走了一条独特的、简约的、趣味横生的文人画之路，其作品有儿童画的天真、文人画的洒脱、儒释道的禅机，在中国画坛独树一帜，成为中国“新文人画”流派中代表性的一员。

八十年代初，参加《海天书情》书法展览二刚来过南通，我两次去镇江参展也曾相聚，后来他去《江苏画刊》和南京书画院工作，我在南通书画院和高校工作，很少联系。去年“邵大箴山水画展”和“南京书画院建院三十年展”，我们分别在南通和南京相见，都是退休的年龄，老朋友之间越发希望常相会。二刚的才学高人一等，这样的旧学功底是我们这代人所缺少的，当以他为榜样，潜心看书做学问，画得简一点，轻松一点，有趣一点。

2010年6月

[附录]

有感兄之艺术历程

启鹏兄：

欣读你60岁汇编的两本画集，有感兄之艺术历程。尤记七十年代，我们都为江苏人民出版社画年、连、宣，那时你与朱道平、王孟奇作为有成绩的知青代表在《新华日报》上推出，名气轰动一时。到了八十年代，得知你与省画院同仁一道去云贵写生，我们以为你应该是调进省画院了，谁知命运多舛，也罢。一晃又二十多年过去了，当时的一拨人大多已退休了，如胡博综、沈行工等，现在名气最大的是陈丹青，已成了公众人物，哈哈。人生百年，选择了画画当饭碗，应是幸运的。之后我们走的国画路子不同，你捧的是金饭碗，经常上大展，头衔也好听。我捧的是瓦饭碗，只图自家快活。现在条件都已今非昔比，我想画画就不仅是为饭碗了，你说是吗？

南通是个好地方，足以怡养天年。

我在北京也有半个家，有便，请来小坐。再叙。

顺祝夏安！

二刚上　　2010年6月午斋

刘二刚先生手札

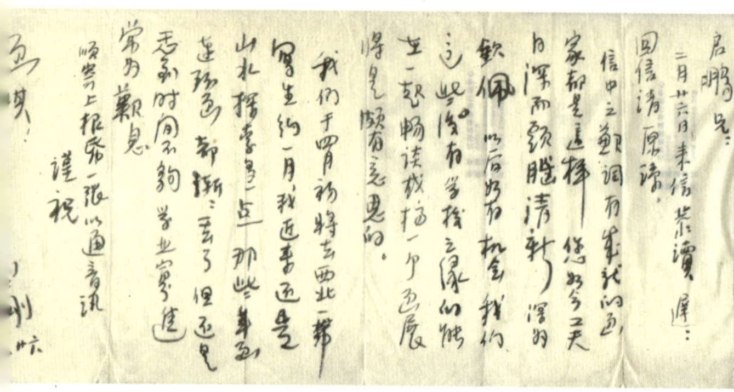

1984年刘二刚先生（左一）来南通出席“海天书情”展览开幕式

1974年冬二刚赠启鹏小品

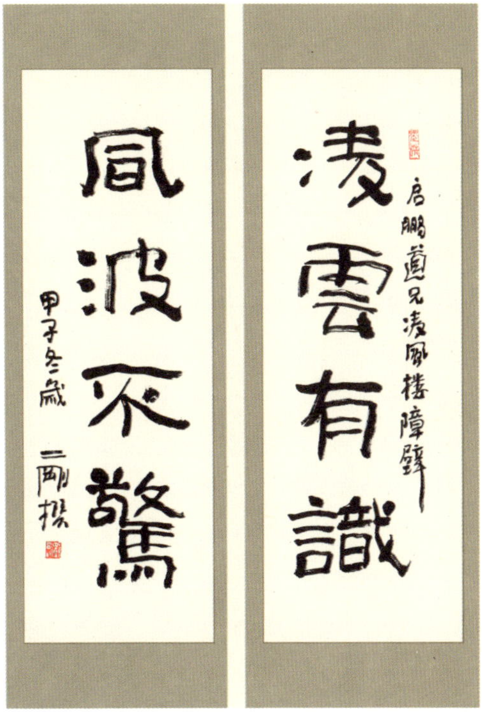

1984年冬刘二刚赠自撰联

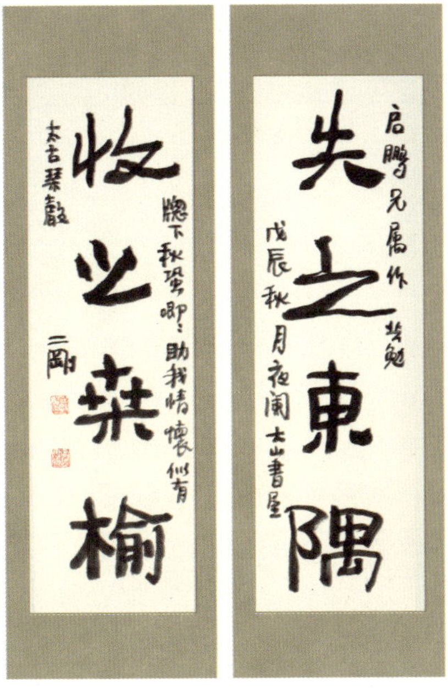

1988年秋刘二刚赠自撰联

1997年11月在江苏省国画院院庆40年笔会上

刘二刚赠画

2008年11月在南通“邵大箴山水画展”上

不负期待

玉麟与我年龄相仿，新金陵画派代表人物宋文治先生之子，自幼得家学耳濡目染，又得山水画大家陆俨少先生亲授，基本功扎实，讲究法度，画风严谨。先后任省画院副院长、省美术馆馆长、省画院院长、省美协主席。玉麟经深思熟虑，形成的美术馆工作思路和画院改革措施，事先都曾一一与我谈及。有正确而清晰的思路、正派而务实的作风、融和的人脉，使他聘任的各项工作开展得有板有眼，有声有色，得到一致好评。作为一个画家，把行政工作做得平稳而到位，并频频“闪光”，是非常不易的。

我们曾经有过许多交往，九十年代，曾一同作江南写生，为省人大作笔会，参加省画院建院40周年庆典，为南通画院“江海潮画展”点评；跨世纪以来，他为我南通师院美术教师10人展和我的“时代心象”个人画展作学术评论，我为他主编的《宋文治纪念文集》撰文。2003至2007年同任第十届全国人大代表期间，一同参政议政共商国事，为江苏代表团作六尺大画赠驻地，一同出席中国文联举办两会代表委员联欢会、逛琉璃厂荣宝斋会朋友，一同与王蒙、潘公凯、王明明等先生赏画交谈。我们有许多共同的语言，大会报到入住宾馆后，总是迫不及待地先期会晤交流信息。

五年前在省委省政府领导下，江苏美术界在全国率先响亮地提出倡导社会主义现实主义创作道路，打造“百家金陵”美术品牌，我充分感受到这一可喜变化，继2005年《中国龙》入选首届“百家金陵”展之后，2008年三件作品同时入选“江苏省纪念改革开放三十周年书画展”。我去

1988年冬宋玉麟赠启鹏小品

1.2000年6月参加古吴轩20年庆典参观同里古镇

2. 2000年8月在宋玉麟食砚斋谈艺

3. 2004年3月与宋玉麟、冯大中在十届全国人大二次会议上

4. 2003年3月和宋玉麟作画赠全国人大江苏团驻地宾馆

1.2003年3月一同看望荣宝斋老朋友雷振方先生

2.2003年3月与王蒙、潘公凯、何家英、宋玉麟等聚会

3.2009年《江海大港连五洲》获省展优秀奖

过一次玉麟府上，那是为宋文治老师生前给我题字补盖印章，玉麟赠我一本纸质上好的大册页，我一直珍藏着没舍得用。他说：“我们完全有理由期待他有更多的优秀作品不断问世。”我该画出怎样不同于过去的“优秀”作品来，而不失他的“期待”呢？

2010年2月5日

[附录]

一位在全国有重要影响的艺术家

沈启鹏先生是一位在全国具有重要影响的艺术家，数十年中他始终以精力充沛、充满热情的姿态活跃在当今画坛。他虚怀若谷、博采众长，他关注社会、关注民生，用现实主义的表现手法创作了大批具有时代特色、主题鲜明的美术作品！他作品中所创造的众多人物形象朴实、厚重、富有思想深度和艺术感染力！我们完全有理由期待他有更多的优秀作品不断问世。

宋玉麟

2010年2月1日

大桥建设者　204cm×190cm　2007年

言子后代大书家

常熟是深具文化底蕴的国家级历史文化名城，据说是长三角最早出现的城市，常熟著名的两代国师翁同　与南通籍的清末状元张謇是师生关系，一江之隔的常熟与南通有着一种特殊的亲近感。上世纪八九十年代，是江苏地方画院大发展的时期，我们没有行政级别的偏见，以画会友，南通、镇江、常熟三画院结为友好画院，开展多次交流活动。南通画院全体同仁去常熟学习访问，江苏省画院工作会议到常熟举行，江苏省江南采风团到常熟写生，东道主恭达兄热情接待全程陪同，我也将西安画院的友好关系介绍给常熟画院。那时根本没有地级市与县级市的概念，我与恭达都是民主党派成员，差不多都在地方文化局、政协、人大任过职，应当说都是比较有责任感的书画同道，这种友谊是真诚的、牢固的。

后来我离开画院去了高校，他两步并作一步走，离开了常熟画院和市人大专职副主任位置，调省书协，走上中国书协和省书协副主席的高位，充分展示出书法艺术和行政管理的非凡才华，不愧为言子的后代、历史文化名城常熟走出的大书家，我从心底里为他高兴。

言恭达受业于沙曼翁、宋文治先生，精多种书体，工篆刻，善绘画，又攻书画理论。他的书法结体别具一格，尤善运线，棉里藏针。新世纪开始之际，我与林曦明、言恭达、孙君良、华士清、周逸范、励国仪、叶森槐、凌大伦、王野翔、刘祖鹏在上海朵云轩举办“江南水乡书画名家邀请展”，留下美好印象。

2006年底恭达为我主持在省美术馆的个展开幕式并接受采访，2007年底又专程赴京，代表省委宣传部孙志军部长到中国美术馆为我的个展致词祝贺，他给予我的支持和帮助我会铭记在心。

2010年6月18日

[附录]

为时代放歌 为人民抒情

跟启鹏先生我们是老朋友了，当时我当常熟画院院长，他是南通画院院长，作为友好画院我们一起交流、切磋。今天，非常高兴我主持沈启鹏画展。我感觉到他最大的特点，始终坚持了艺术的本体，始终坚持了艺术的现实主义创作风格，产生了很多很多的为时代、为生活、为人民呼吁、放歌、抒情的一些好的作品。他的作品之所以感染人，最主要的是他坚持了真、善、美相统一审美理想，反映时代、感悟生活、关注民生、关爱自然，神形兼备。所以他的作品为广大人民群众所喜爱，同行也非常喜爱，而且给予了高度的评价。他对传统的视觉图式进行了艺术的变通和创造，这个变通和创造是他与时代的一种心象，这个心象就是一种真正能够挖掘的艺术内涵的东西，她使观众们得到一种审美享受，她真正体现了沈启鹏先生几十年来的一种生活体验、审美体验和生命体验。

——2006年12月6日言恭达先生接受南通电视台采访

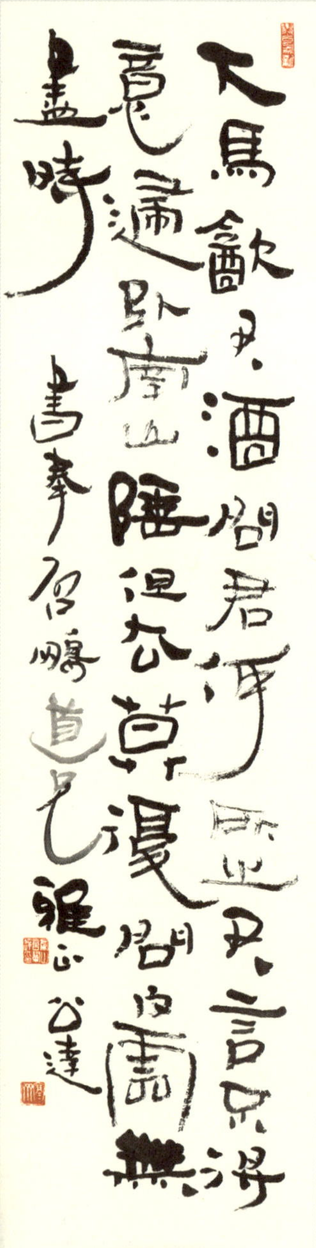

1990年5月言恭达书赠笔者

1. 1990年5月言恭达陪同南通画院同仁游常熟

2. 1992年11月南通、常熟两院结为友好画院

3. 1995年6月江苏省文化厅组织江南写生团到常熟虞山

4. 2000年6月在上海朵云轩与林曦明、言恭达、孙君良等举办联展

5. 2006年12月言恭达主持“沈启鹏画展”开幕式

6. 2007年11月言恭达在“时代心象·沈启鹏中国人物画文献展”开幕式上致词

2007年11月中国美术馆收藏作于1973年的《我是公社小社员》
（作品及证书）

2007年3月20日在故宫“范曾画展”开幕式上，冯远先生关心启鹏画展

2007年3月冯远赠书

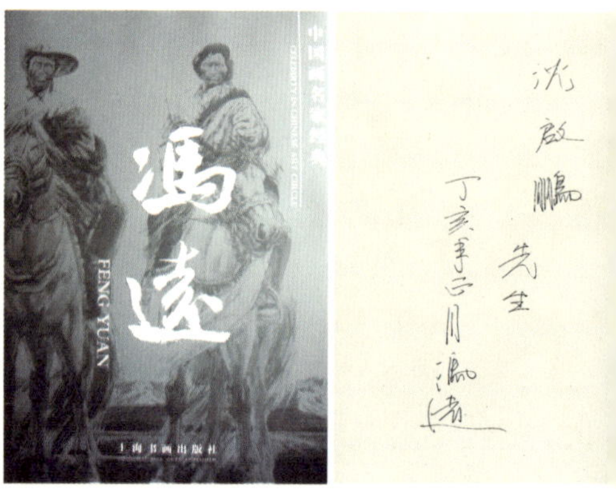

与冯远老师一年三会面

冯远比我小三届，小6岁，他出生上海，我出生南通，同饮一江水，都有插队的经历，都从画小人书走到国画人物创作，算是同代人。他是老三届的优秀代表，从黑龙江建设兵团考入浙美首届研究生班，毕业留校执教，后调文化部艺术司、中国美术馆、中国文联工作。不仅管理工作稳健而出色，创作成果也丰硕，屡获大奖。的确，我们彼此早知其名，心仪神交，却没有见面的机会。

想不到2007年3月，一个月里见面三次。3月2日，十届全国人大五次会议召开前夕，中国文联借座五洲大酒店宴会厅举行文艺界出席两会的代表委员联欢大会，各界别的文艺家精英们济济一堂，文化部长孙家正调任中国文联党组书记，在联欢会上致词。美术界的全国人大代表有六七位，全国政协委员多达30多位，联欢会上洋溢着浓烈的欢乐气氛，冯远与中国文联的几位领导给美术界代表委员一一敬酒致意、合影。我们第一次见面，交换名片，互致问候，神交已久，犹如老朋友重逢那么熟悉亲切。这次人大会江苏团就下榻五洲大酒店，又离中国文联机关很近，12日中午，正巧冯远在办公室，我去拜访了他，可以单独互相交流了一点各自经历和现状、对中国画发展的看法。我赠他北京人美新出版的画集，他回赠我上海书画社出版的大八开画集说："如果您拿得动不怕背的话，就现丑了，请多多指教。"想不到会议结束回南通几天，我又来北京，20日上午，我们在故宫武英殿"范曾画展"开幕式第三次见面。他应站上主席台的，却低调地与我

2007年3月2日在中国文联两会代表联欢会上

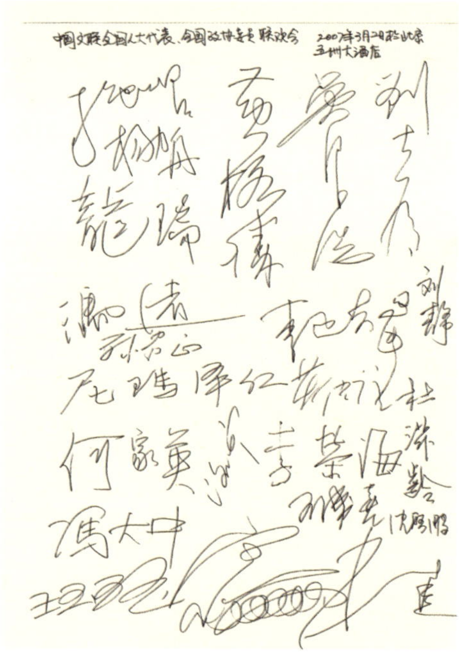

2007年3月出席中国文联两会代表联欢会部分成员签名

2010年8月26日
一同观看李宝峰画展

一样站在下面普通来宾堆里。2004年至2005年他曾任中国美术馆馆长，大概是一种职业的敏感、工作的责任心和对我的一份特别的关心，主动建议我，是否能将一些代表作品让中国美术馆收藏。如果我不介意收藏费与拍卖价之间的巨大落差，他乐意为我做推介联络工作。我对他如此的美意和诚心深表感谢。

年底，我的个展在中国美术馆开幕，他因公务未能出席。展览期间，我不在场，美术馆马书林副馆长召集收藏评定专家组对我的画展作品逐一比选，投票确认，拟收藏我1973年的工笔人物画《我是公社小社员》，认为这是特定时期在全国产生较大影响的画作。美术馆典藏部的赵辉虽然准备了收藏的临时收条，还是以协商的口吻说："实事求是地讲，象这类'文革'中的代表性作品，当下拍卖行情约在30万元起价，我们只能付您2万元，不知您是否愿意作收藏？"我想，中国美术馆认定收藏十分慎重，程序严谨，馆内同时有七八个画展，唯独对我的作品集体投票评审，是我的荣耀，也是这件34年前的作品最好归属，收藏费的多少自然无需考虑。这件事包含着冯远老师提携、推介的深情厚意，记载着我们之间一段值得铭记的情缘。

2010年3月

[附录]

在故宫武英殿"范曾画展"开幕式上冯远老师与沈启鹏的谈话

虽然我们过去见面很少，但彼此早就知道对方，你成名早，画得也好。我觉得您的一些代表作品，特别是"文革"后期的，在中国人物画史上是有影响的。当然，这些作品在拍卖市场很受追捧，不过，我觉得最好还是让中国美术馆收藏。我因为不在中国美术馆工作了，如果您愿意的话，我乐意为您做推介、联络工作。

2007年3月20日

2011年3月冯远老师为"沈启鹏美术作品捐赠展"题签

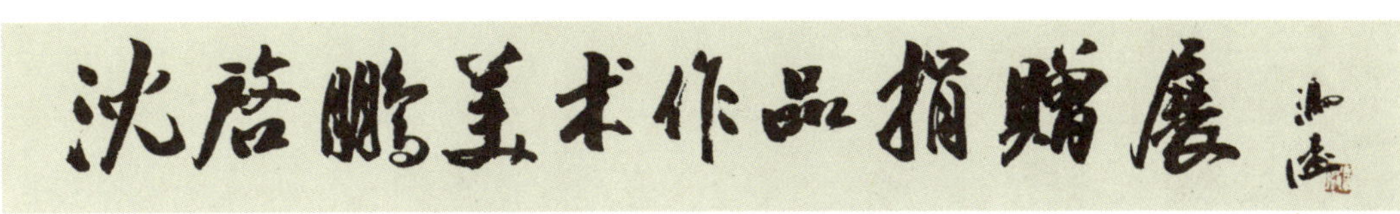

1. 1981年10月南通中学66届高三（1）班部分同学看望班主任，许平在陪

3. 1986年8月请班主任一同参加老同学聚会

3. 2002年同学们祝贺许平的母亲、我们的班主任80诞辰生日快乐

4. 2009年5月启鹏与许平应邀出席母校通中百年庆典

2010年8月3日相会于北京华侨饭店

小学弟·大人才

——许平印象

1966年我高中毕业，许平上初二，我们不仅是校友，更有一层亲近的关系：他的妈妈汪韵南是我们高中的班主任，因此，他与我们班的同学们都很熟悉。受我痴迷绘画的影响，他也喜爱上绘画，“文革”中矮个子许平跟着高三同学后面提浆糊桶贴宣传标语的样子还记忆犹新。那个年代过来的人都有自己一段坎坷的人生历程，他父母进“牛棚”，哥哥姐姐下乡，许平还算幸运，1972年进市工艺美术研究所，1984年以初中毕业的学历考入南艺首批硕士研究生班，并成为首批美术学博士，1999年任南艺设计学院院长，2002年调中央美院任设计学院副院长。从工艺美术设计员到设计艺术、设计理论，再到高等设计艺术教授，这是一个巨大的跨越。凭借他丰富的中国民间传统艺术实践的经验、中外交汇兼收并蓄的世界性艺术视野和长于文化哲学思辩的理论高度等多项优势，取得了设计工作和学术研究方面的诸多骄人成就：作为主创人员之一成功设计2008年北京奥运金镶玉奖牌、主持《中国工业设计产业发展政策研究》课题研究推动国家设计产业和创意产业、大量关于工业设计和工艺美术的论文专著发表出版。因此，他荣任中国美协工业设计艺委会副主任、中国工业设计协会常务理事、教育部本科教学水平评估专家、国务院学位委员会学科评审组委员等重要职务，在设计领域发挥着越来越重要的作用。

“老三届”是特殊年代的一个特殊的社会群体，同学们和班主任老师全家一样，经历了太多的人生坎坷，也结下了特别深厚的师生情谊，是母校情结的一个体现。每年，我总联络一些同学去看望许平妈妈汪老师，想不到给老师的晚年带来不少欣喜和宽慰。许平父亲许云庆又是我民盟市委副主委、担任40年市土木工程学会会长，我任过两届市民盟主委，每年春节都去慰问许老工程师。许平的大姐又在母校通中任教，为筹备母校百年校庆，建立校史馆和66届校友会，我们也有许多的联系。许平夫人冯美琪是南通工艺美术研究所出色的绣工，我与她曾同在一个省人大小组，诸多的原因，母校百年校庆之际趁许平应邀返通，竟把我请上家宴餐桌与他们全家团聚言欢，说是感谢我对他们母亲的关心。席间，更多的是许平与我谈中国的设计事业，许平这才掏出国务院的一个文件，文件的形成与签发源自于中央美院潘公凯院长为见国务委员马凯让许平急就草成的关于振兴中国设计行业的呼吁书！许平真是发挥大作用啦！

2008年，一次我去望京花家地南街的中央美院新校区看望许平夫妇，许平院长在繁忙工作的间隙与夫人、女儿一起带我参观了设计学院教室与工作室、全国艺术院校学生设计作品展和北京“798”艺术区，给我留下了美好的回忆。我想，在北京在全国这个大天地大舞台，许平的发展还有巨大的空间！

2010年6月30日

[附录一]

兄长·挚友·榜样——“通中大画家”沈启鹏的印象与铭记

沈启鹏是我少年时的崇拜偶像。

那时，他是通中高三(1)班学生，也是全校闻名的画家。先母汪韵南曾任高三(1)班主任，师生关系甚为融洽，因而我也得以与班上不少同学相识。那时的高三(1)班，有一种勤学、知礼、友好、团结的风范，令人十分敬佩，至今记忆犹深。而对其中沈启鹏“通中大画家”的名声更是早有耳闻，“大画家”的一举一动，都是我引为楷模的对象。初中考入通中以后，我便常有见识沈启鹏作画的机会，虽然熟识，但高三学生毕竟长我五届，不敢靠近便只能远远地“偷窥”。那时学校常有宣传画栏，看到沈启鹏在那些画栏前振臂挥毫，画的都是雷锋、王杰这些英雄人物的巨幅画像，这令我十分着迷，经常回家以后凭着记忆默写，再现那些令我崇敬的画面。可以说，这对我以后选择艺术的道路产生了极为具体的影响。

当时的沈启鹏是传说中的优秀学生，不仅画画得好，而且勤奋上进，品学兼优，人也长得极帅，经常是白衬衫，蓝长裤，方正英气的面孔，标准的学生发型配着黑边眼镜，是理想中的文艺青年“范儿”。关于他的学画在学生中有种种传说。有一个未经证实的说法始终留在我记忆中：据说沈启鹏曾经拿了自己的画去给更“大”的画家看，可是得到的评语是“没有素描基础”。于是沈启鹏回来以后发愤努力，拼命补习素描，后来果然画力大长。这个故事太有民间传说的味道，我始终未敢当面与启鹏证实过，但我确实从中第一次听说了“素描基础”这个概念，而且知道了基础学习的重要。

七十年代以后，我作为工人业余作者，参加南通市文化局创作办公室的美术创作活动，便经常有机会在各种评比、展览上与沈启鹏见面。我为后学，而沈启鹏那时已是远近闻名的知青画家，但每次见面，他总是与我交流心得，平易随和，热情诚恳；而每每论及创作计划及学习感受，竟总是侃侃而谈，欲罢不能。在我印象中，他始终是热心向学、不满足于现状、永远在企求新的方向的行者。我深知学养、道行均不及他，唯有引他这种始终好学的精神为榜样，鼓舞自己努力前行。

八十年代之后，我往南京求学、任教，2002年以后又调往北京，平常见面的机会少了许多，然而与启鹏的联系基本未断。启鹏任职南通大学期间，一次应邀到他所负责的艺术设计学院作讲座，讲到中途，我发现启鹏戴着眼镜坐在后排，认真记录，几十年来启鹏那种执着追求的精神始终未减，那种场景令我倍受感动。后来一次在文化部开会，席间听文化部主持艺术教育的负责同志谈起南通一位画家从知青干到大学校长，极为勤勉肯干，全国罕见，语间充满敬意。一问姓名，果然说的是启鹏。

最令我难忘的，还是启鹏和他的高三(1)同学们与我家的感情。母亲自九十年代初一次手术事故之后，重病缠身，行动、言语皆不能自主，精神生活也单调、狭窄了许多，那段时间与高三(1)班学生的往来，便成为她晚年生活中的最大寄托。肖正德、周月华、沈启鹏等这一批当年的班干部们，担当起组织同学不时前来聚会探看的责任。每次前来，都成为母亲最为欣慰、最为期盼的时光。最后几年，母亲已经失语，平常待人接物神智已不太清晰，但唯有高三(1)同学有约，她是必定不会搞错的。一次，平时只能坐卧在床的母亲，竟然独自站在我家二楼的楼梯口守候了一上午，就是因为那天有沈启鹏带着全班近20同学前来祝寿的约定。那个上午，我从母亲的眼中又清楚地看到了那种久违的期待和慈祥，这也是师生情谊的奇迹吧。那段日子里，启鹏身负重任，专业创作之外还承担着美协、学校、人大等方面的繁重事务，然而每次来看望母亲的事他是从不耽误的。那次，他又特意送来祝寿的画作，上面并签有所有来家拜访母亲的同学姓名。这件作品后来成为母亲直到临终前还始终牵挂着的一件纪念品。

45年中，我与启鹏共处的时间并不算多，然而我珍视与他的这份友情，作为后学，我感谢他长期以来如同兄长一般的关爱；作为同道，我祝贺他在艺术攀越中的成功；作为儿子，我将永远铭记启鹏与高三(1)班同学们对母亲的这段情谊。

2010年9月6日

[附录二]

我中学时学习绘画的偶像

从1965年到1968年，我在通中学习三年，虽然由于1966年开始的“文化大革命”影响了正常的校园教学，但是在通中的学习生活仍然留下了许多难忘的回忆。

在母亲指导的高中毕业班上有很多才华横溢的学子。1965年的高三（1）班上一位学生画家沈启鹏（现在是南通大学副校长，中国著名国画家）就是我进校时的偶像。由于经常到母亲的班上去玩，跟大同学们熟悉了，也学到了许多课外的知识。从沈启鹏的画中，我明白了许多学习绘画的道理与方法，由此而增添了浓厚的兴趣。那时通中的课余生活非常丰富，在课外学习辅导活动方面通中有85个课外研究活动小组，参加学生数有1149人，占全校学生数69%。我参加了美术兴趣学习小组，艺术学习的兴趣便一发不可收。

——节选自许平回忆文章《傍着通中校园长大》

《高原情韵》组画之一　50cm×50cm　1985年

《高原情韵》组画之二　50cm×50cm　1985年

校友范扬

范扬比我小11岁，当我招工回城、进画院，他已从工艺美术研究所考进南师，之前少有交往。范扬夫人潘金铃是如东人，上世纪七十年代初我在如东文化馆搞美术创作她才上小学，小潘姐妹俩常来馆里观画学画。范扬与我都是南通中学毕业，我又与他叔叔范曾早有交往，多种因素使我们之间有亲近感。

范扬读书的南师美术系是原中央大学的底子，许多名师都留过洋。范扬从读本科到留校任教，从助教、讲师到教授、博导，学习工作27年，得杨建侯、秦宣夫、徐明华等名师指导，又有范氏家学薰染，打下扎实的文学与绘画功底。为人随遇随缘和顺圆融，从艺志存高远、率真自信。以1984年全国六届美展获奖的中国画《支前》为开端，设计的三套邮票出版发行；佛像人物画、唐人诗意画、花鸟山水等大量作品问世；范扬主政的南师美术学院“申博”一举成功，名声大振……美术界真是掀起一股范扬的旋风，令人刮目相看。2005年调入北京国家画院，在更高的平台一展风采，可谓“宏图大展，气象万千”！

2000年我进高校后，与范扬有三次接触，一次是我去南师参加全省艺术类高考试卷打分，去范扬家聊天，他一会儿普通话“沈校长”，一会儿南通话“启鹏兄”，又学夫人如东话“沈老师”，恢谐、幽默、调侃，言谈充满睿智和机敏。第二次是参加他领衔主编《高等师范院校美术专业教程》丛书，一起研讨并分工。第三次是去年邵大箴老师到南通办个人山水画展，范扬夫妇专程赶来致贺。

在我刚进学校任教的2000年，省人大公开发行的刊物《人民与权力》杂志拟对我作专题介绍，借重范扬院长，请他为我作文推介。没几天，一篇1300字的美文《大鹏展翅搏天风》很快寄来。我要出版速写专著，他又为我作书评，这份情谊不会忘记。

我退位以后这两年，北京的学术活动上倒是时常与范扬见面，老校友家乡人分外亲。范扬已荣任国家画院的中国画院副院长，祝愿他有更大的发展。

2010年5月

[附录一]

大鹏展翅搏天风

我和启鹏兄相识久矣。

应当说，启鹏天生是一个画画的料子，用今日时髦的话来说，基因里有艺术因子。少年时候，启鹏的画儿就已经在国际儿童图画大赛中获奖。中学毕业，启鹏下乡，在如东农村，赤脚草鞋，麻绳束腰，跟木船出海，同农民垦荒，在稻田里速写，到县文化馆美术班创作加工，饿体肤，劳筋骨，吃了苦中苦，创作了一大批优秀的作品。画稻香村里学童，画冬日围田之河工，画知青们晨昏劳作，画渔民赶海结网，切实反映了当时当地人们的生活场景。题材是现代的，画法是朴素的，技巧上动了脑筋，手法是有创新的。其时，启鹏的这些画作已经引起了中国画坛的广泛关注。

启鹏的成名作之一是《父子俩》，这是一件在全国有很大影响的佳作。画面环境是在牛棚里，养牛老父帮着儿子摆弄手扶拖拉机。油灯氛围，草料铡刀，人物装束，都是十分的真实。我们都下乡劳动过，那个时候，青年人爱穿大红颜色的汗衫背心，真实就是美，这确实是一幅真实的生活图画。农民从牛耕到机耕，是进步，两代人的进步。《父子俩》是有深意的时代作品，今天看来，仍然亲切。

启鹏回城，后来进了南通市书画研究院，由知青成为专业画家、国家一级画家，又做了美协主席和画院院长。在画院创作了一些主题性力作，巨幛大幅，表现抗洪壮士、抗日铁流、赶海渔夫、朝圣藏民……多件作品参加全国大展，有相当的影响。启鹏又多作水墨人物，画高人雅士：僧繇画龙点睛、方膺卧石赏梅、伯牙抚琴听泉、板桥倚竹吟啸。所作人物气质闲雅，线条俊朗，

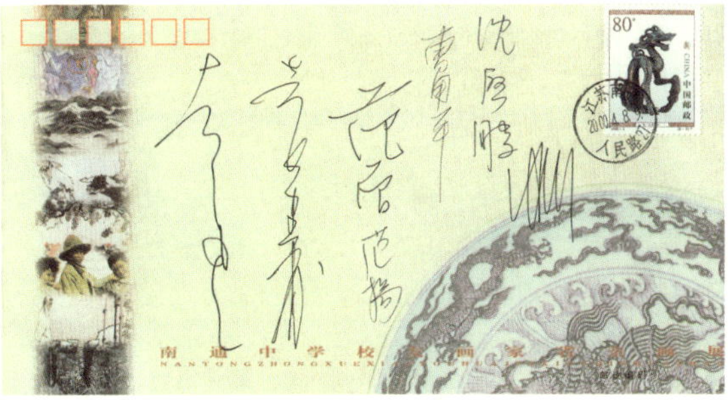

2000年4月省亲展邮寄明信片校友画家签名

2000年4月在校友画家省亲展开幕式上

2008年11月相聚于邵大箴山水画展上

2010年共同参展于中印建交60周年艺术作品展

墨法清润，笔法当在蒋兆和与王子武之间，而又有着自己的风貌，启鹏堪称当代人物画高手。

启鹏善作鹰，也是必然的。启鹏者，腾飞之大鹏也。扶摇搏击，九万里长空翱翔，其翼若垂天之云星。启鹏兄有胸襟，有担当，笔下之金鹏雄鹰，炬眼如电，铁喙银钩，盘踞巨岩，作冲天之蓄势，够气派。

启鹏在京城里办个展，全国40余家报刊电视报道，影响巨大。启鹏在日本两度办个展，30多位市长前来观看，盛况空前。启鹏在省城办院展，群贤毕至少长咸集，谈笑有鸿儒，往来无白丁。办“江海潮”中国画展贴近生活，率同仁作大江溯源写生意气风发，可见启鹏从艺从政人缘人际的成功之处。

启鹏的书法，有金石意味，得益于碑学，略似可染大师。

启鹏还是一位兼职官员，是现任的全国人大代表，那是相当的待遇，他是南通市人大副主任、民盟南通市主委，还担任过市文化局副局长，是学而优则仕的人物。在任为民作主，我和启鹏闲聊中，也知道他在市府有多项动议，皆是为地方文化设施和市政规划动脑筋、费心力，为家乡做了不少事情。

当年，启鹏在乡下当知青时，南京艺术学院曾多次要招他入学深造，但种种原因，不得成功。今天，启鹏调南通师范学院美术系任教授，真是此一时，彼一时也。大学生是不必做了，大学教授还是要做的，是谓有志者事竟成。我认为，以启鹏兄的才力学养，必能够支撑学科推广学术，为家乡的莘莘学子指点道路，为国家培养英才。

范　扬　2000年6月16日

[附录二]

《速写历程》书评

沈启鹏先生的速写源自生活，内容丰厚，形象生动，艺术品味很高。其所作《速写历程》书稿选题精当，文字图稿质量上乘，其学术水平在国内该领域中居领先地位。

书稿应当尽快精印出版，以利于教学和科研创作。

南师大艺术学院　院长　范　扬　2000年11月28日

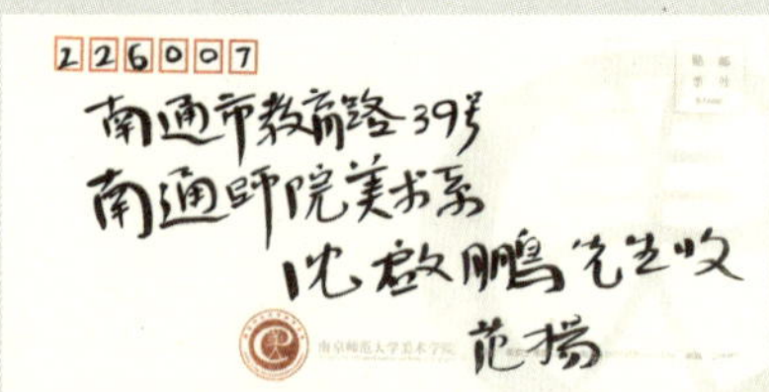

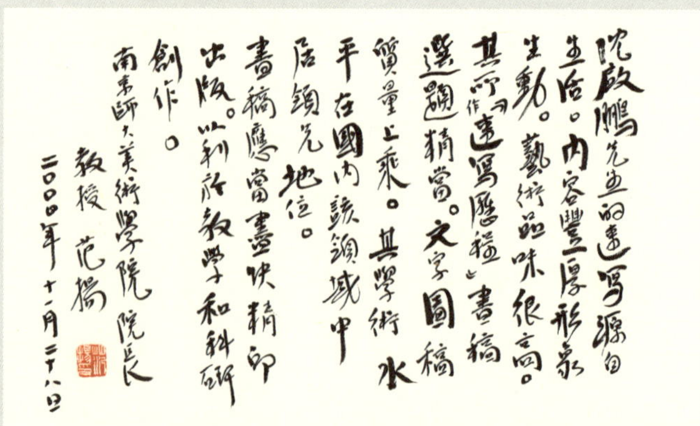
沈啟鵬先生的速寫源自生活。內容豐厚形象生動。藝術品味很高。其所作《速寫歷程》書稿選題精當。文字圖稿質量上乘。其學術水平在國內該領域中居領先地位。書稿應當盡快精印出版。以利於教學和科研創作。

南京師大美術學院院長
教授 范揚
二〇〇〇年十一月二十八日

2000年范扬为《速写历程》出版写推荐评语

大鹏展翅图　68cm×45cm　1996年

热带雨林　84cm×51cm　1997年

画家副厅长高云

艺术成就的大小，不取决于起步的早晚、年龄的大小。高云智商高，有悟性，又下功夫，可谓事半功倍，成就卓著。1985年第四届全国美代会在济南召开，他是江苏代表团里最年轻的一位。他的作品曾获全国美展金奖、银奖、铜奖、特别奖，邮票设计最佳奖，全国连环画最高奖，传统线描连环画《罗伦赶考》、《长生殿》堪称经典。凭他的管理经验和艺术成就，凭他的清晰思路和年轻朝气，走上省文化厅副厅长和省美协副主席的位置是顺理成章的事。近年来的几件事令我感触颇深：

其一，2005年5月，丁观加和我首倡的“江苏老院长茶画会”在镇江成立，来自全省各地的画院老院长，美术馆老馆长有朱葵、孙君良、华士青、杨麟、陈忠南、朱道平、张德俊、马奉信、石仁勇。高云和言恭达分别代表省文化厅和省文联专程前来祝贺：“你们是江苏新时期美术发展的有功之臣，向你们表示敬意！”我们都已退位或即将退位，长江总是后浪推前浪，但两位有此心意，大家都十分感激。

其二，2006年底，为在省美术馆举办个人画展，拟请省委宣传部、省文化厅、省文联主办，在省内此三家联办是最高规格。后两家已有批复，宣传部孙志军部长对我不熟悉，即便有老同学周世康任常务副部长，也要按程序办。孙部长委托周部长向高云厅长咨询，高云向部里回话：“1973年我开始学画，沈启鹏先生已经成名了！”孙部长当即批示同意出面主办。高云厅长亲临

1985年高云随李毓奇、胡博综等美编来南通贺连环画研究会成立

2005年6月高云、言恭达专程赴镇江祝贺“老院长茶画会”成立

1. 2008年11月与高云先生在邵大箴山水画展上

2. 2004年5月高云出席“南通师院美术系教师十人作品展”开幕式

3. 2008年9月高云副厅长出席南通美术大展

4. 2009年11月与高云先生在南京画院30年院庆展上

1

2

3

4

开幕式。

其三，2007年底，我的个展进京举办，鉴于有中国美协、国家画院、民盟中央等单位，主办单位不宜过多，我就没将省文化厅、省文联列入。开幕前夕，高云厅长还是代表文化厅和他个人发来热情洋溢的贺电，这使我内心深感歉意。

其四，去年一年，高云三次亲临南通，祝贺“南通美术大展”和“邵大箴山水画展”开幕，指导应征全国美展和重大历史题材创作——点评草图，作风踏实。

其五，在前年“江苏省纪念改革开放三十周年书画展”评审评奖中，我有三幅作品入选，其中一件获奖。这使我切身感到现实主义创作确实得到了应有的重视，高云、宋玉麟一班评委方向把握得正。

2010年7月2日

[附录]

电贺“时代心象·沈启鹏中国人物画文献展”在中国美术馆开幕

欣闻“时代心象·沈启鹏中国人物画文献展”于2007年11月24日在中国美术馆开幕，我谨代表江苏省文化厅及我本人致以由衷地热烈地祝贺！

沈启鹏先生自幼研习绘画，主攻国画人物。在滨江临海的南通，受到江风海韵的润泽和坎坷人生的历练，他因此有了丰厚的生活积淀并形成了独特的艺术理念。从艺40多年来，沈启鹏先生始终坚持“二为”方向，秉承传统，贴近生活，反映时代，走现实主义道路，创作了一大批深受广大人民群众喜爱、有广泛影响的美术作品。

尽管沈启鹏先生出道出名都很早，但他锐意进取的精神丝毫未减。他的这次展览的作品突出表现了“当代性”、“人物性”以及“文献性”，充分显示了沈启鹏先生对艺术、对人生新的探索和思考。

我相信并预祝展览取得圆满成功！

江苏省文化厅副厅长　江苏省美术馆馆长　高云

2007年11月19日于南京

南黄海记忆　144cm×367cm　2007年

中国龙　162cm×143cm　2004年

齐心协力 190cm×138cm　2007年

心象铸魂吴为山

吴为山，1962年生于苏北东台，虽成长于穷乡僻壤，却胸怀大志，是极富艺术气质的悟性天才。毕业于南师大留校任教，研修于北京大学，访学于欧洲陶艺工作中心和美国华盛顿大学美术学院，引进至南京大学创建美术研究院和雕塑研究所，担任海内外十多所大学、博物馆、协会的客座教授、研究员和会员，举办七次个展，大量雕塑作品、专著、画集问世，南京博物院和澳门理工学院设有永久性“吴为山文化名人雕塑馆”、工作室和陈列室，南京大屠杀纪念馆一批群雕《美术》杂志重点推介……他的艺术成就一路走高，社会影响力不断扩大，如一颗耀眼的新星为世人瞩目，这在四十出头的年轻艺术家中是绝无仅有的现象。

上世纪九十年代末，我就耳闻吴为山尚未晋升副教授，就被南京大学破格引进，这在当时高教界成为一条新闻，与我被引进南通师院不可同日而语。2001年5月吴为山为南通师院做一尊大型张謇铜像，目光深邃，很有历史感，他陪同民盟中央主席费孝通来剪彩，省市领导均到场，我们第一次会面，似有相见恨晚之意。时值濠南路改造，市里聘请吴为山制作张謇、梅兰芳、特来克三尊塑像和沿河浮雕壁画，我作为市人大副主任和南通美术界代表对方案进行评审座谈。吴为山十分友善而真诚地建议由我担纲创作承制大型浮雕石刻壁画《强国梦痕》，这是我们之间一次成功的合作，浮雕壁画入选首届全国壁画展，连同吴为山的三尊青铜雕像成为濠南路上的重要公共文化景观。

2007年4月与曹卫星、吴为山在江苏省民盟第十次代表大会上

2002年12月共同出席民盟中央全会

2008年11月在省纪念改革开放30年美术书法作品展开幕式上

2006年12月吴为山先生出席“沈启鹏画展”开幕式

2002年12月，我与吴为山同时当选中国民主同盟第九次代表大会代表，并被选上九届民盟中央委员，这就有了每年至少相聚一次的机会。我们有说不完的关于艺术的话题；互赠画集互作肖像速写；他邀我参观南大雕塑研究所及工作室、聘我担任南大美术研究院兼职教授；我知道他做齐白石意象雕塑情有独钟，向荣宝斋的萨本介（齐白石曾孙女婿）索求白石晚年照片集转赠吴为山；他兴奋地向我介绍关于中国古代传统雕刻八种美学样式的最新研究成果，充满激情地为我策划个展，直到展名的斟酌推敲；我们还私下交谈他是否应当从南京向北京发展的意向……短短两三年间，他已跃上中国雕塑院和美研所负责人的高台，一展风采，前程不可限量！

吴为山在20多年前，也就是十多岁学画期间，曾临摹过我的作品《我是公社小社员》印刷品，故对此画有一种特殊情结。在聘我任南大美术研究院兼职教授时，表示此画原作由南大美术研究院出资收藏。但2007年在京办个展时中国美术馆典藏部专家评审一致决定由中国美术馆收藏。此事承诺了吴为山而改藏它家，总有歉意。

在赠我画集扉页，吴为山题下“艺术同盟，心象铸魂”八个字，深含意蕴。因为我们同为“中国民主同盟”党派中的美术工作者，曾同为民盟中央举办全国民盟画展献计出力，也同步在江苏省美术馆和中国美术馆举办个展，故称“艺术同盟”；而“心象铸魂”，既是他雕塑艺术的追求，也是我“时代心象”中国人物画的核心价值之所在。共同的艺术理想，策应着“熔铸国家气派，塑造国家形象”的美术发展战略和主流美术价值取向。

吴为山英俊、帅气，肤色像紫铜般黑里透红，他五官的每个部位经得起推敲，乌黑的长发挡不住眉毛紧锁下的那双智慧的双眸，我画过他的肖像，闭上双眼他的形象就活现在我脑海中。

能与小我16岁的雕塑奇才吴为山有这段交往，我很有收获。吴为山身上彰显的创造力和进取心，是他给予我的最大精神馈赠。

2010年6月4日

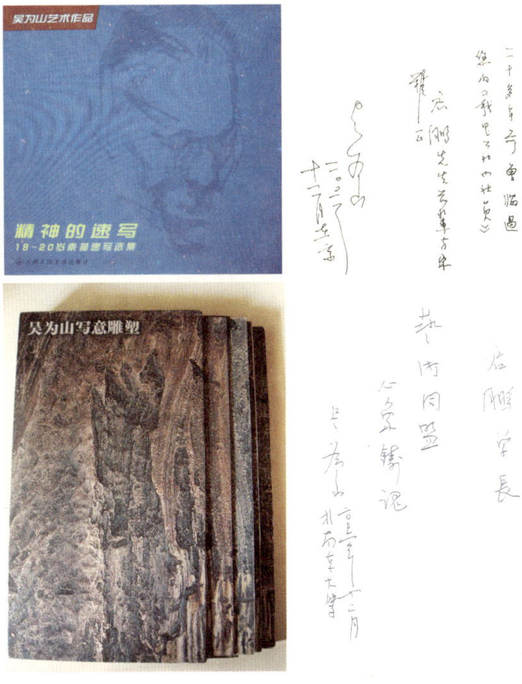

吴为山赠启鹏两本画集题签

2002年11月吴为山为启鹏作肖像速写

2001年6月吴为山推荐，启鹏领衔设计制作的大型石刻浮雕壁画《强国梦痕》

张謇造像 126cm×90cm 2007年

花甲起步·众家评说

我有个日志记事的习惯，岁月的流逝时时给我造成紧迫感。60岁快到了，2005年我谋划着进入这个人生驿站要做个从艺小结的动作。不管大学组建伊始副校长日常行政工作有多么繁重，我仍坚持每天5点早起写作编书。近年来，我在北京人民美术出版社出版了《沈启鹏画集·时代心象·墨华心语》；2006年12月，由中国美协、省委宣传部、省文化厅、省文联等十家联办的“时代心象·沈启鹏画展”在江苏省美术馆开幕；紧接着凝炼学术方向，突出当代性、文献性和现实主义人物画取向，由省展130件浓缩至53件，又得中国国家画院和民盟中央加入主办的“时代心象·沈启鹏中国人物画文献展”2007年11月在中国美术馆展出；再回南通分别举办画集首发式和汇报展。办个展出专集，一是服务社会，回报父老；二是展示宣传，扩大影响；三是小结梳理，听取意见，为60岁后迈上新征程作个准备。

“时代心象·沈启鹏中国人物画文献展”学术研讨会

时间：2007年11月24日　地点：中国美术馆七楼学术报告厅

学术主持：邵大箴

邵大箴

中国美协理论委员会主任、中央美院美术学研究所所长、《美术研究》主编、教授、博导、美术评论家

沈启鹏画展的名称叫“时代心象”，这个名字非常好，看他的展览和他的画册，感觉他是和时代一起成长的。从幼年、少时临摹和一些速写，一直到他最近画的作品，确实同50年来的社会一起发展，我有很多的感受。

大家都知道沈启鹏的经历，他没有经过艺术学院系统的学习，是自学成才。他曾受到中国画研究院和江苏省画院几位先生，特别是李可染、叶浅予、亚明、刘勃舒先生的器重和指点，因为他非常勤奋，有才能，也因他从基层来。叶浅予先生亲自出钱买他的画，李可染先生给他的展览题字，亚明和刘勃舒先生对他的成长帮助也很大。

他有绘画的天赋，也很勤奋。在全国美展得奖，成为一个知名的画家很不容易。今天我们到会的都是对中国画非常有研究的，来自江苏的有四位，袁运甫、陈履生、翁剑青三位先生和我，都是沈先生的同乡。

从接触当中我觉得他诚实、真诚、执着，沈先生希望大家对他的创作提出一些建设性、批评性意见，请大家畅所欲言。

袁运甫

中国美协理事、中国壁画协会副主席、中国工艺美协副主席、清华美院教授、博导

沈启鹏的展览能在北京开幕很不容易，因为他是从相对比较小的城市来。他说，在他退休之年，能给中国画界有一个汇报有一个交代，争取一个听取专家们意见的机会。我觉得他是诚心的。他为人诚恳、刻苦自励，奋斗在基层，也给我们家乡做了很多的事情，包括南通大学的建立。他到香港募捐，为地方文化事业不断写建议，以自己人大代表的身份发表。他曾是文联副主席、美协主席、画院院长、人大副主任、南通大学副校长，身兼很多职务。吴良镛先生在对中国近代史的梳理中提到，张謇是清末状元，弃官以后回乡发展地方工业、地方文化，特别是教育事业，这些要总结整理，沈启鹏近几年在这方面做了很多工作。他关注教育事业，推进张謇研究、推进地方文化建设。他做为一个画家对很多事情有一种责任感，敢于说话。他比我小得多，但我对他很崇敬。

南通有一个非常好的建筑，是张謇建立的一个俱乐部的所在地。那是张謇专门派了人到国外去学习后回来建的近代建筑，是中国第七届科技大会召开的地方，集聚过当时国内许多著名科学家，有重大的历史意义。他听说这座建筑要拆掉，马上找到市委书记，强调这样的建筑拆掉了，我们要负破坏文化的责任。他对自己要求非常严格，创作形成过程的草稿都保留得非常好，创作过程都有自己的记录。从第一张草稿到最后的成品都保留了文献资料，这也反映了他创作态度的严肃、认真。我看了以后也非常感动。他点点滴滴的文化积累，他对社会和对待艺术都非常诚恳。

艺术源于生活还要高于生活，他得益于在北京中国画研究院和江苏画院几位重要的画家对他的启发、影响和教育，这也是他这些年来有突飞猛进的原因。他走的是一条非常典型的自学者之路。

赵力忠

中国国家画院研究员、《艺术》杂志副总编、

李可染基金会艺委会秘书长、美术评论家

沈启鹏在我们那儿学习过一年，是第二批研修生。今天看了展览，有八个字概括：踏实、真诚、热情、关注。不仅反映在他的画作上也反映在他的做人上，更反映在他的做事上。刚才大家都看了展览，画上的我就不说了，我讲他在我们院这一段时间的事。我们院里20多年历史，一般人认为赵力忠收集材料比较多。可是沈启鹏他们班，他把材料寄给我以后，我大吃一惊，他竟然能够把一年学习期间每天干什么，哪一个老师讲什么课，讲什么内容全有，如果我们院要做关于教学方面史实记录的话，他的东西是一个非常难得的资料。

这次展览，从上世纪70年代一直到今年的作品，每一幅作品都留下了时代的痕迹。传统的用线笔墨以外，还吸收一些新技法，有喷的办法，有拓的办法，还吸收了李可染先生的书法的东西，他的创作路子比较正。他上学的过程中还不忘为画院办事儿，请李先生为他们的画院题了两幅字，就是他们画院的名称。他的组织能力很强，之后他做了画院院长、美协主席、文联副主席、人大政协和民主党派的负责人及南通大学副校长。他并不是想当官的，而是时代和他的组织能力决定的。当然，他在做领导工作之后，不可否认创作受到影响，作品往前迈的路子不是太大，我觉得原因就是时间不够。我们可以看到，他精力旺盛，下一步时间宽松，作品会往前走一大步。

叶浅予老先生的眼光是比较锐利的，生前他的画室里挂有各个画家的画，他把沈启鹏的画挂在自己书房直到去世，可见叶老对他的器重。

沈启鹏这么多年路一直走得很正，投入了大量精力，收集了大量素材，我希望沈启鹏从校长职务退下后能出更多让我们眼睛一亮的作品。这是谈艺术方面，我们还要注意他在学术方面的成果。画家很少写东西，一般写感受或经历多一些。而沈启鹏写了这么多东西，写了南通美术百年回眸、张謇与美术、南通城市特色研究、张謇年代的江海美术、抗战时期的江海美术、文化全球化与中国文化安全，这些题目我们一听就能感到，这应该是相当于专业美术史论家了。沈先生在艺术上的成就和学术上的成就都很重要，展出有一个展柜就好了。谢谢。

孙克

中国美协中国画艺委会秘书长、美术评论家

对沈启鹏的画我们接触比较早，也很重视他。他始终关注社会、生活，许多重大的题材通过不同的方式表现。他早期的作品可以看出来有方增先的痕迹、刘文西的影响，别人的长处成为自己的营养，最后形成自己的风格，在这方面用心很苦，用力非常之大，艺术积累也非常深厚。看他有关沂蒙山的创作，把眼光投向普通老百姓，对山区妇女、老人很有感情，画得非常深入，把当年沂蒙山支援前线的妇女都表现出来。抗洪斗争的作品，也是满腔热情的画，这是很有代表性的现实主义创作。他这方面功夫非常深，眼光也非常宽广，历史的题材、现实的题材，人物画的创作的各方面，从他的展览上几乎都可以看到，不是个人画画玩玩的。沈启鹏在江苏宣扬不是太多，但是名字大家都很熟，他创作功力扎实，表现技法全面，主题非常鲜明，在当代的中国画界独树一帜。

今后有更多时间画，凭他的悟性，会在风格和艺术创作上会有变化，我们给予更多的期待。作为江苏省很重要的画家，沈启鹏会得到更多的宣传、重视，会有更多的作品出现。

李松

原《美术》杂志主编，李可染基金会副会长、美术评论家

沈启鹏是当代画家里面德艺双馨的画家，他一直是三好学生、班干部，非常认真地对待生活、事业、创作，这一点是很宝贵的。

他出的画册里面，总结了他从6岁开始学画到今天，我们可以看到他是很严肃对待自己的生活，很认真地总结自己的艺术道路。

南通出了不少的人才，对于当代文化发展是很重要的。但他一直立足于中国近代第一城——南通，南通成就了他，同时对他有很多局限。齐白石60岁以后变法，启鹏现在60岁了，从繁重的工作中走出来，有一个新的开始，他比齐白石的积累要多，今后的发展路子会更宽。

我看了沈启鹏的画以后有一些想法，应该更集中精力不要把路子铺太宽。你有很好的条件，有从事多画种的经验，要发展自己最有优势那一方面，沈先生最有优势就是人物画。他的人物画画得很深刻，从作品来看，1988年是一个很大的飞跃。很好的画就是产生于1988年，沂蒙的老奶奶那些画画得非常好，都是可以作为代表性的作品，像纪念碑似的，这是很不容易处理的一个题材，造型基础非常好，表现人物的情感也充分。我想，画南通的那些重要人物，包括烈士、学者，不只是肖像，还可以创作一些主题性的作品，比肖像性更发展一步。有一些画可以作为消遣画，比如山水、花鸟，比起人物不是长项。年纪大了以后，画人物很吃力，但是我觉得你精力很旺盛，希望你拿出更高水平的人物作品来。

有一个建议，有的画题字不一定要有那么多，不然让人感觉是文学作品的插图。

李树声

中央美院教授、美术评论家

沈先生走的艺术道路非常宽广，很能体现我们时代的要求，坚持搞主旋律。他虽然不是专门的美术院校毕业的，但是他经历了江苏画院和北京中国画研究院，像叶浅予先生这些画人物画家的指点，比进院校还要好，受益匪浅。他坚持搞主旋律创作是很可贵的。是生活培育了沈启鹏，他和老百姓和劳动人民的接触比完全在学院里的要多得多。他表现劳动者形象，尽量塑造得很美，刻画很真实，很朴实。他和普通劳动者打交道，很有感情。我们搞艺术，要真的能够去塑造我们时代的劳动者，要去歌颂他们，而不是丑化他们。我看到丑化农民的画，都有一点难过，心里觉得很不痛快，总不至于必须用丑化劳动者的办法来对社会产生警示作用吧！沈启鹏这方面做得比较理想。关于抗洪斗争题材作品，我觉得和姚有多是同一个题材同一个主题，不比他画得差。沈先生不是科班出身的，见了他画以后，我非常高兴，有这样的朋友肯这样对待艺术，对待人民，我感到很可贵。

夏硕琦

原《美术》杂志主编、美术评论家

我觉得沈先生的画展，用“时代心象”为题很确切，从他创作中确实可以看出，是时代生活、时代情感、时代审美理想与追求在画家心灵中的反映。评价沈先生的艺术成就，也从这个角度，比较宏观，也比较准确。很少有中国画家用“时代心象”的标题来标自己的画展，因为他支撑不起来。所以我觉得沈先生的艺术成就，就表现在和时代相共进，形成自己的艺术特色、艺术道路和艺术成就。

过去我们说，艺术是感应时代的神经，与时代的脉搏相共振，看他的画不同的阶段、不同的作品、不同的角度，表现出了我们时代发展、变迁，包括思想感情方面。从这个角度来讲，他的作品是我们这个时代生活很真实的见证和插图。能起到这样的作用还是很不简单的。

他的绘画涉及的很广，山水、花鸟、人物，以人物为主，人物画中表现重大主题的，是宏大叙事，大场面、大气魄，众多人物的作品，他投入了很多的精力。这类作品有一个共同的特点：一是空间上的宏大，一是内在力度的追求，还有充满激情的投入。所以，我想送沈先生一句话：你是“不知疲倦的时代歌者”！

他在艺术上前进上升也有比较明确的路子，一开始的《沧海夺田》，那种作品是勾轮廓，着墨色，给人的印象很深，把那时候改造客观环境，填海造田的豪迈气慨表现出来了。有一种说法，一个时代必须有那个时代的艺术家才能真实地表现。我觉得可以从他的画中印证。现在再画当年的移山填海，就画不出那个味道。

再发展就看出，他在艺术形式上投入很大的功夫。比方说，原来的用线主要就是勾轮廓，后来的用线可以看出来有很大的变化，想尽一切办法，很自觉的和他想表达自己的作品内涵相联系。

他不模拟古人或者是今人已有的笔墨形态，而是根据他的需要画自己、创造自己的笔墨形态。比如，他画辛亥革命时期李大钊的白老师，我觉得他动了很多的脑筋，一方面他要突出形象的纪念碑性，好像是背景造像碑文的铭文，最重要是那个线，有的地方很锋利的笔锋刻下去，有些地方有毛而不光的感觉，总之，感觉这种形象是一种严实感，和他所表达的审美内涵相一致。由此可见，他的艺术从形式上逐渐走向自觉，走向自己的提炼和创造，而且这种进度是很明显的。

沈先生身上很大的特点，刚才大家都提到了：来自基层，自学成才，有丰富的生活经验，充满了激情。但是，他和一般的自学成才的人不一样，他没有技术上的陋习。如果造型上不过关就很难画好，他作为自学成才的画家，在这方面能够达到当今的水准，确实是费了常人难以想象的功夫。

他的成长也对学院教育提供了一个参考。在学院教育中常有这样的情况，素描画得很好，离开模特不会画画了，不会构图。沈先生从生活中大量画速写，以创作代习作，我觉得这一点是很值得思考的，从艺术教育的角度思考。他的艺术探求的过程，方式也很多，比如说中流砥柱，他用一种结构语言，纪念碑式的表述。作品是中华大地上突发灾难时完全忘我与洪水做斗争战士精神的凝结。他寻找到象征性的语言，突破了情节性，在塑造的大石上表现了那种情节，这说明他在艺术表现的手段上也不纯粹都是写实主义一种手法，里面也有象征等等。

人的精力总是有限的，我建议，由面到点地浓缩，从点挖深；人物刻划很生动，但是和大师相比，在精神深度挖掘上有许多需要努力的地方，中国人物画精神境界上的发挥是将来要学习的重要方面，只有这样才能寻找新的境界。

刘龙庭

中国美术出版总社编审、美术评论家

对于沈启鹏，我是先看画后认识人。1987年，南通书画院在北京有一个展览，我那个时候觉得他的画很不错，很用功。今天他作的是回顾展，他很系统很完整的整理了那些资料。若干年之后，沈启鹏将在美术史上留下一笔。

沈启鹏是自学成才，但是他接触叶浅予、亚明这些大师比院校学生要多。

绘画需要认真的精神，沈启鹏的画我总的感觉是太实、太紧、太硬。一丝不苟，这是一个优点。画的范围大了一些，题材太宽了，就会用力分散了，范围小点能够钻的深。压力是个面，压强是个点。

优点很多，精神感人，德艺双馨，成就非常高，这个展览既是他的总结，也是一个新的阶段的开始，祝贺他展览成功，祝他艺术常青。

薛永年

中国美协理论委员会副主任、中央美院教授、美术评论家

沈先生展览体现出了自学成才，刻苦奋斗，与时俱进。他的画是写实而传神，他有一片真情，在艺术上是广取博收。我觉得他的画是很动人的，这是他来自生活经过自己的感受把他画出来。龙庭说画得比较实的有非常好的作品，比如说那幅人当牛耕地的作品，耕海、沂蒙的一些作品。亚明先生说，沈君虽聪明未能过人，却有一种海子牛劲。我倒不觉得。我看他中学时期的画，笔头还是相当聪明的。聪明有内秀的、外露的，我看沈先生是属于内秀，他下苦功夫，不取巧，他写实的人物作品用线很像可染先生，不追求那种飘逸，但是书法味非常足。刻划人物的精神状态入木三分，比如说沂蒙山的老太太，嘴还有一点儿歪，还有那个晒太阳看书的小孩子。《暖融融》画的脸部和身上都很提炼，这个长处还要继续，要坚持自己的风格。

我觉得他的特点是广取博收。《大汛》背景是拓片的背景，有苍茫感。《二月二回娘家》从年画里吸收营养，色彩和构图也很成功。他的画表面上看，很老实很严谨，实质很有匠心，很提炼，那些写实的东西艺术水准很高，今后怎么再提炼画手法可以进一步发展。

我就简单讲这些。

翁剑青

北京大学艺术系教授、美术评论家

我感觉到他艺术的创作志趣、修养和所处的时代是分不开的，某种意义上讲，都是特定时代的各种合理因素产生的。他的画多是来自生活，他对生活的热情和对时代的关注，现代很多年轻人是缺乏的。

祝贺沈先生画展的成功，感佩作品的文献价值、艺术价值和时代价值。谢谢。

王志纯

北京画院院长助理、美术评论家

看了沈先生的展览确实有很多感触、感慨，知识青年上山下乡，在那个时代浪潮中就被淹没了。时代对这个年龄段的人很不公平，毁了很多的人，沈先生却走出很成功很辉煌的路，这让我很感动。他艺术的发展，有一贯的精神，他对时代的歌颂、抒情、赞美，是他艺术创作的核心。他对生活的乐观、真诚，加上勤奋，使他能够在每一个时期创作出很有代表性的作品，我觉得是很了不起。看他早期的作品，《沧海夺田》、《我是公社小社员》的成就和画面感觉上与周思聪并列的。后来不间断地创作，在艺术上一直往前走，我觉得，2007年还在搞大型的主题创作，这种精神也是很感人的。他的作品基本上是两大方面：一是关注时代与社会为主题的创作，贯穿他整个的创作道路，直到2007年《大桥的建设者》、《民族脊梁》、《齐心协力》、《南黄海的记忆》，我觉得一直能坚持这种主题性创作，有一种使命感。二是表现生活情调、情境的。对生活瞬间情态的把握都是很好很深刻很生动。沂蒙山区的创作系列、少数民族风情系列，都是以情为中心。他的艺术很可贵的一点是，他走了这么一条创作道路，一直歌颂、赞美，一直对这个时代充满感情，这是艺术的核心。他的态度积极向上、勤奋、乐观，一直延续到现在。没有整块的时间像学院里面经营自己的艺术，是一个遗憾。沈先生现在退位了，下一步在艺术语言上应该再升华。像周思聪这样的大家都有升华的过程，她早期有和别人合作的过程，我觉得你也有这过程。画矿工，画彝族，画荷花，在语言是一个不断飞跃、升华的阶段。沈先生这些年整个的铺垫，生活的底蕴，情感的积累和整体的艺术成就确实是很高的，在艺术语言和艺术形式上再升华。希望沈先生以后的时间里在这方面继续下功夫。

王镛

中国艺术研究院研究员、博导、中国美协理事、美术评论家

我看了两本画册，也看了画展，写了个提纲。

首先，自学与成才的关系，吴作人说自学未必成才，成才必须自学。其次，生活和艺术的关系，沈启鹏先生1966年高中毕业没有考大学，在农村插队7年和务工的4年，是非常宝贵的一段人生经历。你的早年训练一直影响到后来，你亲自下水里去抗洪，才有这么深的体会。这一点是很宝贵的，回想类似于这样的知青画家都是这样的，往往在知青时期积累东西到“文革”结束爆发的，陈丹青、罗中立就是这么一些人。这个很宝贵。第三是乡土味和书卷气。这些东西都是非常厚实的，觉得你应该想办法把乡土气和书卷气结合在一起，可能开出新的局面。这里面有两点：一、素描的基本功不要丢，你早期的创作非常精彩，但过渡到彩墨画上，就把素描的东西给失掉了，你今后从文人画或者是写意画吸收些，保留素描手稿中最传神的线用到你的中国画造型上，这可能会成功的。二、营造中国传统的意境，不是程式化的笔法。《蕉园深处》虽是画背影但很美，类似这样的东西多动脑子，会出新的效果。坚持主题性创作，不一定是大幅的作品，两三个人物，就像早期的回娘家，同样也可以表现大的事件。

总的来讲，我还是很喜欢沈启鹏的作品，他在全国的人物画坛上是很优秀的画家。

尚辉

《美术》杂志主编、美术评论家

相对来说，我和沈老师接触比较多。我是江苏人，大家对谈到传统绘画一定会说到苏州、常州、无锡。江苏有两个地区有别于江南，一个是徐州，一个就是南通，因为靠海和长江，所以形成了不太一样的文化品格和文化形态。

大家都知道南通出了范曾。沈启鹏先生是南通地地道道的非常有影响的、很正直的美术界领导，用今天的话来说，他是有理想有社会责任感的美术家。话说起来很容易，但做起来很困难，作为美术界的领导，平时讲的一回事儿，自己画的时候有自己的个人追求，这当然也很好，能够把这些合二为一的画家确实是比较难找。我觉得沈先生是党培养的有责任感的美术干部，也是用自己的艺术创作实践这样思想的艺术家。

从早期的作品， 1973年大概才20几岁，画到那样的程度不易，我小时候看到过沈老师的作品。今天进了展厅特别亲切。到1980年的《微山湖之晨》，到1983年之后画了《劳军图》，我觉得这是一个很大的艺术转折。用笔的方法和“文革”时期有比较大的区别。江苏是一个很怪的地方，江苏产生了新文人画现代水墨运动，但是沈启鹏的作品和这种联系不非常紧密，他把美术当成一种责任感，表现现实生活，有历史主题、有现实主题，把自己的艺术观点落实到创作中去，不是光在嘴上讲讲。我觉得这一点是非常可贵的，特别是今天处在这样的时代，在中国美术发展中强调主旋律的重要作用，确实他是这个时代的典型代表。

江苏举办美术节，出现了很多抗洪的作品，看到1999年沈老师再次画的《民族脊梁》，这与亲身经历有内在的关系。《沧海夺田》和《民族脊梁》所面对的一个是海一个是江。前后两幅作品我觉得有内在的联系，是最能代表艺术风格和追求的作品，包括他现在的身份都是内在统一，我觉得做研讨会，不一定是达到多么巨大的艺术成就，作为这样的特殊个案，在美术史上的作用，和其他大师名家的作品不一定都一样。他的地域性和他领导的身份，让我感动的是，沈老师没有上过大学，但是做了南通大学的副校长，从一个没有上过高校，变成一个大学的管理者、一个画院的领导，他所付出的艰辛不是一般人能够体味到的，这是我今天参加研讨会尤其要表达的。

最后想说，在江苏像沈老师这样的既坚持写实又强调文人的笔墨，很难得。现在江苏强调笔墨的同时也放弃了对造型的追求，放弃了对现实生活的表现，这一点很多的画家和思想家都觉得应该调整，有他这样的画家今天在中国美术馆举办这样的展览，有很重要的社会意义和文化价值。

李一

中国艺术研究院《美术观摩》副主编、中国美协理论委员会秘书长、美术评论家

沈先生过去60年的人生应该说是很辉煌的，艺术成就很高，社会成就也很大，这样的人物在当代美术界是不多的，他取得这样的成就是很不容易的。1973年的时候，成绩很好，但是被领导压制材料没有录取，而是经过努力奋斗，做了南通大学的教授，这在当代美术史上是一个个案。在共和国的美术史上，一个没有读过大学的人当了教授还做了校长，也是一个现象。沈先生自学成才，而且选择了人物画，相比山水花鸟笔墨和造型之间的关系，人物画处理更难一些，沈先生在人物画上取得很大的成就，这是很了不起的。

沈先生转益多师，受过很多人的影响，学过比较浑厚的，也学过比较秀逸的，但总的来看，60年来总体上在浑厚这一方面追求比较多一些。小品是比较潇洒，有的是学范曾的，这一路是不成功的，可能他的性格和他的经历和创作的主体性追求是和范曾不太一样的。学李可染先生，把李可染形成的浑厚都吸收了，将来在浑厚这方面，在厚重上多下一些工夫。从作品来看，笔线的质量已经达到一定的水平，还是希望往厚重方面发展。谢谢。

陈履生

中国美术馆研究员、学术一部主任、《中国美术馆》执行副主编、美术评论家

沈启鹏这个展览实际上是20世纪70年代关于主题创作活化石的展览，他也像活化石一样，是展现主题创作的个案。从1973年以来一路创作到抗洪都给我们一个启示，一个自学成才的画家以他的方式表达自己对时代和宏大主题的关注，画面的文学叙事方式，为我们研究“文革”后期主题创作提供一个最直接的资料，叫做“文献展”名不虚传，如果是做现代美术史研究的，看这样具有个案性质的展览是非常直观的。

作为一个人物画家，沈启鹏的困惑，特别是在80年代他在发展过程中的一些问题不是一个人仅有的，比如说转向古代人物的探讨，我不认为是学范曾，在人物画家里面是有普遍性的现象，可能大家厌恶了现实题材，或者是大家遇到了问题转移到了古代人物，反映“文革”后期人们走向的问题，他的展览作为一个当代的文献是非常重要的个案，是很值得研究的。

刘曦林

中国美术馆研究员、中国美协理论委员会副主任、美术评论家

沈先生是非常优秀的人物画家，创作态度严谨、认真，体现出对生活的热忱、对民生的关注、对时代对民族热诚的期待。这是当代人物画家最具有人文精神的关注点。从作品看，1984年所创作的《大汛》给我留下深刻的印象，动势、节奏、人物形象刻画都非常到位。如果此画以动为主，《海子牛》则以静为主，老船公的布局节奏、背景的色调处理和笔法的整体把握更为精纯，可以看到他的进步。他的生活关注点不仅是海边渔民，印象深刻的还有沂蒙老人、新疆、西藏、云南等各民族人物形象，这些作品与我产生情感的共鸣。山东是我的老家，沂蒙山区特殊情境中的老人塑造给我们很多的联想，使人想到老一辈及其子弟对中华民族解放事业做出的无私奉献，想到老人内心世界的纯美。当我看《残冬》中的老太太，便想起蒋兆和先生的《倚榈图》，也是一个老太太盼着儿子从前线归来。《残冬》中的老人双目失明，但在记忆中有过新潮的波澜，有过酸甜苦辣。听说有老干部在画前流下眼泪，优秀的艺术总会引起人们的共鸣。另有一幅画沂蒙的小画叫《老屋》，侧面老人饱经世事沧桑，和门前小狗相依为命，给人很多的联想。好画不在大小，小画同样有非同一般的精神含量。对新疆风土人情的表现有采用肖像的、情境的、平面构成的多种方式，仿佛使我回到生活过15年的故乡。那幅《凝固的音乐》综合表现了新疆各地礼拜寺，天空又升起一弯明月，那境界曾是我体验过的灵魂和精神的诗境。

沈先生同时又是一位优秀的肖像画家，以简洁遒劲的笔法和线条，非常简约而精彩地塑造了人物形象，传达了人物的个性，气质和心灵，无论是李大钊的老师白雅雨，还是著名的文人画家李方膺，都是非常成功的肖像人物画作品。沈先生的艺术构思也是多种多样的，《砥柱中流》和《闯滩》一以人物为主，一以礁石水浪为主，都非常生动地表现了人和自然的关系，给人以精神的力量，都是令人惊心动魄的画面。 现在，启鹏已从多种事务中摆脱出来，可以专心于艺术了，此为一失，亦为一得。希望在更专心于艺术的宝贵岁月里，创作出更多优秀的作品，用艺术高唱真善美的颂歌，如果对民生问题有所感触，也可以为老百姓呐喊。

程大利

中国美术出版总社总编辑、人民美术出版社总编辑、中国美协理事、美术评论家

我与沈启鹏先生相识相知已有近30年了，他的每一点进步都会令我由衷的高兴，纵观他40年艰苦的艺术历程，有三点可以总结，并加以深入剖析的：中国画讲“师造化”的传统，由“造化”变为心象，历来是最重要的传统。二十世纪中国画的重要贡献，是继承“师造化”传统并有了新的成果，这就是用笔墨造型表现社会生活，表现人的心灵。二十世纪确实把中国推进了一大步，沈启鹏是作出重要贡献的画家，为什么这么说呢？因为他对生活的态度极为严肃、认真，这是他德行的一部分，古人有句话：“小成在志，大成在德，大德近道。”沈先生在“德”、在“做人”上极为严格，体现在从艺的态度上、生活的严谨上、服务社会的精神上，因此当上两届全国人大代表和民盟中央委员。沈启鹏的中国画艺术是沈启鹏这个特定人的准确而忠实的反映，他的艺术严肃、认真、深入而深刻，躲开了这个时代浮躁的毛病，所有的陋习在他身上不存在，这一点是他艺术走正道并取得成功非常重要的一条，正如叶浅予先生对他的评价“路子正”。这是第一点。第二，在对生活的认识上，并不是引起所有美术家注意的，是沈先生对生活的态度，从来是怀着一种向上、乐观的态度，深入而热情地拥抱生活，以健康的心态对待生活，从无牢骚和怨言，襟怀大度、宽广，内心充满阳光，他是平民百姓的朋友，也是其中的一员，他把自己的“小我”融化到民众的“大我”之中，他对生活的体悟非常独特，所以才有了他笔下那么多真实感人的形象，才引起普通观众的普遍共鸣和赞许，这正是建设和谐文化文艺家应尽的职责。第三，启鹏重线，重以线造型，重造型的严谨，这来自于他对生活的观察细腻，来自于他素描造型的根基，来自于对真善美相统一的审美理想的追求，也来自于对传统的热爱。二十世纪人物画的成果，很重要的一部分来自于素描，相当一部分画家得力于素描，包括李可染这样的大家。我们不能在强调中国画传统的时候就把素描给彻底否定了。问题是如何利用素描为中国画的笔线服务，在这个问题上，沈启鹏的研究和创造独有心得，他是把素描与笔墨结合得比较好的画家之一，他的人物造型能力在全国也是一流的，自上个世纪七十年代以来的中国人物画史上，沈启鹏是有自己的贡献的。对待生活的态度既是“德”的表现，又是“艺”的必备条件，“德”与“艺”是组成一个艺术家不可或缺的两个组成部分，我们从两方面都明明白白地证实了，沈启鹏是一位可敬的“德艺双馨”的画家。

尤世玮

南通市文联主席,张謇研究中心、江海文化研究会常务副会长

公元2007年11月24日，启鹏兄于中国美术馆举办“时代心象·沈启鹏中国人物画文献展”。是日，群贤毕至，观众如潮，其盛况空前也！

展览会开幕之前，17位中国当代著名美术评论家汇聚一堂，对启鹏兄的中国人物画艺术展开学术研讨，充分肯定其艺术风格、艺术道路及艺术成就。美术评论家认为启鹏兄40余年来执着于人物画创作而矢志不渝的生动事实，坚持深入社会、关注民生的现实主义创作方向，是共和国美术史上的个案，值得研究；更从“深化创作”、“升华创作”的方面提出希望，期盼启鹏在提高自身境界、提高人物画意境上下苦功夫。言之殷殷，感人至深。启鹏兄闻之激动不已，竟至哽咽。

余历此盛事，获益良多，谨记于此，以至纪念；并默祷启鹏兄“光前裕后”，艺术前程无可限量！

——尤世玮先生旁听学术研讨会感言

主持人：最后我们请沈启鹏先生。

沈启鹏

南通美协名誉主席　南通大学副校长

今天有这么多的展览开幕，却有这么多评论家在邵大箴先生的召集下为我的展览发表意见，非常感动。大家对我的评论，坚定了我走现实主义人物画创作道路的信心。从副校长职务上退下来以后，我会全身心投入人物画创作的新的探索实践，不辜负大家的期望、时代和人民的重托。谢谢大家。

主持人：他从一个下乡的知识青年一步一步走到今天，担任多种行政职务的同时还有这么多的作品，很不容易。今天的研讨会，对他作评价，进行这样的思考，供参考。相信他将来的艺术会有更广阔的前途。

2007年11月24日学术研讨会评论家签名

“时代心象·沈启鹏画展”学术研讨会

时间：2006年12月6日 地点：江苏省美术馆学术报告厅

学术主持：马鸿增

马鸿增

中国美协理论委员会副主任、原江苏省美术馆副馆长、美术评论家

我与沈启鹏相识相知始于1973年，那时他还是插队知青。但其中国画创作《沧海夺田》、《我是公社小社员》已在全国美展中展出。30多年来，我一直关注着他的艺术创作。

转眼间，他已年界花甲。观赏他的画展和新出版的两本画册，特别是《墨华心语》那本，提供了他艺术创作的心路历程，看到这批非常完整的个人档案资料不禁感慨系之。这真是：一位当代画家自学成才的历程，一条崇尚真善美的现实主义之路，一个源自生活讴歌时代的新画展。目前国画界像他这样“走路”的画家太少了。

我觉得沈启鹏最可贵的艺术品格有三个特点。

第一，他具有高度的社会责任感和历史使命感，坚定地走反映时代、感悟生活、关注民生的现实主义艺术道路，追求真善美的统一。这源于他对祖国、对人民、对故乡热土的诚挚热烈的爱。正因为如此，他恪守“外师造化，中得心源”的法则，其作品既是个人心境、情怀的坦诚抒写，然而又是那么与时代脉搏合拍，积极、乐观、奋斗、健康，充满理想和对生命价值的追求，所以说他的作品是“时代心象”，这个“心象”就是他心里流淌出来的艺术情怀，这情怀又跟时代脉搏紧密相连。没有跟风，没有只顾个人“小我”私情的脆弱，更没有那种发泄人性中动物性的丑陋。我们看到，他笔下的人物形象，无论是伟人、平民、今人、古人、少数民族、异域风情，都放射出美好人性的光采。他的创作，可以说是对“笔墨当随时代”传统精神的极好发扬。

第二，他的艺术风格凝重、坚实、厚朴、纯真，独具一格。如果说当代中国人物画可以分为秀逸型、厚朴型、游戏型的话，那么沈启鹏就是厚朴型的重要代表人物之一。最能体现这种风格的是那些以渔民、农民、战士为表现对象的作品，最有深度、力度和艺术个性,，例如《大汛》、《海子牛》、《路》、《残冬》、《中流砥柱》、《民族脊梁》。传统笔墨技法与西画造型理念相融合，是它们的共同特征。在另一类作品中，特别是九十年代以后，他又探索吸纳江南文人水墨写意画的长处，讲究笔墨气韵，增加文化涵量。这在以少数民族、外国风情、文化名人为题材的作品中表现更为突出，如《摩梭女》、《赶摆》、《冥想者》、《方膺赏梅图》等。

第三，沈启鹏极为重视全面提高学识素养，他不仅是一位出色的人物画家，而对山水、花鸟也有涉猎，这显然有助于人物画创作；更重要的是他在学术理论研究方面也有相当的成果，他发表的论文中，《在人民的历史创造中进行艺术创造》、《“文化全球化”与中国文化安全》、《亚明艺术精神的当代意义》、《南通百年美术回眸》等，都颇有见解。中国画画到一定程度就是画修养、画气质，他在理论认识上的深度，必然推动他的创作不断迈向新的高度。

他做什么事都认真，60岁以前除了创作以外，大量的精力用于社会工作、参政议政。他的几个提案被国务院采纳，对当地城市文化建设做了很多事情，现在又当大学校长。他说推掉一切行政职务后将专心一意地从事中国画创作。我深信，花甲以后的沈启鹏一定会给我们带来更多的欣喜、兴奋和启迪。

周积寅

南京艺术学院美术学院教授、博士生导师、美术评论家

首先庆贺启鹏先生60华诞，并预祝《时代心象·沈启鹏画展》圆满成功。早在1973年的全国美展上，我就被他的一幅中国画《父子俩》(合作)所感动，曾写了一篇画赞发表在《新华日报》上。斯时，我并未与他见过面，只知他是六十年代中叶高中毕业后扎根农村酷爱画画的知青，与王孟奇、朱道平等人齐名。其后，由于某种原因，他并未进入高等美术院校深造，却全靠自学，转益多师。如今，他成就卓越，创作上不断取得新成果，是一位德艺双馨的杰出艺术家，成了美术学院教授、大学副校长、全国人大代表。

他擅长中国画，人物、山水、花鸟，工笔、写意、兼工带写、水墨、重彩、没骨，无不精能，尤工人物。有着扎实的传统功夫和深厚的文艺修养。他重视速写和素描写生，练就了一手坚实的造型本领，由于有着丰富的生活经验、奇异的想象力和创造力，故其笔下的领袖、农民、渔民、知识分子、学生以及各少数民族，不仅得其形，传其神，更写其心，并注入画家真情实感。即使描绘历史人物，也无不赋予个性与生命。多少年来，他创造了不少为广大群众喜闻乐见的优秀作品，笔墨当随时代，贴近生活，乡土气息浓郁，有意境，有文气，刚柔相济，雅俗共赏，实属大手笔。二十世纪六十年代以来，在艺术上自学成才者不在少数，而成大才、奇才者则不多，启鹏先生乃大才、奇才者。他一直坚持走现实主义创作道路，在人物画创造上所作的贡献，功不可灭，不仅在江苏为佼佼者，即使在当代中国人物画史上，也应占有重要一席之地。

左庄伟：

南京师范大学美术学院教授、美术评论家

启鹏君的艺术完全靠自学成长于二十世纪六十年代，七十年代由连环画、国画入选全国美展而在画坛初露峥嵘，八十年代已经成为苏中主要代表画家，九十年代之后新作不断问世一跃而为主宰苏中画坛、饮誉江苏、著名全国的画家。

启鹏君是在毛泽东时代受教育成长起来的一代画家，在艺术观念上具有强烈的社会使命感和责任感，养成了始终坚持走现实主义艺术道路，对人民大众怀有深厚的思想感情，坚持深入平凡的劳动者生活，用画笔描绘他们生活、面貌和情操，使劳动阶层的平凡形象成为神圣艺术殿堂里的主人。尽管当今时代变了，他作为劳动人民大众的代言人，热爱人民大众的情和意没有变，这在当今时代难能可贵，他是高尚的人民艺术家，他的艺术道路和艺术精神很值得提倡和赞扬。

启鹏君虽自学成家，他的造型艺术基础坚实，很难的人物题材他驾驭得心应手，所塑造的人物形神兼备。现实人物具有很强的肖像性，他笔下的渔民和沂蒙地区人物风情尤为杰出，在《魂系沂蒙》和《沂蒙情》中所描绘的母亲形象感人泪下，尤其是老人站在树旁期盼的，题目叫《残冬》，她那种纯厚朴实、用期待、微笑的目光看着这世道人生，她是我们民族的善良的母亲。这件作品的成功，在于你的情与人民的情融合了，如同罗中立画父亲你画了母亲，我认为很杰出。启鹏用画笔将她们展示在世人面前，观赏者将如何思如何想呢？

启鹏君的成就是他用勤奋刻苦换来的，他深入生活用形象记日记，我看了他很多经过艺术提炼加工的形象日记，有的已成画稿，他是面对真实生活进行创作的，是动情的作品，所以他塑造的人物形象不是概念化的，而是有血有肉有情有精神气的活生生的人。

在启鹏君的画里虽讲究传统用笔用墨，骨子里融入了西画的造型理法，可谓中西融合的中国画，既讲结构又讲笔情墨趣，自然入情理，专家称赞，大众喜爱。他能立足中西传统又自然走进现代，有些少数民族，外国、古代人物题材作品，注重夸张情趣，意笔，很有现代感，深厚中见灵动，沉稳厚重中见优美，他作为苏中名家兼有南柔北刚之艺术气概立于江苏画坛。

总的来说，启鹏先生是一个有思想、有生活、有功力、有感情、有理论修养、有大的艺术成就的艺术家。

丁 涛

南京艺术学院教授、美术评论家

沈启鹏先生选择“花甲”之年，来南京举办“时代心象”个人画展，不只是特定历史阶段的艺术回顾和总结，而且是画家本人今后继续拓进、指向灯辉月满的一次丹青实力检阅。这位来自江海之畔、自学成才而久负盛誉的画家，以描述人物为主体的中国画作品，有着特别的视觉冲击力和审美强力。其特色可以用12个字来加以概括，即：情系民生；画映现实；艺求朴茂。一是情系民生。指画家的择题视野，常常着落在最基层劳动大众的生存状态上。不仅有家乡那些鼻息可感、憨厚勤劳的农民、渔民、老汉、少妇，还涉猎西双版纳的边寨小店，沂蒙山区的淳厚民风，新疆龟兹的老汉琴声等等。循此拓宽开来，对于为人民谋幸福的领袖形象，对于忧国忧民的文人雅士等，都在他的笔墨表现之列。江苏每次谈论百家经典，现实主义，说到现实主义人物画，启鹏兄当为最。体现人民力量、民族精神的《中流砥柱》很有视觉冲击力。启鹏是以真正的创作行动来实践“三个代表”思想，把自己注意的力点、情感溶化到“民生”，这很可贵，这可能与他整个的生活经历、思想基础有密切关系，这使我联想到当年高考临他的画他却进不了高校的“黑色幽默”。二是画映现实。指画家的创作，处处高扬着现实主义精神，绝不为伍荒诞。画家感应着时代精神，肩负着人民的期望，在作品中塑造出多种生动感人的艺术形象。或歌颂群力的伟大(如《大汛》)，或敬写领袖的襟怀(如《微山湖之晨》)，或畅抒劳动的诗情(如《耕海》)等等，这些作品充满亲切温馨的感觉，令人动情、令人震撼！三是艺求朴茂。是指画家作品的审美旨趣和倾向。作者具有扎实的基本功和很强的造型能力。在驱笔、运墨、施色的操作中，摈除的是浮华、浮躁，也不耍花枪，哗众取宠，而高蹈的是朴茂壮美。注意从画像石、民间年画和传统绣像等多方面吸收。尽管题材多样，人物殊异，而笔力的翔实感、墨晕的厚重感、色彩的典丽感处处可感可掬。那怕是那些放笔潇洒倜傥、笔力简约精炼的人物、景象，也决不失朴茂之质。

受他艺术观的驾驭，从内容到形式是统一的，但，不是十全十美，比如有的作品面面俱到，使艺术的节奏感打了折扣，凭他的能力、水平、修养和积累，一定能更上一层楼。

启鹏没有大学文凭，没有博士学位，但照样当副校长，凭的是他的才能、成就、为人、贡献，我们许多用人单位唯学历的做法是否应当做点反思？这是题外话。

萧 平
江苏省国画院画家、艺术评论家、鉴赏家

启鹏兄也是多年的老朋友了，大家都了解，他的画风一直没有变，但是他的作品，确实是为之一动。我想讲四点。第一，自学成才，沈启鹏可以说是个典范。以前都要分这是学院的，这是自学的。好像自学的就要低一等。但是实际上，我做过一些比较，我得出一个结论，自学的更容易呈现面貌。它没有一个老师去强加给它。我们许多学院里面出来的，很长一段时间走不出老师的范例，跳不出来。启鹏在自学的过程中，摸索了自己的风格，这是非常可贵的。因为没有既定的概念和模式，可以随自己的性情、自己的爱好，自己的审美来选择用什么样的技法。他现在的画风，和他现在的人是非常相像的，从精神到面貌，到性格，是一致的。我觉得，这就是自学的好处。中国画以前没有什么学院不学院派的。石涛、八大山人上过哪个大学呀?都是自己摸索，这个过程很容易形成自己的面貌风格。我觉得启鹏在这个方面具有典范性。

第二，启鹏兄走的是一条现实主义的道路。现实主义在今天来讲不是唯一一条道路，但肯定是一条重要的道路。启鹏兄在这条路上走得很扎实、很实在。我看他的画，从头到尾几乎没有潦草的作品，没有不是遵循这么一个原则去走的。你从他的行踪，西北一直到青海、西藏，西南一直到西双版纳，山东的沂蒙，他自己家乡，刻画的，跟那个乡土很相像。到了一个地方，我们有时就浮光掠影，拍一些照片，他每到一处都是扎下根来，认真去思考，去创作。他在临沂把对自己祖母的情感融进对沂蒙山老太太的联想之中。所以现实主义不是完全的形式，也要经过自己的组织、自己的联想和构思，才能达到现实主义的一定高度，我觉得他这条路走得非常坚实。

第三，就是与时俱进。他是民主党派、民盟中央委员。民主党派是参政党。他从另一个角度去关注社会，关注时代的发展。他有一种责任感。这种责任感有的时候反映得相当突出。南通出了张謇这么一个人物，他是从实业的角度，沈启鹏是从艺术的角度，为地方为社会做好事。我觉得，他在潜意识当中是有这样一些追求的。扬州八怪当中那么多人，他不画，他画李方膺，李方膺是南通人。他有社会责任感，从自己的家乡，自己的身边做起，扩大到社会，这一条在他的作品当中和他的为人当中都有反映。

第四，谈他的画本身，他是有中国画的基础的，这个基础并不弱，那些写生，中国画的笔墨技巧，还是相当好的。今天我是第一次看到他的山水，花鸟有老鹰，这个老鹰画得相当精彩，那个背上几笔，还有其他一些花鸟，说明他的笔墨是有相当功底的。他的笔墨当中又吸收了相当多的非中国画的因素，比如版画的因素，他画人物是为了突出主体，背景采取或暗或淡或单色调的方法。这种版画处理方法，他比较活地的用到了国画上，包括像钱松喦画红岩画常熟田也是版画的手段，跟传统的文人画，逸笔草草是不一样的。当然，他还有其他绘画的一些手段，比如人物面部特征中，有点西洋画的东西，有点明暗感，有点立体感，造成它的深度，但是，我认为，西洋的成分偏多了一点。从整体上来说，绘画风格，他是以中国画为本体的吸纳诸多画种尤其是版画这么一个方法。北方的李可染，南方的傅抱石，一个偏于稳健，一个偏于潇洒。他是属于稳健这一类。他的线条中间从李可染先生那里得到启示，相当地道的，这一路和江苏其他人物画家的面貌是不太相像的。所以说，他的面貌在江苏人物画坛是相当突出的一个。今天启鹏兄的这个展览非常成功，也跟他的标题叫“时代心象”是相吻合的。在他60花甲之际，有这么一个展览，让大家得到启示，得到享受，应该祝贺他。

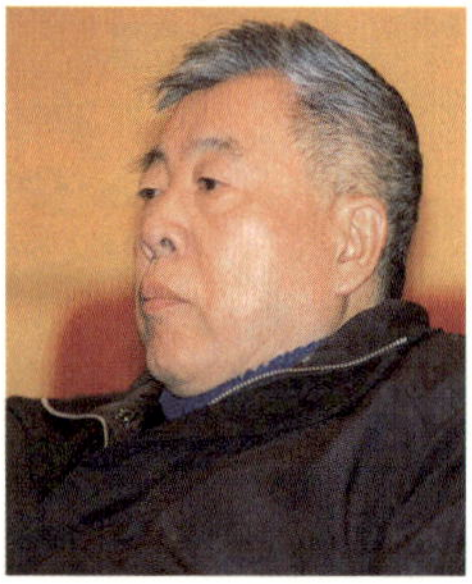

黄鸿仪

江苏省国画院画家、美术评论家

当人们步入沈启鹏画展展厅，一幅幅具有时代特色与浓郁生活气息的作品引导着观众走进了一个又一个独自打开的艺术空间，思绪纷纭。人们站在沈启鹏的《砥柱中流》画前，见那汹涌澎湃浊浪滔滔的洪水，冲堤破围势不可挡，为了百姓安危，战士们奋不顾身跳入急流、筑起人墙……多么惊险、多么悲壮的一幕！还有《民族脊梁》、《中流砥柱》等，作者以高度社会责任感，敏感地抓住这可歌可泣的瞬间，用画笔浓墨重彩地讴歌时代，歌颂英雄。自二十世纪七十年代以来，画家先后创作了《沧海夺田》、《我是公社小社员》、《微山湖之晨》、《慰忠魂》、《大汛》、《海子牛》等一批反映不同历史时期社会生活的力作，使观赏者受到深深的心灵震荡，感受到时代脉搏的最强音。沈启鹏为中国人物画的繁荣与发展做出可喜的贡献。然而，沈启鹏却不是命运的宠儿，虽然他自幼酷爱绘画，却无缘进入美术院校学艺。11年插队务农做工，艰苦生活沉重劳动，没有泯灭他对绘画的热爱。他争分夺秒，不顾劳累画了难以数计的速写，自学绘画，以一幅《立下愚公移山志，敢教海滩变良田》作品闯入画坛。他以超乎常人的勤奋，画作叠出，艺名日扬，转益多师，成就为中国人物画坛有影响力的名家。正如文学家茅盾所说："命运，不过是失败者无聊的自慰、怯懦者的解嘲。人的前途只能靠自己的意志、自己的努力来决定。"可见，沈启鹏画展不仅给人们崇高审美陶冶与教化，还体现出一种敢于同命运抗争的精神。众知人物画是中国画领域中最难奏效的画科，人物画家应具备高度、严谨的造型与速写的能力。掌握人体解剖与运动的规律，又要熟练驾驭中国画笔墨表现技法，更要有了解人、熟悉人的丰富生活阅历和善于在现实生活中发现题材、选取素材、收集形象的创作经验，才能孕育出反映时代的作品。沈启鹏自学丹青，迎难而上，攻研人物画，经长期磨练，不懈追求，终于在人物画创作上取得令人瞩目的成就，向世人证明他是敢于战胜命运的成功者，这种精神对人生处于逆境者将有很大启迪与鼓舞。

中国人物画理论早在东晋顾恺之时代就提出形与神的问题，"传神"成为千年来人物画家不能回避的课题。"神"指被描绘的人的精神状态；"神"另一方面是指描绘者寄托之"意"，故"神"包括客观之"神"与主观之"神"。沈启鹏笔下的《海子牛》画面，那三位不同年龄、阅历的老人，岁月风霜雕琢出他们有棱有角的脸庞，一双大脚似乎表明他们曾受过大海狂风恶浪的洗礼，如今成了驾驭海子牛拉着巨大牛车的把式。手装旱烟的皓发庞眉老人乐观开朗，手执香烟较年轻者望着远方略有所思，而手执牛鞭老者双目充满期待……三人都是一副看惯世事浮沉的安详，却以不同神情等待着归渔。作者抓住南通地区独有的海子牛车为创作原型，满腔热情地为三位赶牛车的老汉唱赞歌，主、客观神有机统一构成这感人的画卷。《残冬》画面细致地刻画一位双目失明的白发老奶奶，身穿一件破旧棉袄，倚立树旁盼着儿子归来，这风烛残年无穷时的期待如针刺痛着观画者的心。作者以无限崇敬、深切同情的心态画出这动人心弦的形象，达到传神写照的艺术效果。这张画之所以感人，之所以成功，关键在于传神。是作者的"情"与客观对象的"神"的高度统一，是"传神论"的一个成功实践。沈启鹏在艺术创作上一贯坚持贴近生活、反映时代、歌颂真善美的原则，足迹遍及西藏、新疆、沂蒙地区、西双版纳，直到印度、日本……如蜂采蜜在现实生活中收集素材，反复加工进行创作，催生了一批又一批新颖佳作。如今他享誉画坛却从没有放松严肃、艰辛的艺术探索与追求，例如1998年他以写实手法创作讴歌抗洪英雄的巨画《砥柱中流》入选"新时代中国画作品展览"并获铜奖，在《美术》发表。但他仍觉不达

"意"。1999年他又画出《民族脊梁》与《中流砥柱》。《民族脊梁》把《砥柱中流》横阔章法演化成方形立碑式构图，而《中流砥柱》则完全采用象征性表现方法，把抗洪英雄形象塑造成矗立在滔滔巨浪中一座坚如磐石的丰碑，使作品主题深化、升华成史诗般的含义。他这种严肃、认真、锲而不舍、不断探索的创作态度在当前世事喧嚣、急功近利的现实中犹为可贵，值得画界同道视为楷模。沈启鹏却仍谦逊表白："我远不是潇洒的才子，而只是笨拙的农夫。"我深信这个"农夫"，在他辛勤地耕耘下，一定会为社会生产出更多更好的精神食粮。

许祖良

江苏省美学学会常务副会长、美术评论家

我的一个总体印象和感觉是：首先，启鹏以多彩的笔墨，热情地讴歌时代、讴歌生活、讴歌人民，这三个讴歌使他的作品具有浓郁的时代气息、生活气息和民族气息，这个感觉非常强烈。第二，他的作品显示出深厚的艺术功力和雄迈的创作风格，注入了时代元素、生活元素、笔墨元素和审美元素，这四个元素在他作品中融合得比较好，所以才显示出这么深厚的艺术功力，因此产生强烈的艺术震撼力和巨大的审美张力。在我看来，他的作品回答了什么叫"绘画的视觉冲击力"、"绘画的震撼力"的问题，是值得深入研究的。第三，他的作品从题材内容到构图笔墨的广泛性、丰富性，涉及古今中外，体现了宽阔的创作视野，使作品绚烂多彩，更加彰显出审美的样态性、普适性，有看头，看了还要看，没有"大同小异"之感，作为个人画展做到这一点很不容易。第四，他作品的鲜明时代特征和地域特征，充满了精神、信念、理想的意识形态因素，关注社会，关注民生，高扬着一种历史人文精神，是十分可贵的。人物画一个重要的特点就是与时代与生活有着密切的关系，即使古代人物也是有选择、有精神因素的。第五，他的作品有一种二维平面空间的立体架构(如《砥柱中流》、《民族脊梁》等)，通过面、线和墨、色的有机运用，把整体感归于一个平面空间上，构建成一幅幅厚实、壮阔的画面，使作品具有大气势、大境界。我以为，这些正是启鹏作品能有艺术震撼力的原因之一。

年过花甲，应整合一下，继续高扬现实主义精神，给历史留下更绚烂的色彩。

杨承志

江苏省委宣传部副部长、江苏省文联党组书记

沈启鹏教授办的这个画展“时代心象”非常好。凸显了一种紧跟时代、贴近生活、充满着对人民的深厚感情，他的画全部是从生活当中写生而来的，这点特别可贵。所有的艺术都应当植根于生活，源于生活，高于生活，又把艺术的成果奉献给人民，奉献给我们今天这个时代和生活，这就是他的特点。我觉得他的整个创作生涯都一直坚守弘扬现实主义的精神来贴近时代，贴近生活，贴近人民创作。他所有艺术创作的内容和形式都随着这个时代在进步。他的创作精神很值得我们弘扬。我们希望江苏能够出现更多的像沈启鹏教授这样的艺术家，也希望他的这种精神能够传下去，江苏的“百家金陵画展”正是弘扬现实主义精神的全国性的美术平台，他也有作品入选。希望沈启鹏教授今后还会有更多的优秀作品产生，也希望像他这样弘扬现实主义精神的优秀的艺术家能够不断地涌现。

赵绪成

江苏省文化厅原副厅长、 江苏省国画院原院长、 画家

人们常说，年轻人是一张白纸，好画最新最美的图画。其实也对也不对。人，生来就是一张有底色的纸。沈启鹏先生从小就喜欢画画，而且很早就已经在画坛崭露头角，便是例证。

在社会上普遍重视文凭的年月里，启鹏却是只重水平、自学成才的代表。七十年代，江苏省国画院要调他来工作，但他却毅然留在生他养他的黄海之滨，画生他养他的黄海大地，画生他养他的一草一木……

我一直非常喜欢那种实在、质朴中的精彩，启鹏属于这一类。画画加画画，再加画院，再加学院，一步一步走过来。人生一步一步地加厚，作品也在一步一步地加厚、加厚，让人去品味……

朱葵

江苏省美协副主席、江苏省美术馆原馆长、画家

画人物画是比较艰难的。而沈启鹏在这方面很有建树，尽管他没有上过大学，作为自学成才，更是一条艰难的道路，成功几率很小。而他画到这个程度，他的素描、速写，对人物的刻划比一些专业学院毕业的人还要认真，他如果专门出一本速写集，也是很可看的。人物画，如何体现时代气息，生活气息，沈启鹏是做得比较好的。纵观一下江苏省画人物的，或写意，或泼辣，再有怪诞的，启鹏是兼工带写的，人物画画到这个高度，在江苏启鹏是第一人。最近画的一些，包括埃及的、印度的，异国风情的生活气息、也是很打动人的，让人怦然心动。这几年，他担任人大职务，离开画院到学院，当时我有一些担心，可能会对他的绘画、艺术水准有影响，事实证明不但不曾有影响，还丰富了一些东西，增加了学术性，而且笔墨上显得更成熟。有些人很有才，但不用功，有些人很用功，但缺乏才气。沈启鹏是勤奋和才华共具。在江苏人物画坛，要数几个人的话，肯定不能忽略沈启鹏的历史地位。

赵文元

江苏省美协副主席、南京军区政治部艺术创作室画家

我跟沈启鹏走的路基本是差不多的。可能沈启鹏比我更辛苦一点，人家有一次开玩笑，问我，您今年七十几了，启鹏看上去可能比我还要更老一点，说明他艰苦。他的辛苦度要比我大，付出比我多，还有各方面，又是领导，这个是不容易的。我们是从业余开始的，从业余走向同一个专业。好的方面是不受任何限制，弱的方面，毕竟我们吃的苦更多，别人是填鸭式的，我们不是填鸭式，我们是自己找食的，什么事都要干，什么苦都要吃，从画毛主席像开始，实际上我和沈启鹏都是这么走的，早在七十年代初的《工农兵画报》、《红卫兵报》就看到沈启鹏的画，那时就相当有影响，就感到他是在走自己的路。能有那么多成果的人，后来其实是大浪淘沙，当时不是一般人，很强的这批人，有的当官了，有的呢出国了，有的完全走市场了。像沈启鹏这样的当年能出名，那么多成果，既搞创作又当官，能坚持到现在还在画画很不容易啊。亚明讲过一句话，咱们是手艺人。这一点不错。不管怎么样，沈启鹏没有放下画笔，还是坚持走画画的路，走艺术的道路。如果放下了画笔，一般就是当官了，就没有今天的画展。多少年的大浪淘沙，多少年的情况变化，"八五"思潮，写实与变形，连刘大为、史国良都感觉写实很苦恼，包括北京画院的一批人。反映生活，反映现实还有没有前途？说老实话，当时都是迷茫的。大家都在变，就唯独我们还在走自己的路，还不变。画那个写实的，说老实话，对我，对沈启鹏是冲击。随波逐流，就没有今天的沈启鹏。能够坚持下来，确实是很不容易的。你当个副校长，都是要管事的呀，在这种情况下，还能画这么多画，有些画还是非常好的，比如说那幅《中流砥柱》其实都是非常费劲的，不是那么随便画画的，是很有主题的。特别是在那个时候能够关心着社会，那是很不容易的。

第二层意思呢，就是沈启鹏这个人德艺双馨。他的做人，他的画，可以看到他对社会的关心。当然沈启鹏不是共产党员，但他比共产党还共产党，因为他更加关注群众，他每一幅画当中体现了对老百姓的关心，对人民的热爱，如果艺术家没有这种感觉，我看也就完了。这就是对社会的责任感，他爱这个社会，关心这个社会。社会充满着矛盾，也有很多阴暗面，他的心灵充满着阳光，他的作品也是充满着阳光。看到沈启鹏的画，我感觉他的心里是充满着阳光。他的作品是希望这个社会更加美好，他的心灵是共产党所追求的，也就是德艺双馨。另外呢，我觉得他非常勤奋。在60岁，在大浪淘沙的今天，能有这么多好作品出现，是很不容易的。坦率地讲，包括我在内，现在都有一个逃避，因为人物画是非常难的。多少人在画人物画，找到一个高度以后要有自己的东西。特别到了60岁以后，还能立志于人物画探索，难度越来越大，要吃的苦就更多。看沈启鹏那种抗洪救灾的画，连我们在部队的都回避呀，这批作品已经是非常精到了，画得很有个性。他的人物画在江苏来讲是非常突出的。在这样的情况下，如果能专心致志地搞创作，他会大有作为，有更多的好作品。

李树勤

江苏省版画院院长、画家

亚明老师讲过，世界上没有救世主，只有自己救自己。启鹏兄是通过自身努力实现了今天的艺术成就。你们老劝他退这个官，我倒不劝他退，能当多长当多长。这是他终身思想上政治上努力的一个结果。其他人想当是当不上的。我们要把展览排排队，江苏到底有哪些这样的画家，在这里作推荐性展出，怎么把江苏真正的文学艺术创作推上去，江苏这条路到底怎么走？我们启鹏兄用的“时代心象”，他没有叫《现实主义沈启鹏画展》。现实主义原则上是一种西方文学艺术的语言，引用到中国，演释中国画的一种，解释得不准确，中国画原则上是一种意象，心象，心的意象，中国画应当有直接的理论解释，中国画的历史，到现在这个创作，他的思维方法，本身有自己的一套的。那天我跟王仲在谈这个事情，我说你在鼓吹这个现实主义，实际上应当是现实主义和浪漫主义相结合。通过现实主义和浪漫主义的结合、时代现实主义和时代浪漫主义的结合，引导我们的中国画创作。现实主义显然有非常强烈的时代精神、时代内容。我们要认真研究这个时代的现实主义去指导我们的创作，党中央确定了我们今后的奋斗任务，我们应该是以和谐现实主义和和谐浪漫主义的结合，来充实我们这个时代的文学艺术思想。我们美术理论也必须有先进文化的思想来指导，来研究我们的美术理论，来研究我们对美术家的评价。在自己道路上就应该扬长避短。你现在叫他重新创造新的辉煌，再达到什么新的高峰，我看，这个不大可能。你就按你原来的路子走下去，人生对你来说不是很长。对我来讲，我的生命已经进入倒计时了，做个五年计划就不得了了，亚老去世前，对我说过，要搞个展览，他直接就说不要忘了启鹏，启鹏这个人很可爱的，很老实的，做事确实很认真。所以，我说沈启鹏这个官能当多久就当多久。不要听他们的。当的大家一直评价很好，这不是很好的嘛。你把你的官继续当好，画继续画好。就按这个路子走，五年计划定一定，再达到自己心安理得，我对得起这个时代，对得起社会，我觉得我们启鹏兄，应该对得起党了。叫党外布尔什维克，他们刚才讲的，比党员还党员。咱们把自己的事情做好，对得起这个时代，对得起这份工资，我觉得他是我们学习的榜样。

丁观加

镇江国画院原院长、画家

今天非常开心，也非常感人，我跟启鹏不是一般的关系，第一同乡，我属于南通地区崇明县人；第二我们是兄弟画院关系；第三我们都是“老院长茶画会”的成员。

首先，我说说他的三个“深厚”：一是深厚的生活基础，从他的家乡海边渔民到甘肃，没有深厚的生活基础是画不来的。二是深厚的民族的传统，以水墨传统为基础，广泛吸收民间艺术，版画艺术、壁画、石刻、素描等。三是深厚的民众感情，仅仅从题材的选择上就足以证明他心系民生。其次，说说他的治学态度。他非常勤奋。勤奋笔记，勤奋创作，跟我一样做画院院长，白天要搞行政工作，都是晚上画画，星期天画画，还担任市里工作，后来又担任大学工作，他还是勤奋地创作。我看了很多，这一两年画得很好。非常勤奋地去收集素材，积累素材，从儿童画的时候开始，这么多资料留下来，都是完整的，太丰富了。恐怕是中国第一人，起码江苏第一人。说明他很勤奋地学习。他是真正意义的现实主义画家。而且他是全能的。人物为主，涉及到花鸟、山水。展览会也好，出版的画册也好，都带有很好的学术性，我非常佩服，也符合我的观点。我觉得启鹏啊，他真的是当代的人民的艺术家。他跟人民联系在一起。南通的很多历史文物面临拆除，他写了很多议案上去，有的还是消失了，他很难过啊！沈启鹏是跟人民的命运联系在一起的画家。我希望他早一点从南通大学的校长位置上退休，然后就可以画出更好的画来。

盖茂森

江苏省国画院画家

我跟沈启鹏是多少年的老朋友了，亚老在世的时候就发现他是个人才，一定要把他调到我们江苏省国画院，后来因为某种原因，他来不了，但是我们也一直知道这样一个画得很好的人，而且我们也共同在一起创作。南通是一个沿海的城市，他画了不少海边的渔民生活，这丰富了他的艺术生命。近几年来，他作了很多探索，特别是对于中国画这个传统如何和现代的结合，使其既有艺术的生命力又有时代性，还有中国画新的发展。我认为沈启鹏的画，非常有说服力。我画中国画很多年了，我觉得中国画确实是不容易，特别是人物画，太难了。以前人家给我写一篇文章叫《知难而进》，我觉得沈启鹏更是知难而进啊!他探索的精神值得我们书画界的朋友们来进行研究。他这种对艺术的刻苦、执着的追求，令我很感动。他几十年来埋头苦干，取得那么大的成绩，不仅在我们江苏，在全国也是有影响的一个人物画家。

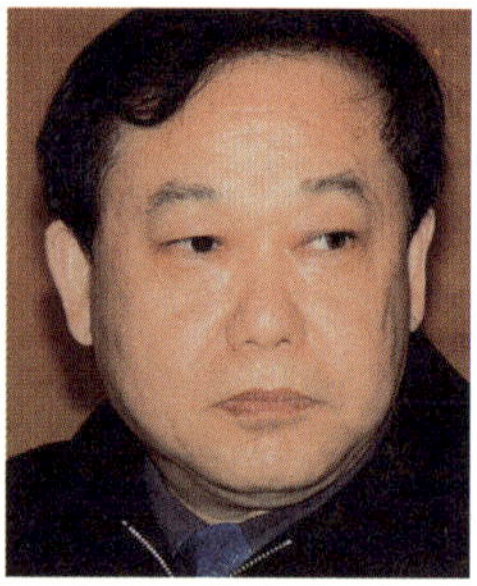

袁峰

江苏省美协副秘书长、画家

启鹏画展对我的启发比较大，因为这么多的作品，而且每一幅作品都画得很认真，很精到。尤其又是人物画为主，这个是非常不容易的事情。我感到启鹏是经过了风雨而见到彩虹的一位艺术家。他身上有几个特点，刚才马老和几位理论家都认真总结了。我认为总结得很到位，也很完整。我想补充几点。

首先，启鹏他有强烈的社会责任感和正义感。他的责任感表现在，现在画家都很超脱，就是画着玩玩。所以社会上发生的事情和自己没有多大关系。我们身边周围的好多画家，就明显地表现这个特点。而启鹏不一样，当然他的身份也不一样，曾经当过地方民主党派的负责人，所以他对社会上落后的现象、不公正的现象，都表现出强烈的正义感。比方说，他到沂蒙山区采风，看到山区非常落后，回来以后讲给我们听，也非常动容。还有对南通城市的规划和文物保护问题，他都敢于和当地执政的领导据理力争，敢于讲真话，以国家的法律政策来尽量地保护地方的文化遗存。当然有些领导可能听了也不是很高兴，这一点我很钦佩。因为我们党内好多干部对上级都是唯唯诺诺，不敢发表不同的意见。启鹏就做得非常好。其次，他对生活体验的执着追求，无论是当年当知青的时候，在如东的海边，或者是到沂蒙山，到西北、西南，甚至于到国外，每次出去以后，他都把当时采风的感受，一方面通过文字记录，另一个就是用画面来反映。今天他这些作品，都能够使我们很清晰地看到是从生活当中提炼出来的，所以，有一种亲切感。不是像我们现在一些前卫的画家，信手涂几笔就成画了。他的每幅作品都是非常认真，都仿佛要告诉观众一定的道理。第三，在艺术追求上也值得我们学习。他虽然长期担任领导职务，但是，他每次都不轻易放弃画画的机会，都坚持画画，而且他善于从我们国内的一些知名的老画家那里吸取营养，学习他们做人的道德规范。好多老画家为什么对启鹏这么厚爱，也就是他平时非常尊重，老画家都愿意和他交朋友，把自己的见解无保留地传授给他。启鹏应该是我们的楷模，他身上有好多值得我们学习的地方。当然，我们也希望启鹏在今后根据大家的意见，不断地能够在艺术上面有所发展，比方说艺术形式或者画面的效果方面怎样做到和时代、观众的要求更加接近一点。有一个建议，他知青年代的《围海造田》、《我是公社小社员》这几幅作品在当时是有震撼力的，他应当在这个展览当中能够展示一下。建议采用多媒体，能够更加立体地全面地展现一下。

侯德剑

南通市美协主席、原南通书画院院长、画家

启鹏这个展览对我们是很好的教育，他小时候临摹任伯年的画、蒋兆和的画、卡斯特罗像……我小时候就读他的这个临本。我们是同时代的人，他的这个过程真是艰辛得很，看着他的头发越来越少，但是走得非常的有成效。启鹏把他的美术界的职务都交给我啦，我代表南通市的美协和画院对今天来的各位专家、教授表示由衷地感谢！对启鹏兄的展览，你们花了这么多的时间去研究他的作品，写出这么好的文章来，对他的展览做了一个非常圆满的总结。60岁也是启鹏一个新的开始，我们今天边看也边温故知新，一下子拿出来这么多，为60岁画了圆满的句号，而且是个惊叹号。我感觉他就像徐悲鸿先生讲的“致广大，尽精微”，启鹏在努力地走出这条路。不管是大型的人物画创作，不管是尺方小品，动物也好，山水也好，有宏观的意识，用精微的笔墨去表现，希望启鹏60岁以后在绘画自由的领域里，形成启鹏他自己更纯的、更具学术性的艺术风格。

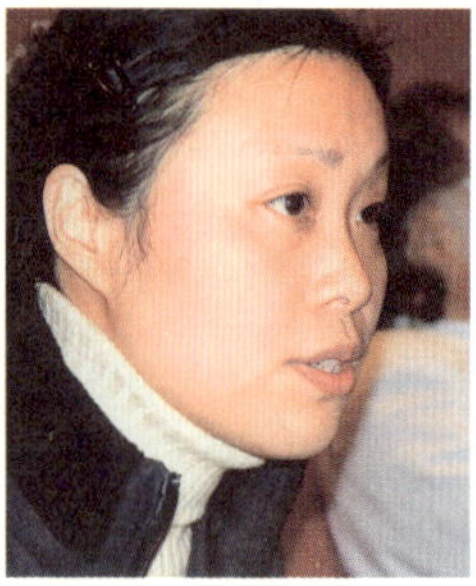

李芹

江苏省美术馆 美术评论家

在一个月前就拿到了沈老师新出版的画册，一本书图文并茂，记录了他艺术成长的历程；一本书收入了他百余幅各个时期的代表作品。两本书都很精彩，都很有份量，今天画展开幕，向沈老师表示祝贺。从两本书，这个画展，可以看出沈老师的创作发展代表着他那个时代艺术家成长的道路，他的成就是突出的，他的作品反映着时代的面貌。我想从当代水墨人物画的现实主义创作来谈一些感想。

沈老师的中国画创作坚持的是现实主义的创作道路。从当代这个特定的历史时期来说，从水墨人物画这个创作领域来说，现实主义有着具体的内涵。

与传统相比较，当代意味着二十世纪以来西方绘画体系的引入，中国画家接受西方素描造型教育，掌握结构、比例、明暗等造型语言，训练出新的观察物象的眼睛。由于历史的原因，沈老师没有能够进入学院学习，但是他通过自学，掌握的素描造型能力是扎实的，所以说准确造型是沈老师人物画创作的基点，尤其是他早期的作品，更是追求造型的严谨写实。

现实主义的水墨人物画创作具有很大的难度，它有造型的限制，它有生活真实的要求，它要在与现实相似的外形之下，构造自己的绘画世界，构造自己的笔墨语言程式。二十世纪，在中国画传统三大门类人物、山水、花鸟中，人物画的开拓性成就最为显著，这归功于现实主义的创作道路。

沈老师的现实主义水墨人物画在既有很大难度、又有很大空间的领域里进行创作。我觉得最难做的，做出来往往也是最好的东西，我们看沈老师的创作就是如此的。他的人物，形象很丰富，题材广泛，表现出他的造型功力和生活基础，现实人物形象有着个性鲜明的容貌特征。沈老师画他熟悉的生活中的对象，反映着时代生活。现实主义创作的空间是广阔的，随着创作的深入发展，沈老师更加注重自己的感受，自己对生活的独特感受，所以从这个意义上说现实主义创作是在与现实相似的外形之下，构造主观的世界，每个人有自己的面貌，有自己的情趣。

从水墨人物画这个创作领域来说，有中国画传统的延续性。二十世纪的中国画家在吸纳西方古典写实的同时，依然承续了注重气韵生动、骨法用笔、传神写照、结构意趣传统的审美理想。沈老师的笔墨语言，是勾写加皴擦，再加上湿染。他的人物，讲究线条的质量、线条的表现力，造型的概括，追求在写实造型下笔墨语言的灵动、洒脱、神来之笔、妙得之韵。中国画传统中的现实主义要求应物象形，传统中的形似，注重选择、提炼、概括，中国画传统注重传神，注重意趣的营造，沈老师的人物画更多追求纯朴、厚重、坚实的味道。

人物画大家叶浅予评价沈老师“有生活、有感情、有看头。路子正，路子宽。”确实如此，沈老师把握住了水墨人物画创作发展的主要脉络，他有厚实的生活与艺术的底子，是当代画坛实力派的水墨人物画家。

王 法

中国美协会员、南通市文联副主席、美协副主席、画家

值此沈老师举办个人画展之际，恭喜之余不禁勾起一段往事的回忆。当年十四五岁的我，一个不知天高地厚的初中生，怀着对艺术的梦想，将一幅画作寄给了时任南通书画院院长的沈老师，寄出后我为自己的冒昧惴惴不安。谁知不久就收到沈老师的回信，他精到的点拨让我有醍醐灌顶、豁然开朗的惊喜，他亲切的鼓励让我觉得艺术殿堂的大门是向我敞开着的，他让一个中学生的理想插上了翅膀。所谓“树高者鸟宿之，德厚者士趋之”，正因为他敦厚长者的形象、精神的感召，我才一步步走到今天。从这点来说，他是我艺术和精神的导师。

沈老师曾说：“以我心，写我画，生活感动了我，作品才有可能感动别人，我们的时代更需要真情。”感恩生活，感恩自然，是沈老师赐给我的艺术理念和生活哲学，他让我受益匪浅。每个艺术家都应遵循这样的创作规律，保持这样的创作热情，艺术的大海必定千帆竞发，气象万千。

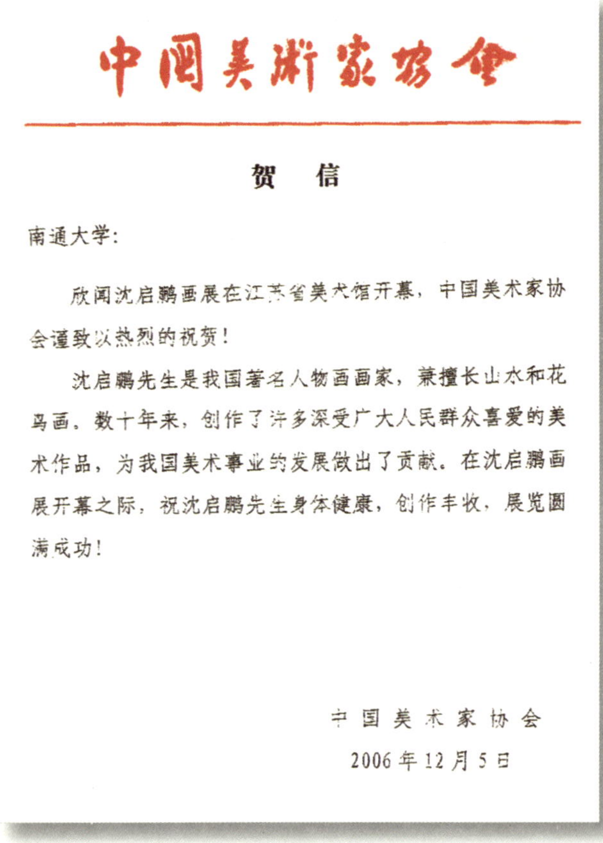

中国美術家协會

贺　信

南通大学：

欣闻沈启鹏画展在江苏省美术馆开幕，中国美术家协会谨致以热烈的祝贺！

沈启鹏先生是我国著名人物画画家，兼擅长山水和花鸟画。数十年来，创作了许多深受广大人民群众喜爱的美术作品，为我国美术事业的发展做出了贡献。在沈启鹏画展开幕之际，祝沈启鹏先生身体健康，创作丰收，展览圆满成功！

中国美术家协会

2006年12月5日

2006年12月5日中国美术家协会发来贺信

2006年12月6日学术研讨会评论家与笔者合影

翰墨留芳·名人题迹

采风、研讨、展览、雅集、会议、考察，各种机缘让我结识了许多大家名士。有的经常会晤，有的长期相处，也有的偶然拜见，怀着对名家的景仰、对长者的敬重，我追随左右聆听教诲。他们的学识修养、道德风范、言行举止，对于我总是如沐春风，获益良多。有时索求墨宝，有时互为馈赠，于是存留不少珍贵的题迹。其中大部分老师虽然已离我而远去，但时时展读，当时的场景氛围和他们的音容笑貌还历历在目。其文采、神韵、精义、深意，不知不觉中成了我研习绘事、力图精进的一种精神力量。

费新我
1903年1月-1992年5月
美术编辑、书法家　江苏省国画院画家

王朝闻　1904年4月-2004年11月　美术评论家、雕塑家、中国艺术研究院美研所原所长

传神阿睹

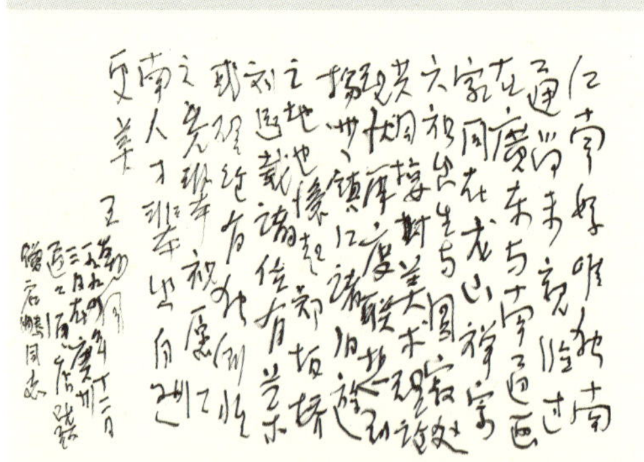

愿江南人才辈出自然更美

费新我先生是江苏省国画院的画师，平日居住在苏州，1977年10月-1978年2月，我曾借调江苏省国画院工作，针对我主攻中国人物画，费老左笔为我题辞。

1994年11月赴广东出席中国美协和《美术》杂志举办的《九十年代中国美术创作理论研讨会》聆听王朝闻、胡一川、王琦、华夏、刘文西、汤小铭等诸位先生高论，会议结束时，餐桌上王朝闻先生题赠启鹏。

武中奇

1907年-2006年

江苏省国画院副院长

中国书协理事

尤无曲

1910年8月-2006年4月　南通书画院特聘画师

寒 香

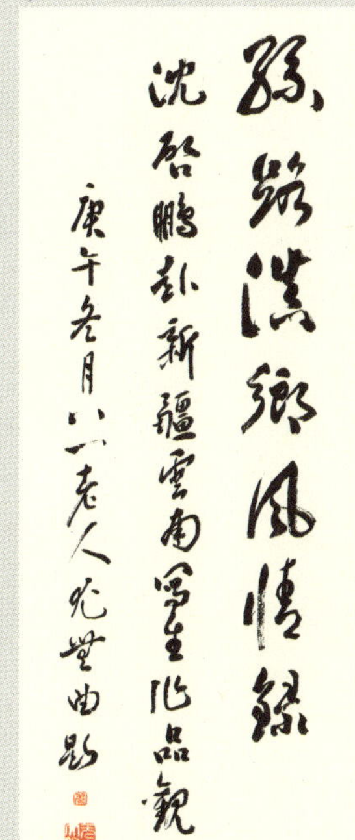

丝路滇乡风情录

1985年5月赴济南出席中国美协第四次代表大会，与陈大羽、杨建侯、刘汝礼、魏紫熙、喻继高等参加济南武中奇艺术馆落成典礼并去长青县笔会，回到南京武中奇先生书“寒香”两字相赠。

尤无曲先生早年师从黄宾虹、陈半丁先生，得齐白石先生好评并定润格，是我景仰的前辈。1990年办写生展，尤老为画展题展名。

费孝通

1910年11月-2005年4月

著名社会学家、人类学家、全国人大常委会原副委员长

徐邦达

1911年7月-

故宫博物院研究员、著名书画鉴定家、画家

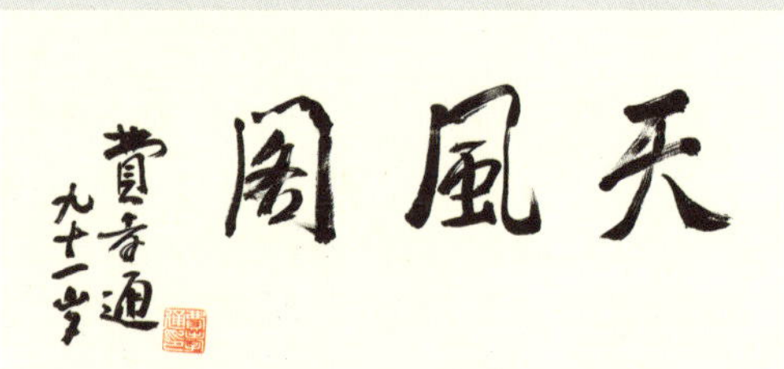

天风阁

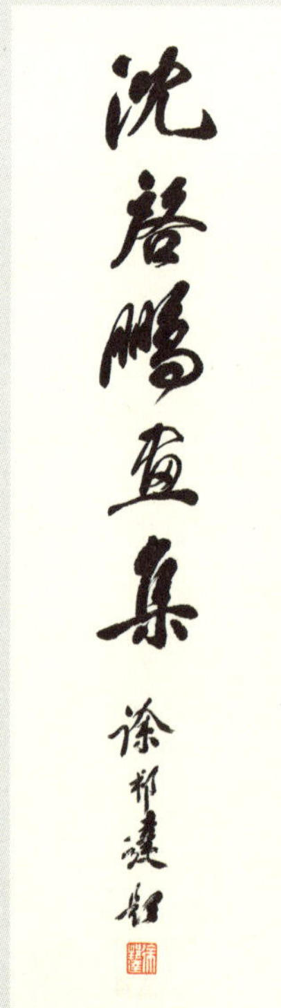

沈启鹏画集

1998年9月，民盟中央主席、全国人大副委员长费孝通先生91岁高龄，第六次来南通考察小城镇，我作为地方民盟主委有幸全程陪同，聆听教诲，并得费老题写斋名；2001年6月获题壁画名《强国梦痕》；2002年2月获赠《费孝通文集》。

1993年9月，受肖平先生之邀赴南京金陵饭店小住，有幸与著名书画鉴定家徐邦达先生会晤，徐先生为启鹏画集题签。

刘　抗

1911年4月-2004年6月

新加坡中华美术研究会和艺术协会会长、著名油画家

吴沐初

1911年5月-1998年1月

江苏省政府办公室原主任、南通市政府顾问、南通书画院原院长

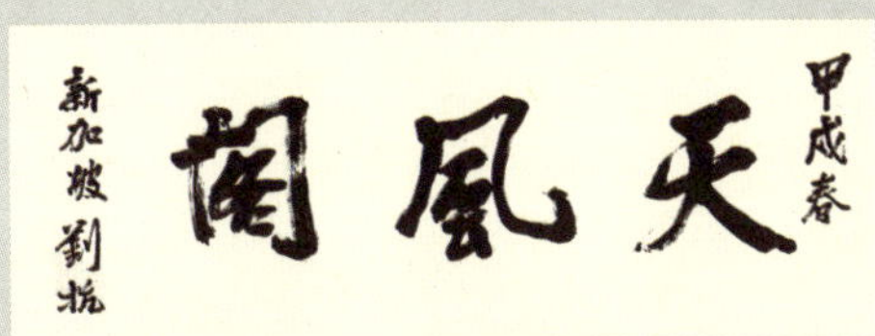

天风阁

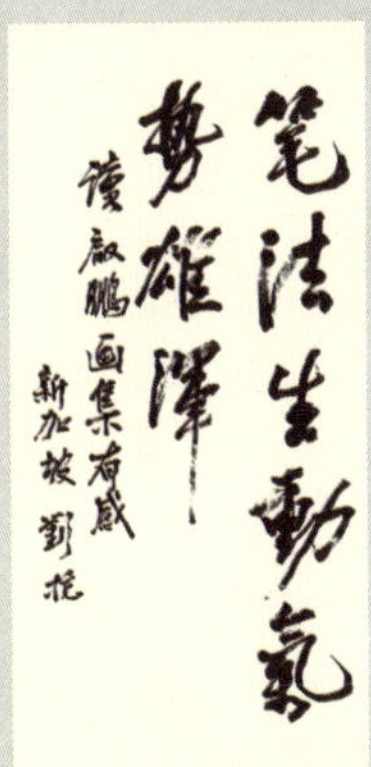

笔法生动
气势雄浑

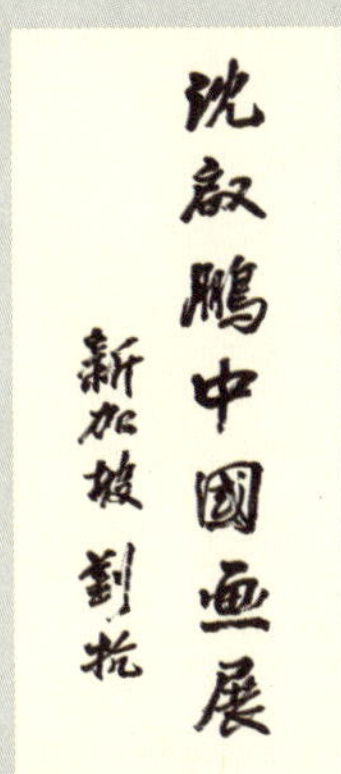

沈启鹏中国画展

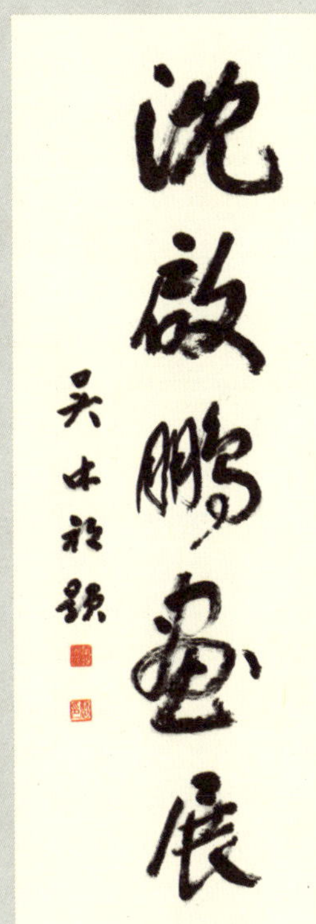

沈启鹏画展

早年任教于上海美专，与黄宾虹等同为“百川画会”会员，后定居新加坡，为“南洋画派”四大家之一。1934年，来南通写生考察，60后再来南通，我有幸以画院名义接待讲学，于有斐饭店题辞题签。

1979年我进南通书画研究院是吴沐初院长关心、一手促成。1983年我在南通市劳动人民文化宫办个展也得吴老大力支持，题展名、出席开幕式、合影留念。一直勉励我做好院长工作。

何晴波
1913年11月－1998年10月
江苏省统战部原部长、南通中学书记、校长、著名诗人

仲贞子
1918年2月－2008年9月
西泠印社社员、海安县文联副主席、著名书法篆刻家

九层之台起于垒土
千里之行始于足下

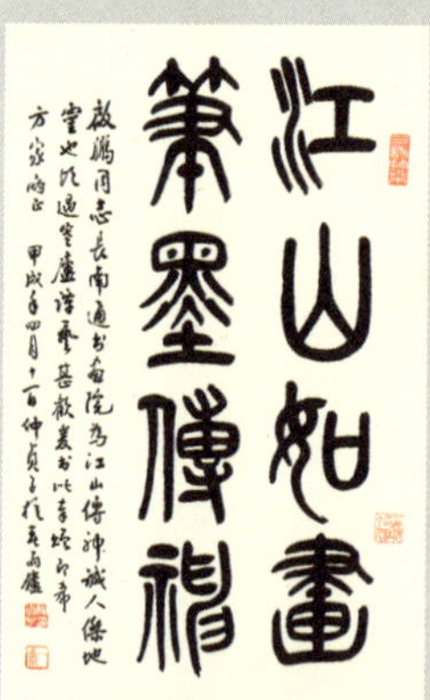

江山如画
笔墨传神

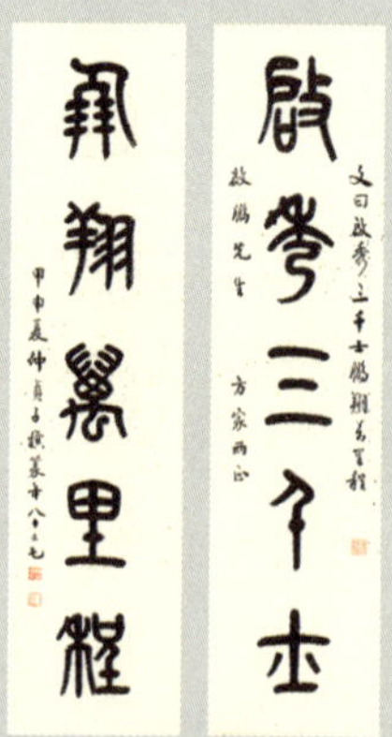

启秀三千士
鹏翔万里程

老革命、诗人何晴波是我高中时期的校长、书记，离休后与我做上下楼的邻居。对我体验生活采风写生，尤为支持，题辞、致函大加勉励。

仲贞子毕业于上海美专，一生勤苦作书治印爱国爱乡，时有佳作寄赠。1994年4月11日我率政协视察组到李堡专程至仲贞子《春雨庐》拜望谈艺。

王　琦
1918年11月-
中国美协原副主席、中央美院教授、著名版画家

程十发
1921年3月-2007年7月
中国美协理事、中国画研究院院务委员、上海画院原院长、西泠印社原副社长

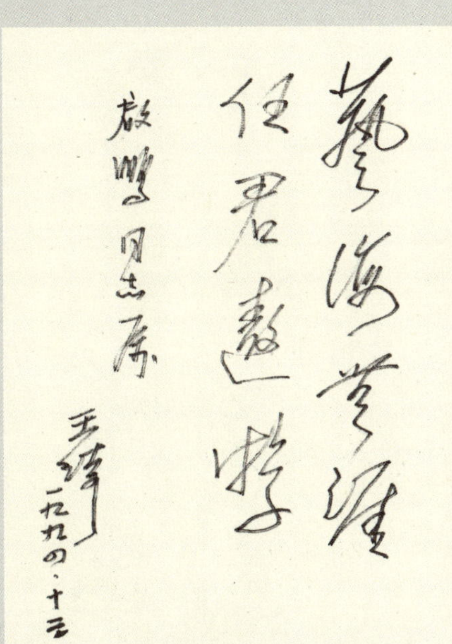

艺海无涯 任君遨游

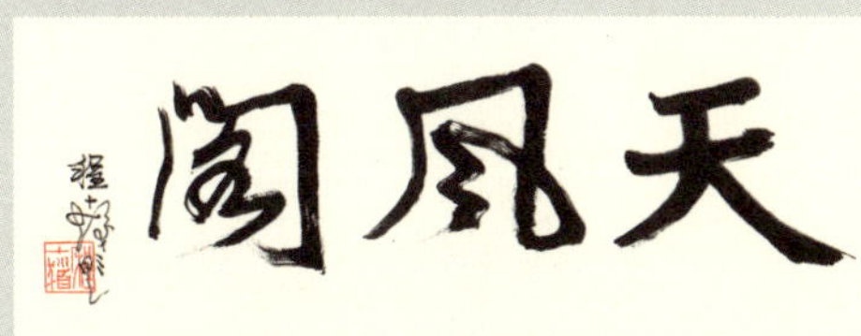

天风阁

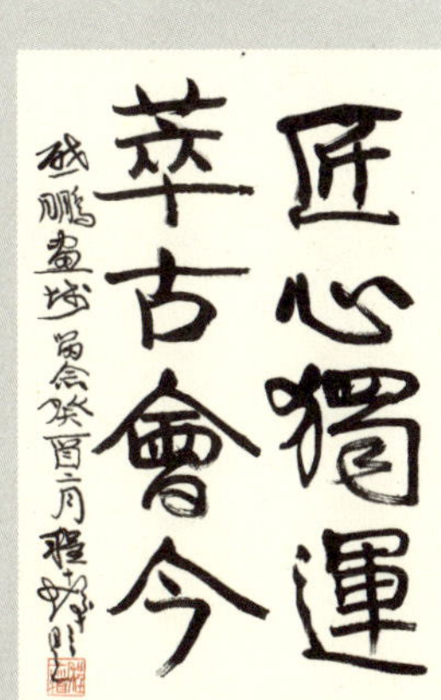

匠心独运　萃古会今

1997年我获中国画坛“百杰画家”称号，得王琦先生颁奖。1994年在广东的“九十年代美术创作理论研讨会”上得先生题辞，2008年在王琦九十个展上见面，先生一眼认出：“你是南通的沈先生！”

程十发先生的连环画、中国画吸收民间艺术元素，风格独特。作为王个簃的学生多次来南通，1993年，我任南通市文化局副局长分管“个簃艺术馆”，专程赴沪给他颁“个簃艺术馆”顾问证书并祈指教，为贺我赴日个展题辞相赠。

孙轶青
1922年3月－2009年3月
全国政协原副秘书长、国家文物局原局长、著名书法家

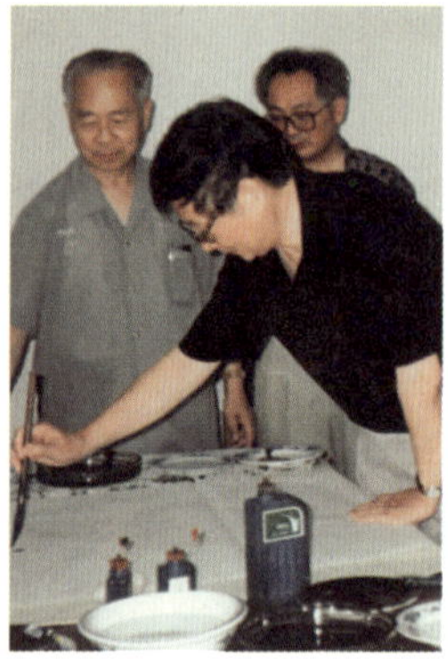

王济夫
1928年1月－1999年4月
文化部原副部长、著名书法家

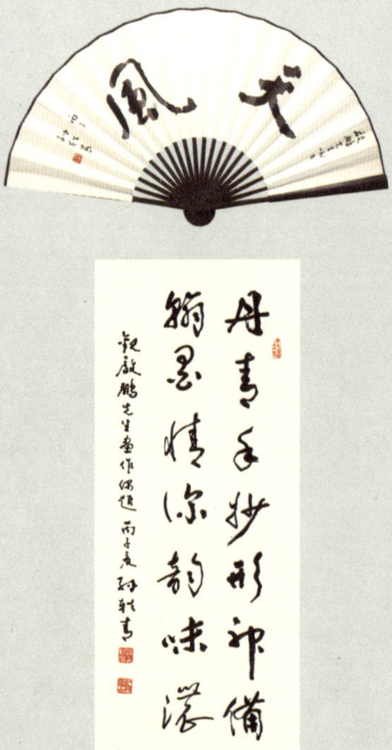

丹青手妙形神备
翰墨情深韵味浓

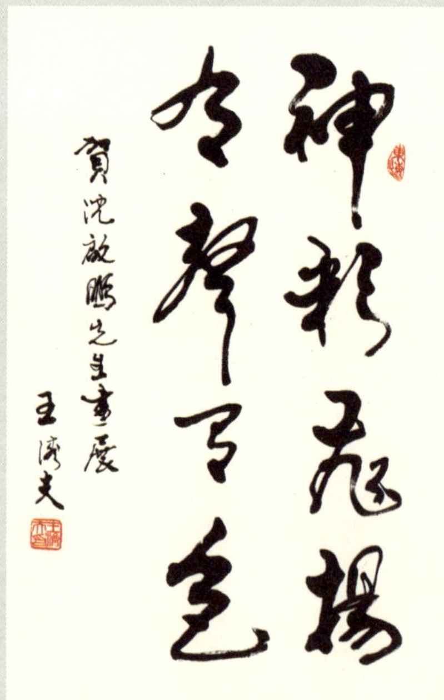

神采飞扬
有声有色

1996年6月参加人民日报社神州书画院大连采风笔会，有幸与孙轶青先生同住棒槌岛宾馆，向孙先生请教并获题辞嘉勉。

1996年6月参加人民日报社神州书画院大连采风笔会，有幸与王部长相识并获题辞。三年后王部长访问台湾时不幸逝世。

钱绍武
1928年4月-
中国城雕全国艺委会顾问、中央美院教授、博导

鲁慕迅
1928年12月-
湖北省美协原常务副主席、画家

天风阁

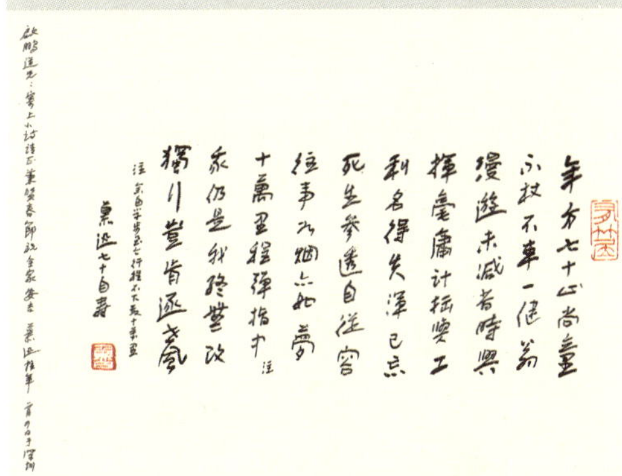

七十自寿诗

钱绍武先生雕塑艺术大气磅礴，以李大钊像为代表作，书法亦别具风格。1996年钱绍武先生来通参加红木雕刻艺术馆活动时与我合作鹰画并题斋名相赠。

1998年7月应邀赴大连瓦房店出席“中国绿野美术之家暨中国国际藏书票馆揭幕仪式”，幸会华君武、彦涵、晁楣、李焕民、方成、李少言、董辰生、徐庶之、魏紫熙、鲁慕迅等大家名流，1999年春节收鲁慕迅先生题七十自寿诗拜年。

沈　鹏 1931年9月-

中国书协原主席、美术评论家、著名书法家

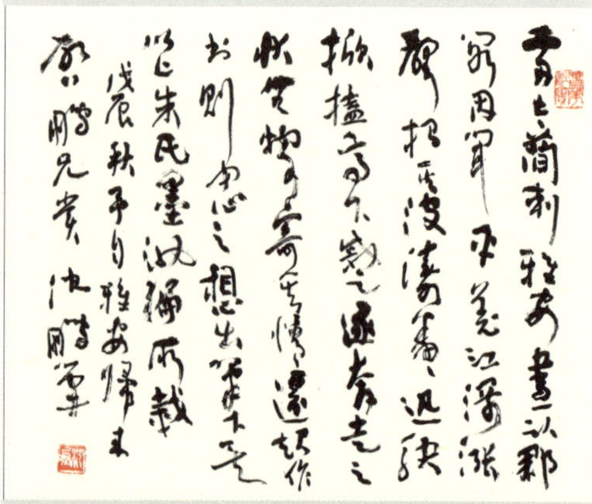

行草一幅

人民美术出版社总编辑沈鹏，其书法全国闻名。他是江阴人，我是南通人，同为苏中地区互称老乡。沈鹏先生戏说：“你比我多一个‘启’字，是你启发了我，所以你的名字我记得最清楚。”1988年沈鹏先生雅安归来，让我任选一件书法作品落款赠藏。

沈启鹏艺术年表

■ 1946年12月13日,生于江苏省南通市。

■ 1951年，6岁

上幼儿园小班，受祖父、父亲机械制图和叔父书法艺术的影响，绘画兴趣日增。

■ 1953年，8岁

上幼儿园大班，蜡笔画选送索马里展出，施文秀老师给予特别勉励。

■ 1955年，10岁

小学二年级，4幅蜡笔画在市少儿美展获奖。

■ 1957年，12岁

小学四年级，考入南通市少年之家美术组。水彩画获“南通市少儿美展”一等奖。

■ 1958年，13岁

小学五年级，负责学校黑板报出刊。临摹《芥子园画谱》和齐白石的画。水墨画刊于《南通市报》。

■ 1959年，14岁

中国画《少先队员养猪忙》入选“全国少儿美展”赴日本展览。

拜刘子美先生为师，求教于范曾先生。

自幼儿园起历任班主席，少先队中队长、大队长、三好生。

■ 1960年，15岁

考入市三中初中部，得于性之先生指导，从叔父沈国平习字。

■ 1961年，16岁

加入共青团。学校举办“沈启鹏画展”。

■ 1962年，17岁

为学校制作大幅油画毛主席像和宣传画。

得南通博物苑苑长尤勉斋先生、顾云璈先生指教。

■ 1963年，18岁

历任班主席、大队长、校团委委员，获“三好生”、“优秀团员”称号。

考入南通中学高中部。

■ 1964年，19岁

得张子通先生、邵嘉荣先生指导。学校举办“沈启鹏画展”。

■ 1965年，20岁

中国画入选“南通市春节美展”、获“南通市青年美展”一等奖。刊头画在《南通市报》、《中学生》杂志发表。

■ 1966年，21岁

为学校制作大幅油画毛主席像，负责学校黑板报出刊。

历任班主席、团支书、校团委委员，获市“优秀团员”称号。

参加了南师南艺专业考试，“文革”开始，高考暂停。

■ 1967 年，22 岁

创作毛主席题材的版画和中国画。

■ 1968 年，23 岁

插队落户如东县务农（1968-1975）。

■ 1969 年，24 岁

坚持业余创作，众多作品刊于浙江《工农兵画报》。

■ 1970 年，25 岁

参加县工农兵美术创作学习班。

■ 1971 年，26 岁

中国画《立下愚公移山志，敢教沧海变良田》和宣传画、连环画由上海和江苏出版。

■ 1972 年，27 岁

连续几年南师南艺把临摹沈启鹏的连环画选页定为高考美术专业试题，因不正之风未获公社推荐。

■ 1973 年，28 岁

南京艺术学院以第一名录取，因地方个别人无理扣压材料，未能入学。

借调县文化馆工作。中国画《我是公社小社员》、《父子俩》，连环画《虎穴棉》入选“全国中国画、连环画作品展”，参加世界博览会，并被出版和收藏。同年中国画《沧海夺田》由江苏出版。

■ 1974 年，29 岁

参加全国美展评审工作。中央人民广播电台介绍沈启鹏业余创作事迹。年画《数九练精兵》入选“全国美术作品展览”。

与周明俭结为伉俪。

■ 1975 年，30 岁

年画出版。出席江苏省上山下乡知识青年代表大会。招工回城进汽车运输公司工作。

■ 1976 年，31 岁

借回如东县，筹办“群众美术作品展”赴宁展出。

■ 1977 年，32 岁

女儿出生。借江苏省国画院工作，赴湖南写生。

■ 1978 年，33 岁

赴湖南写生作品由江苏省国画院收藏

■ 1979 年，34 岁

调入南通书画研究院从事专业创作。被批准为江苏省美协会员。

■ 1980 年，35 岁

作品赴日本展出。出席“江苏省美术书法金石座谈会”。

被批准为中国美术家协会会员。当选为市青联副主席（1980-1985）。

■ 1981 年，36 岁

中国画《微山湖之晨》入选“第二届全国青年美展”。彩墨连环画《婴宁》由朝花出版社出版多国文字发行国外。赴浙江写生。

当选市政协委员（1981-1983）、第一届市美协副主席（1981-1984）。

■ 1982年，37岁

作品赴法国展出。连环画、年画由江苏出版。赴连云港、赣榆写生。

加入中国民主同盟。

■ 1983年，38岁

在南通举办“沈启鹏画展”。赴大西北旅行写生。中国画《大汛》入选“第六届全国美展”。中国画《出海》获“江苏省人物画展”二等奖，省美术馆收藏。

■ 1984年，39岁

当选为市人大代表（1983-1986），省人大代表（1983-1987）、第二届市美协主席（1984-1988）、市文联副主席（1984-1989）。

■ 1985年，40岁

连环画两部由江苏出版。赴青海、甘南写生，举办写生展。

出席"中国美协第四次全国代表大会"。当选为市青联副主席（1985-1989）。

■ 1986年，41岁

中国画《高原情韵》获“江苏省画院美术馆作品联展”优秀奖。作品刊香港《文汇报》和《美洲华侨日报》作专题介绍。赴浙东写生。

■ 1987年，42岁

为南通师专美术系授课。连环画两部由上海和江苏出版。

当选为民盟市委委员（1987-1991）。进北京中国画研究院研修（1987年9月-1988年7月）。

■ 1988年，43岁

赴山东沂蒙、河南洛阳等地写生。

中国画研究院主办“沈启鹏画展”，刘勃舒院长撰写前言、会标。中央电视台、《人民日报》、《光明日报》、《美术》杂志等40家媒体报道、刊登作品。叶浅予先生购藏《二月二》提携后学。拜访求教李可染先生。

中国画《山鬼》入选“'88北京国际水墨画展”，获优秀奖。作品被中国画研究院和荣宝斋收藏。为毛主席纪念堂、全国人大常委会办公厅、京西宾馆作画。

当选为省人大代表（1988-1992）、第三届市美协主席（1988-1993），批准为国家二级美术师，任命为南通书画院院长（1988-1999）。筹办南通书画院院庆十周年系列活动。

■ 1989年，44岁

中国画《诚》入选“第七届全国美展”。

中国画《大汛》、《海仔牛》、《祖孙》，入选“全国第五次新人新作展”。赴新疆写生。

邀请程十发、方增先等先生来通讲学。被授予市中青年专业技术拔尖人才称号，当选市文联副主席（1989-1993）。被聘为江苏省国画院特约画师。赴北京三里河“师牛堂”吊唁李可染先生。

■ 1990 年，45 岁

赴京津、承德写生。参加国家旅游局组织赴云南写生。举办“丝路滇乡风情”画展。

■ 1991 年，46 岁

出访日本，于日本丰桥美术博物馆举办“沈启鹏画展”。赴西安举办“南通西安中国画联展”，赴咸阳举办院展。

中国画《和平世界》入选“江苏省人物山水画展”，获优秀奖。中国画《铁流》（合作）获“江苏庆祝建党 70 周年美展一等奖。香港《文汇报》作专题介绍。《中华旅游风情画集——沈启鹏作品选》由中国旅游出版社出版。

■ 1992 年，47 岁

赴海南、深圳写生，赴三峡写生。中国画《沂蒙情》获“江苏纪念‘5·23’讲话发表 50 周年书画展”优秀奖。台湾《艺坛》作 专题介绍。赴新加坡举办书画院作品展。再获市中青年专业技术拔尖人才称号。

■ 1993 年，48 岁

赴日本半田市立博物馆举办“沈启鹏画展”。

《当代艺术家画库——沈启鹏画集》由中国画报社出版发行。赴香港参加“国际旅游博览会”和“长江三峡风情展”。中国画《沂蒙情》入选“首届全国中国画展览”。当选为江苏省美术家协会理事、市政协副主席（1993-1997）、省政协委员（1993-1997）。辞去市美协主席职务，被聘为市美协名誉主席（1993-1998）。出席民盟七大。

■ 1994 年，49 岁

中国画《路》入选“第八届全国美展”。出席《美术》杂志社召开的《九十年代中国美术创作理论研讨会》。参加中国历史博物馆举办的《江苏 12 画家联展》。邀请新加坡刘抗先生来通讲学。

获国务院授予的突出贡献专家称号享受政府特殊津贴。被批准为国家一级美术师。

■ 1995 年，50 岁

赴内蒙草原写生，赴苏州写生。中国画《劳军图》由省美术馆收藏。作品获“中国日本美术交流展”金质奖。

筹办“南通、镇江、常熟三院作品联展”。组织“南通画家画南通”主题创作活动。撰文纪念叶浅予老师。

任省美协中国画艺术委员会委员。

■ 1996 年，51 岁

赴大连采风，赴大京九考察。赴徐师大讲学。于江苏省美术馆举办“南通书画院‘江海潮’中国画展”。

当选为市民盟主委（1996-2001）。

■ 1997 年，52 岁

专著《速写》由江苏出版。彩墨连环画《董存瑞舍身炸碉堡》由南京出版。 赴日本举办“南通书画院作品展”。于南通博物苑举办“沈启鹏画展”。为南京大学研究生会作学术报告。

被中国文联、中国美协评为“97 中国画坛百杰”。出席省文代会。当选为第九届全国人大代表（1997-2002）、省民盟常委（1997-2001）。出席民盟八大。

■ 1998 年，53 岁

组织“大江溯源”采风写生活动，赴浦东参观写生，与上海画院交流。

与朱育莲、刘大为等赴日本参加“一枚之绘”建业 30 周年庆典暨银座美术馆《中国名画展》开幕式。

《百杰画家·沈启鹏作品精选》由中国文联出版社出版。中国画《砥柱中流》获“首届江苏省美术节中国画展”特别优秀奖。为八一大厦作丈二中国画《海天雄风》，受军委迟浩田副主席亲切接见。

组织实施南通书画院建院 20 周年系列庆典活动。陪同费孝通先生作小城镇建设考察。

当选为市人大副主任（1998-2003）。被聘为南通市美协名誉主席（1998-2003）。

■ 1999 年，54 岁

《美术》杂志作专题介绍。应邀赴烟台师范学院讲学。编印南通画家丛集。

获“江苏省优秀中青年艺术工作者”称号。

辞去南通书画研究院院长，被聘为名誉院长。

■ 2000 年，55 岁

全国人代会议期间，应邀参加中国美协“两会”代表座谈会。

参加“南通中学校友画家省亲画展”，与高冠华、曹用平、袁运甫、范曾、袁运生、顾乐夫、范扬、冷冰川等联袂发行邮资明信片。

赴川西理塘、亚丁写生。赴海安、江南水乡采风。中国画获《光明日报》美术奖银奖。举办《川西采风展》。作为人才引进调南通师院任教、被聘为徐师大兼职教授。

■ 2001 年，56 岁

赴越南采风，赴新疆采风。

中国画《中流砥柱》获“新时代中国画作品展”铜奖。作品参加“红船颂——全国中国画名家作品邀请展”。领衔创作大型浮雕壁画《强国梦痕》。

应邀参加中国美协举办的两会代表座谈会。

辞去南通民盟主委职务。

■ 2002 年，57 岁

应邀出席《光明日报》、《美术》杂志座谈会。

赴德国托斯道夫市举办个人画展。赴法国、荷兰、比利时、卢森堡、英国考察。参加“情系奥运中华书画艺术展”，赴俄罗斯采风。参加“悟园同道画展”。撰文悼念亚明老师。邀请德国女画家莫伊泽讲学，邀请袁运甫讲学。

出席民盟九大，当选第九届民盟中央委员（2002-2007）和第十届全国人大代表（2002-2007）。

■ 2003 年，58 岁

赴西藏、三峡、延安、江南小镇采风。中国画《劳军图》获“全国首届双拥书画展”一等奖。《百杰画家沈启鹏》由中国文联出版社出版。

参与“中国近代第一城”论证和推介。

辞去市人大副主任职务。被任命为南通师院副院长（2003-2004）。被聘为市美协名誉主席。（2003-2008）。

■ 2004 年，59 岁

赴印度采风，赴江西写生。壁画《江海风》（合作）入选“第十届全国美展”。壁画《强国梦痕》（合作）入选“首届全国壁画大展”。中国画《疑是民间疾苦声》获《光明日报》第三届美术奖铜奖。

邀请“亚明艺术展”来南通展览。组织 “南通师院美术教师十人展”赴江苏省美术馆展出。

任命为南通大学副校长（2004-2007）

■ 2005 年，60 岁

“印度之旅风情画”作品 7 件刊《美术》杂志。中国画《中国龙》入选“2005 中国百家金陵中国画展”。

邀请范曾、杨乐来南通大学讲学。当选为市江海文化研究会副会长（2005-2010）。

与丁观加共同倡导成立“老院长茶画会”，首次活动在镇江举行。

■ 2006 年，61 岁

《沈启鹏·时代心象》和《沈启鹏·墨华心语》由人民美术出版社出版发行。

“时代心象·沈启鹏画展”由中国美协等 10 家单位联合主办在江苏省美术馆举行，省委李源潮书记来电话祝贺嘉勉，《新华日报》、《美术报》、《南通日报》作整版专题报导，南京电视台作专题报导。

参与编写的《高等师范学校美术专题教程——绘画素描》由江苏出版。《新水墨》作专题介绍。

参与主持筹办“第四届张謇国际学术研讨会”。邀请袁运生来校讲学。

■ 2007 年，62 岁

再赴西藏考察写生。再赴山东沂蒙山区写生。

电视专题片于“江风海韵”栏目播出。

列席全国人大 27 次常委会。

由中国美协和国家画院等 6 家单位在中国美术馆联合举办“时代心象·沈启鹏中国人物画文献展”，中国美术馆收藏《我是公社小社员》，《美术》、《中国美术馆》、《美术博览》专题介绍，新华社、《光明日报》、央视书画频道等报道、推介。在南通举办晋京汇报展。

学校公派率团出访美国。

从南通大学副校长职位退下，潜心绘画。

■ 2008 年，63 岁

赴甘南夏河、郎木寺写生、参加连云港第四回“老院长茶画会”。《齐心协力》入选“第三届北京国际美术双年展”;《慰忠魂》、《周总理在病榻上》入选“周恩来与中国美术”文献展;《灯会》由中央政法委出版发送全国城乡;《江海大港连五洲》获省展优秀奖。

多次参与南通市文化遗产保护和城市规划、建设的呼吁、论证、研讨。

被聘为市美协名誉主席（2008-2013）

■ 2009 年，64 岁

参加中国文化报“名家画名城·走进宁武”写生活动;赴九华山、黄山、皖南、赣北采风;参加常州第五回“老院长茶画会”。

2007 年北京个展收入《2007 中国美术大事记》，一批作品编入中国文联、西泠印社、国韵文华书画院编缉出版的大型画集。

作品入选“首届华人书画艺术大展”和“中国画名家精品特展”于中华世纪坛。

为苏州工艺美术职工技术学院、淮安师院、淮安工学院作学术讲座。

为南通市复兴工艺美术、唐闸古镇保护、余西古镇保护、筹建濠河博物馆考察、研讨、论证、呼吁。

■ 2010 年　65 岁

赴山西太原、安徽黄山写生，参加扬州·南通·第六回、第七回“老院长茶画会”，考察福建工艺美术，参观上海世博会。

作品入选“江苏省美术馆新馆落成画展”、“中印建交 60 周年绘画艺展”，获“印中友谊艺术家”称号。

出席江苏省第八次文学艺术届代表大会。

受聘为市政府历史文化保护项目工程顾问，参与多次规划、方案的论证。

编著《我谢丹青》、《海子牛的印迹》，筹建南通中学“沈启鹏中国画工作室”。

■ 2011 年 66 岁

作品入选“中国画名家四条屏作品展”、“丹青本色·当代中国画艺术原创百家提名展”。

被文化部中外文化交流中心国韵文华书画院聘为首届艺委会委员。

应邀参与“江苏省重大主题美术创作精品工程”。

疑是民间疾苦声　84cm×51cm　2002年

后 记

这本书，行文 12.8 万字，插图 600 余幅，前后历时两年。相关文字资料大多是二三十年来积累的，少数是新近征集或重新整理撰写的。编纂过程中，得到了吴良镛、尼玛泽仁、袁运生、刘秉江、张华清、赵绪成、黄鸿仪、宋玉麟、王孟奇、刘二刚、许平等诸位老师的热情关怀与帮助，在此深表感谢！在成书过程中，从体例章节的安排，书名的确定、到文字的校对等诸方面，又得到张松林、赵鹏、肖正德、陈祥志、钱斌、周明倧、秦能、毛晓剑等先生和孟尧编辑的无私帮助，一并致谢！

“学贵得师，亦贵得友。”回想自己成长的经历，正是“见贤思齐，困知勉行”的过程，编著这本书即是为了饮水思源、致敬师友、铭记师恩，同时记录自我修炼的历程、呈现自我教育的效果。

这本书刚刚成稿进入排版，去年 8 月又进入《海子牛的印迹——回望知青生涯》的紧张编著中，差不多两本书可同时付梓出版。从 2006 年 60 岁开始编辑《沈启鹏画集·时代心象·墨华心语》，到赴宁展、进京展、返通汇报展，再到这两本书的出版，做回顾、小结、展望、转型（由从政兼艺到退位专艺）的工作，一晃五年过去了。时不待人，只争朝夕。盼望设立工作室后，潜心艺事，能迎来自己一生继插队（1973 年）、研修（1988 年）后的第三次艺术创作高峰。

最后，还要感谢江苏教育出版社顾华明总编、江苏美术出版社毛晓剑先生、南通大学周建忠校长、上思广告赵春先生、森林广告陶永华先生给予的可贵支持。

笔者　2011 年 4 月

图书在版编目（CIP）数据

我谢丹青 / 沈启鹏著. -- 南京：江苏美术出版社，2011.12

ISBN 978-7-5344-4195-0

Ⅰ.①我… Ⅱ.①沈… Ⅲ.①随笔－作品集－中国－当代 Ⅳ.①I267.1

中国版本图书馆CIP数据核字(2011)第254527号

出 品 人　周海歌

责任编辑　毛晓剑　孟　尧
技术编辑　樊旭颖
责任校对　刁海裕
责任监印　贲　炜

书　　名　我谢丹青
出版发行　凤凰出版传媒集团（南京市湖南路1号A楼　邮编：210009）
　　　　　凤凰出版传媒股份有限公司
　　　　　江苏美术出版社（南京市中央路165号　邮编：210009）
集团网址　http://www.ppm.cn
出版社网址　http://www.jsmscbs.com.cn
经　　销　凤凰出版传媒股份有限公司
制　　版　南京新华丰制版有限公司
印　　刷　南京精艺印刷有限公司
开　　本　889×1194　1/16
印　　张　18.5
版　　次　2012年1月第1版　2012年1月第1次印刷
标准书号　ISBN 978-7-5344-4195-0
定　　价　88.00元

营销部电话　025-68155670　68155679　营销部地址　南京市中央路165号
江苏美术出版社图书凡印装错误可向承印厂调换